« Ça nous fait du
Elle & lui. Merci,

« Autobiographiqu

« Marc Levy bross
nages. Il sait assurément trousser une bonne histoire et apporter un peu de bonheur à des milliers de lecteurs. »

Mohammed Aissaoui – *Le Figaro Littéraire*

« Avec *Elle & lui*, le chef Marc Levy nous propose une recette savoureuse relevée d'une pincée d'humour. »

Bernard Lehut – RTL

« Une charmante et pétillante histoire. »

Le Parisien

« Extraordinaire, désopilant... Un bonheur ! »

Josyane Savigneau – RCJ

« Avec *Elle & lui*, Marc Levy signe son grand retour à la comédie. Des personnages émouvants, de l'humour et de la finesse. »

MyTF1

« Vous ne ferez qu'une bouchée du dernier Marc Levy. Imprévisible. De loin son meilleur. »

Femme actuelle

« Un roman qui se lit avec énormément de plaisir : de l'émotion, de la tendresse, quelques larmes, mais surtout beaucoup de rire, avec des dialogues ciselés qui font mouche. »

Philippe Chauveau – Web TV culture

ELLE & LUI

DU MÊME AUTEUR
CHEZ POCKET

ET SI C'ÉTAIT VRAI…
OÙ ES-TU ?
SEPT JOURS POUR UNE ÉTERNITÉ…
LA PROCHAINE FOIS
VOUS REVOIR
MES AMIS MES AMOURS
LES ENFANTS DE LA LIBERTÉ
TOUTES CES CHOSES QU'ON NE S'EST PAS DITES
LE PREMIER JOUR
LA PREMIÈRE NUIT
LE VOLEUR D'OMBRES
L'ÉTRANGE VOYAGE DE MONSIEUR DALDRY
SI C'ÉTAIT À REFAIRE
UN SENTIMENT PLUS FORT QUE LA PEUR
UNE AUTRE IDÉE DU BONHEUR
ELLE & LUI

SEPT JOURS POUR UNE ÉTERNITÉ
EN BANDE-DESSINÉE

SI C'ÉTAIT À REFAIRE
&
UN SENTIMENT PLUS FORT QUE LA PEUR
(COFFRET)

MARC LEVY

ELLE & LUI

roman

Robert Laffont | Versilio

MIXTE
Papier issu de sources responsables
FSC® C003309

Pocket, une marque d'Univers Poche,
est un éditeur qui s'engage pour la préservation
de son environnement et qui utilise du papier fabriqué
à partir de bois provenant de forêts gérées
de manière responsable.

ISBN 978-2-266-25945-3

À mon père
À mes enfants
À ma femme

Un jour, j'irai vivre en théorie,
parce que en théorie tout se passe bien...

1.

La pluie avait rincé les toits et les façades, les voitures et les bus, les trottoirs et les piétons, la pluie n'avait cessé de tomber sur Londres depuis le début du printemps. Mia sortait d'un rendez-vous chez son agent.

Creston était de la vieille école, de ceux qui énoncent toujours la vérité, mais avec distinction.

Portant son élégance jusque dans le verbe, il était respecté, souvent cité dans les dîners pour ses remarques cinglantes, mais jamais blessantes. Mia était sa protégée, ce qui, dans l'univers cruel et souvent goujat du cinéma, valait toutes les prérogatives du monde.

Ce jour-là, il était allé voir en projection privée le nouveau film de Mia, et comme il lui interdisait de l'accompagner dans ces circonstances, elle l'avait attendu à son bureau.

Creston, après avoir ôté son imperméable, s'était installé dans son fauteuil et n'avait pas prolongé le suspense.

— De l'action, un zeste de romantisme, un scénario adroitement ficelé autour d'une intrigue qui ne tient pas la route, mais qui s'en soucie de nos jours ?... Ça fera un tabac, avait-il assuré.

Mia connaissait trop Creston pour savoir qu'il s'en tiendrait là.

Elle était magnifique, avait-il enchaîné, un peu trop souvent dénudée, il faudrait être vigilant la prochaine fois et ne pas montrer son derrière toutes les trois scènes, il y veillerait, pour le bien de sa carrière, on catalogue si vite les gens.

— Avouez-moi franchement ce que vous en avez pensé, Creston.

— Tu joues à la perfection, et ton rôle étant ce qu'il est, ce n'était pas une mince affaire. Cela dit, on ne peut pas éternellement tourner des films où les personnages traversent l'automne entre deux trahisons, trois adultères et une tasse de thé. C'est un film d'action, la caméra bouge beaucoup, les personnages aussi... que veux-tu ajouter d'autre ?

— La vérité, Creston !

— C'est une merde, ma chérie, une belle merde qui fera son plein d'entrées, puisque ton mari et toi y partagez l'affiche. En soi, c'est un événement, le seul, d'ailleurs. La presse raffolera de votre complicité à l'écran, elle aimera encore plus que tu lui voles la vedette, et ce n'est pas un compliment, mais une évidence.

— Au quotidien, c'est lui la vedette, répondit Mia d'un sourire pâle.

Creston frotta sa barbe, geste qui chez lui en disait long.

— Comment se porte votre couple ?

— Il ne se porte plus vraiment.

— Attention, Mia, pas de bêtises.

— Quelles bêtises ?

— Tu m'as parfaitement compris. Cela va si mal que ça ?

— Le tournage ne nous a pas rapprochés.

— Voilà exactement ce que je ne veux pas entendre, du moins jusqu'à la sortie en salle. L'avenir du chef-d'œuvre repose sur votre binôme, à l'écran comme à la ville.

— Vous avez des scénarios pour moi ?

— J'en ai quelques-uns.

— Creston, j'aimerais partir à l'étranger, loin de Londres et de sa grisaille, jouer un rôle intelligent, sensible, entendre des choses qui me touchent, qui me fassent rire, partager un peu de tendresse, même dans un tout petit film.

— Et moi, j'aimerais que ma vieille Jaguar ne tombe jamais en panne, mais le mécanicien qui s'en occupe m'appelle par mon prénom, c'est te dire. Je me suis battu pour te construire une carrière, tu as un public immense en Angleterre, des fans qui paieraient pour t'entendre réciter l'annuaire, tu commences à être appréciée un peu partout sur le continent, tes cachets sont indécents par les temps qui courent et si ce film obtient le succès que je suppose, tu seras bientôt l'actrice la plus cotée de ta génération. Alors, un peu de patience, je t'en prie. Nous sommes d'accord ? Dans quelques semaines les propositions américaines tomberont comme cette pluie. Tu vas entrer dans la cour des grandes.

— Des grandes connes qui sourient alors qu'elles sont tristes ?

Creston se redressa sur son fauteuil et toussota.

— Celles-là, et d'autres qui sont heureuses. S'il te plaît, je ne veux plus voir cette tête chagrine, Mia, ajouta-t-il en haussant le ton. Les interviews devraient vous rapprocher, ton mari et toi. Vous allez devoir tellement sourire pendant la promotion que vous finirez par vous prendre au jeu.

Mia fit un pas vers la bibliothèque, ouvrit le coffret à cigarettes qui se trouvait sur une étagère et en prit une.

— Tu sais que je déteste que l'on fume dans mon bureau.

— Alors, pourquoi garder cette boîte ?

— Pour les cas d'urgence.

Mia fixa Creston et se rassit, la cigarette éteinte au bord des lèvres.

— Je pense que je suis cocue.

— D'une façon ou d'une autre, qui ne l'est pas de nos jours ? répondit-il en consultant son courrier.

— Ça n'a rien de drôle.

Creston abandonna sa lecture.

— Cocue comment ? reprit-il. Je veux dire occasionnellement ou tout le temps ?

— Ça change quelque chose ?

— Et toi, tu ne l'as jamais trompé... ?

— Non. Enfin, une fois, un baiser. Mon partenaire embrassait bien et j'avais besoin qu'on m'embrasse. C'était pour la véracité de la scène, ce n'est pas vraiment tromper, n'est-ce pas ?

— C'est l'intention qui compte. Dans quel film ? interrogea Creston en levant un sourcil.

Mia regarda par la fenêtre et son agent soupira.

— Bon, admettons qu'il te trompe. Quelle importance si vous ne vous aimez plus ?

— C'est lui qui ne m'aime plus, moi, je l'aime.

Creston ouvrit son tiroir, sortit un cendrier et craqua une allumette. Mia inspira une longue bouffée et il se demanda si c'était la fumée qui lui piquait les yeux, mais il se garda de lui poser la question.

— Il était la star, et toi, une débutante. Il a joué au Pygmalion, et l'élève a dépassé le maître. Ce ne doit pas être facile au quotidien pour son ego. Attention à ta cendre, je tiens beaucoup à mon tapis.

— Ne dites pas ça, ce n'est pas vrai.

— Bien sûr que si. Je ne dis pas qu'il n'est pas bon acteur, mais...

— Mais quoi ?

— Ce n'est pas le moment, nous en reparlerons plus tard, j'ai d'autres rendez-vous.

Creston fit le tour de son bureau, ôta délicatement la cigarette des mains de Mia et l'écrasa dans le cendrier. Il la saisit par l'épaule et l'entraîna vers la porte.

— Bientôt, tu joueras où tu voudras, à New York, à Los Angeles, à Rome. En attendant, ne fais pas d'idiotie. Un mois, c'est tout ce que je te demande, ton avenir en dépend. Tu me le promets ?

*

En sortant de chez Creston, Mia avait rejoint Oxford Street en taxi. Quand elle avait un coup de blues, et elle en avait eu plus d'un ces dernières semaines, elle allait se promener sur cette artère commerçante et pleine de vie.

Parcourant les allées d'un grand magasin, elle avait essayé de joindre David, tombant directement sur messagerie.

À quoi s'occupait-il en cette fin d'après-midi ? Où était-il depuis deux jours ? Deux jours et deux nuits sans autre nouvelle qu'un message laissé sur le répondeur de leur appartement. Un message laconique expliquant qu'il partait se ressourcer à la campagne, qu'elle ne devait pas s'inquiéter. Elle faisait tout le contraire.

De retour chez elle, Mia s'était décidée à se reprendre en main. Lorsque David rentrerait, il était hors de question de montrer un quelconque désarroi. Demeurer digne, maître de soi, ne pas lui permettre d'envisager un instant qu'elle aurait pu se morfondre en son absence, et surtout ne poser aucune question.

Répondant à l'appel d'une copine qui l'avait suppliée de l'accompagner à l'inauguration d'un restaurant, Mia avait décidé de se faire belle. Elle aussi était capable de rendre David jaloux. Et puis mieux valait être entourée d'inconnus que chez soi à broyer du noir.

Le restaurant était immense, la musique trop forte, la salle bondée, impossible de parler à quiconque ou de faire un pas sans se frotter aux autres. Qui pouvait prendre du plaisir dans ce genre de soirée ? pensa-t-elle en s'apprêtant à affronter cette marée humaine.

Les flashs crépitèrent dans l'entrée. Voilà pourquoi sa copine tenait tant à sa compagnie. L'espoir de figurer dans les pages people d'un magazine. Sensation de célébrité fugace. *Bon sang, David, pourquoi me laisses-tu traîner seule dans des endroits pareils ? Je te le ferai payer au centuple « Monsieur J'ai-besoin-de-me-ressourcer ».*

Son téléphone sonna, un appel masqué, à cette heure, c'était sûrement lui. Comment l'entendre dans ce brouhaha. *Si j'étais tireur d'élite, je descendrais le DJ,* songea-t-elle.

Elle balaya l'horizon du regard, elle était à mi-chemin entre l'entrée et les cuisines. La foule l'entraînait vers celles-ci, mais elle décida d'avancer à contre-courant. Elle décrocha et hurla :

— Ne quitte pas ! *Pour quelqu'un qui s'était juré de ne rien laisser paraître, tu commences bien, ma vieille.*

Se frayer un chemin, pousser la pimbêche perchée sur hauts talons et le balourd qui la courtise. Écraser les pieds de cette grande perche squelettique qui se tortille telle une anguille, contourner le bellâtre qui la scrute comme une proie, *tu vas te marrer, mon vieux, elle a l'air d'avoir de la conversation.* Plus que dix pas jusqu'à la porte.

— Reste en ligne, David ! *Mais tais-toi, idiote.*

Supplier le videur du regard pour qu'il l'aide à sortir d'ici.

Enfin dehors, l'air frais, le calme relatif de la rue. S'éloigner des gens agglutinés qui attendent pour pénétrer dans cet enfer.

— David ?

— Où es-tu ?

— Dans une soirée... *Comment peut-il avoir le toupet de poser cette question ?*

— Tu t'amuses, mon amour ?

— *Hypocrite !* Oui, c'est assez joyeux... *Où es-tu allée chercher un truc pareil !*

— Et toi, *abruti,* tu es où... *depuis deux jours* ?

— En route vers la maison. Tu rentres bientôt ?

— Je suis dans un taxi... *Trouver un taxi, vite un taxi.*

— Je croyais que tu étais à une soirée ?

— J'en sortais quand tu m'as appelée.

— Tu arriveras donc probablement avant moi, si tu es fatiguée, ne m'attends pas, il y a des embouteillages, même à cette heure-ci. Londres est vraiment devenue impossible !

C'est toi qui es devenu impossible, comment oses-tu me dire de ne pas t'attendre ? Cela fait deux jours que je ne fais que ça, t'attendre.

— Je laisserai une lumière dans la chambre.

— Merveilleux, je t'embrasse, à tout à l'heure.

Un trottoir moiré, des couples sous des parapluies...

... et moi, seule comme une imbécile. Demain, film ou pas, je change de vie. Non, pas demain, ce soir !

2.

Paris, le surlendemain.

— Pourquoi est-ce toujours la dernière clé du trousseau qui ouvre la porte ? protesta Mia.

— Parce que la vie est mal faite, sans quoi la cage d'escalier ne serait pas plongée dans le noir, répondit Daisy en éclairant la serrure du mieux qu'elle le pouvait avec son téléphone portable.

— Je ne veux plus jamais aimer l'idée de quelqu'un, je veux une réalité qui me corresponde ; je veux du présent, seulement du présent.

— Et moi un futur moins incertain, soupira Daisy. En attendant, si tu n'y arrives pas, rends-moi mes clés, je n'ai presque plus de batterie.

La dernière clé du trousseau fut, de fait, la bonne. En entrant dans l'appartement, Daisy appuya sur l'interrupteur, sans résultat.

— L'immeuble entier semble privé de lumière.

— C'est toute ma vie qui l'est, renchérit Mia.

— N'exagérons rien.

— Je ne sais pas vivre dans le mensonge, reprit Mia d'un ton qui appelait à la compassion, mais Daisy la connaissait depuis trop longtemps pour entrer dans ce petit jeu.

— Ne raconte pas n'importe quoi, tu es une actrice talentueuse, donc une menteuse professionnelle... Je dois avoir des bougies quelque part, je devrais pouvoir mettre la main dessus si la batterie de mon iPhone...

L'écran du téléphone s'éteignit.

— Et si je leur disais à tous d'aller se faire foutre ? chuchota Mia.

— Ça ne te traverserait pas l'esprit de m'aider un peu ?

— Si, mais on n'y voit vraiment rien.

— Je suis rassurée que tu t'en rendes compte !

Daisy avança à tâtons. Sa main effleura la table. En la contournant elle heurta une chaise, râla, et atteignit le plan de travail, juste derrière. Toujours à tâtons, elle s'approcha de la gazinière, s'empara des allumettes posées sur l'étagère, fit tourner le bouton d'un brûleur et enflamma le gaz.

Un halo bleuté éclaira l'endroit où elle se trouvait.

Mia s'assit à la table.

Daisy fouilla les tiroirs un à un. Les bougies aromatisées n'avaient pas droit de cité chez elle. Sa passion pour la gastronomie avait des exigences, rien ne devait troubler l'odeur d'un mets. Là où certains placardent sur la porte de leur restaurant « *La maison n'accepte pas les cartes de crédit* » elle aurait volontiers inscrit « *La mienne refuse l'accès aux personnes trop parfumées* ».

Elle trouva les chandelles et les alluma. La clarté projetée par les flammes sortit la pièce de l'obscurité.

L'appartement de Daisy se résumait pour ainsi dire à sa cuisine. Elle en était la pièce à vivre, plus grande à elle seule que les deux petites chambres attenantes séparées par une salle de bains. Sur la surface de travail s'élevaient, de pots en terre cuite serrés les uns contre les autres, des plants de thym, de laurier, de romarin, d'aneth, d'origan, de monarde et de piment d'Espelette. Cette cuisine était le laboratoire de Daisy, son ivresse et son exutoire. Elle y élaborait ses recettes avant d'en faire profiter la clientèle de son petit restaurant perché sur la butte Montmartre à deux pas de chez elle.

Daisy n'avait pas fait ses classes dans une grande école, son métier, elle le tenait de son clan et de sa terre natale, la Provence. Enfant, tandis que ses camarades jouaient à l'ombre des pins et des oliviers, elle, observait sa mère, et apprenait à reproduire ses gestes.

Dans le jardin qui bordait leur maison, elle avait appris à trier les herbes, et derrière le fourneau, à les accommoder. Cuisiner était sa vie.

— Tu as faim ? demanda-t-elle à Mia.

— Oui, peut-être. Enfin, je ne sais pas.

Daisy sortit du réfrigérateur une assiette de girolles, un bouquet de persil plat et arracha une tête d'ail du chapelet qui pendait à sa droite.

— L'ail est nécessaire ? questionna Mia.

— Tu comptes embrasser quelqu'un ce soir ? rétorqua Daisy en hachant le persil au couteau. Tu me racontes ce qui s'est passé pendant que je cuisine ?

Mia inspira à fond.

— Il ne s'est rien passé.

— Tu surgis à la fermeture de mon bistrot un sac de voyage à la main, avec la mine de quelqu'un dont le monde se serait écroulé ; tu n'as pas cessé de te plaindre depuis. J'en déduis que tu n'es pas venue me rendre visite parce que je te manquais.

— Mon monde s'est vraiment écroulé.

Daisy interrompit sa préparation.

— S'il te plaît, Mia ! Je suis prête à tout entendre, mais sans soupirs ni jérémiades, il n'y a pas de caméras ici.

— Tu ferais un excellent metteur en scène ! lâcha Mia.

— Peut-être. Je t'écoute.

Et pendant que Daisy s'affairait en cuisine, Mia se mit à table.

*

Au moment où le courant fut rétabli, les deux amies sursautèrent. Daisy appuya sur le variateur pour tamiser l'éclairage, puis elle ouvrit les volets électriques, découvrant la vue qui s'offrait sur Paris depuis son appartement.

Mia s'avança à la fenêtre.

— Tu as des cigarettes ?

— Sur la table basse, je ne sais pas qui les a oubliées là.

— Tu dois avoir beaucoup d'amants pour ignorer lequel oublie ses cigarettes chez toi ?

— Si tu tiens à fumer, va sur la terrasse !

— Tu viens avec moi ?

— Ai-je le choix si je veux connaître la suite ?

*

— Et tu as laissé la lumière dans la chambre ? questionna Daisy en leur resservant du vin.

— Oui, mais pas dans le dressing. Là, j'ai laissé traîner un tabouret pour qu'il se cogne.

— Parce que vous avez un dressing ? interrogea Daisy. Et ensuite ?

— J'ai fait semblant de dormir. Il s'est déshabillé dans la salle de bains, il est resté longtemps sous la douche, et puis il est venu se coucher et a éteint la lampe. J'ai attendu qu'il me murmure quelques mots et m'embrasse. Il n'avait pas dû se ressourcer suffisamment, il s'est endormi.

— Bon, tu veux mon avis ? Je vais te le donner de toute façon. Tu es mariée à un salaud. La vraie question, et elle est assez simple, est de savoir si ses qualités rendent ses défauts aimables. Non, la vraie question est de savoir pourquoi tu es amoureuse de lui s'il te rend si malheureuse. À moins que tu ne sois amoureuse de lui précisément parce qu'il te rend malheureuse.

— Il m'a rendue très heureuse, au début.

— Je l'espère ! Si les débuts étaient moches, les princes charmants disparaîtraient de la littérature et les comédies romantiques seraient classées au rayon films d'horreur. Ne me dévisage pas comme ça, Mia. Si tu veux savoir s'il te trompe c'est à lui qu'il faut poser la question, pas à moi. Et repose cette cigarette, tu fumes trop, c'est du tabac, pas de l'amour.

Des larmes ruisselèrent sur les joues de Mia.

Daisy vint s'asseoir près d'elle pour la prendre dans ses bras.

— Pleure tout ton saoul, pleure si ça t'apaise. Les chagrins d'amour font un mal de chien, mais le vrai malheur, c'est quand la vie est un désert.

Mia s'était juré de rester digne en toute circonstance, mais auprès de Daisy, c'était différent. Une amitié telle que la leur, qui dure depuis aussi longtemps, est une fraternité qu'on a choisie.

— Pourquoi parles-tu de désert ? reprit-elle en s'essuyant les joues.

— C'est ta façon de me demander enfin comment je vais ?

— Toi aussi, tu te sens seule ? Tu crois qu'on sera heureuses un jour ?

— J'ai l'impression que tu l'as pas mal été ces dernières années. Tu es une actrice connue et reconnue, tu empoches en un film ce que je mettrais une vie entière à gagner, et encore... et tu es mariée. Tu as vu le journal du soir... on n'a pas le droit de se plaindre.

— Pourquoi, qu'est-il arrivé ?

— Aucune idée, mais s'il y avait eu une bonne nouvelle, les gens seraient dans les rues pour fêter l'événement. Elles étaient comment, mes girolles ?

— Ta cuisine est le meilleur antidépresseur du monde.

— Pourquoi crois-tu que j'ai voulu devenir chef ! Maintenant, au lit ! Demain, je téléphonerai à ton crétin de mari, je lui annoncerai que tu es au courant de tout, qu'il a trahi la femme la plus géniale qui soit, et que tu le quittes, non pour un autre, mais à cause de lui. Quand j'aurai raccroché, c'est lui qui sera malheureux.

— Tu ne vas pas faire ça ?

— Non, c'est toi qui le feras.

— Même si j'en ai envie, je ne peux pas.

— Pourquoi ? Tu veux te complaire dans un mélodrame à deux balles ?

— Parce que nous partageons l'affiche d'un film à gros budget qui sort dans un mois. Je suis contrainte de jouer aussi la comédie à la ville, un magnifique rôle de femme comblée, le bonheur parfait. Si on apprenait la vérité sur David et moi, qui croirait à notre couple à l'écran ? Les producteurs ne me le pardonneraient pas, mon agent non plus. Et puis je veux bien être une cocue lucide, mais pas être humiliée en public.

— Quand même, il faut être une sacrée garce pour réussir à jouer un rôle pareil.

— Pourquoi penses-tu que je suis là, je ne serai jamais capable de le tenir aussi longtemps. Tu dois me planquer chez toi.

— Combien de temps ?

— Tant que tu me supporteras.

3.

Arrivé porte de la Chapelle, le cabriolet Saab coupa trois files en diagonale, ignorant les appels de phares des conducteurs, et abandonna le périphérique pour s'engager sur l'autoroute A1 en direction de Roissy-Charles-de-Gaulle.

— Pourquoi est-ce toujours moi qui vais le chercher à l'aéroport ? Trente ans d'amitié et je jurerai qu'il ne m'a jamais rendu la pareille. Je suis trop gentil, voilà le problème ! Sans moi, ils ne seraient même pas ensemble. Un petit merci, ça ne vous déchausse pas les dents, mais non, rien ! marmonna Paul en se regardant dans le rétroviseur. Bon, d'accord, je suis le parrain de Jo, mais qui d'autre auraient-ils pu choisir ? Pilguez ? Jamais de la vie, et puis sa femme est déjà la marraine. C'est bien ce que je dis, je rends tout le temps service, je passe ma vie à rendre service. Je ne dis pas que ça ne me réjouit pas, mais ça me ferait aussi plaisir qu'on s'occupe un peu de moi. Lauren, par exemple, quand je vivais à

San Francisco, est-ce qu'elle m'aurait présenté à une interne ? Ce n'est pas ce qui manque dans son hôpital, des externes non plus, d'ailleurs. Eh bien non, jamais ! Cela étant, elles ont des horaires impossibles. Si ce type derrière moi me fait encore un appel de phares, je pile ! Il faut que j'arrête de parler tout seul, Arthur avait de bonnes raisons, mais je vais vraiment passer pour un fou. En même temps, avec qui parler ? Avec les personnages de mes romans ? Non, je dois arrêter, ça fait vieux. Les vieux parlent tout seuls. Enfin, quand ils sont seuls, sinon, ils se parlent entre eux, ou à leurs enfants. Est-ce que j'aurai des enfants un jour ? Moi aussi je vais vieillir.

Il se regarda à nouveau dans le rétroviseur.

La Saab s'immobilisa devant la borne automatique, Paul récupéra le ticket. « Merci », dit-il en refermant la vitre.

Le vol AF 83 était affiché à l'heure sur le grand panneau des arrivées. Paul trépignait d'impatience.

Les premiers passagers commencèrent à sortir, une petite grappe seulement, probablement les première classe.

*

Après avoir publié son premier roman, Paul avait décidé de mettre sa carrière d'architecte entre parenthèses. Écrire lui avait offert une liberté insoupçonnable. Rien dans sa démarche n'avait été prémédité.

Il avait simplement pris plaisir à noircir des pages, près de trois cents lorsqu'il avait tapé le mot « fin ». Chaque soir, il se sentait happé par son récit, ne sortait presque plus et dînait le plus souvent devant son ordinateur.

La nuit, Paul rejoignait un monde imaginaire où il se sentait heureux en compagnie de personnages devenus des amis. Sous sa plume, tout devenait possible.

Une fois son texte achevé, il l'avait abandonné sur son bureau.

Sa vie avait basculé quelques semaines plus tard, lors d'un repas où Arthur et Lauren s'étaient invités chez lui. Au cours de la soirée, Lauren avait reçu un appel d'un administrateur de l'hôpital. Elle avait demandé à Paul de s'isoler dans son bureau, les laissant, Arthur et lui, discuter dans le salon.

Barbée par les propos de son interlocuteur, Lauren avait repéré le manuscrit et avait commencé d'en tourner les pages, captivée au point de perdre le fil de sa conversation.

Lorsque le professeur Krauss avait enfin raccroché, Lauren avait continué sa lecture. Une bonne heure s'était écoulée avant que Paul glisse la tête dans son bureau afin de vérifier si tout allait bien et la surprenne, un sourire aux lèvres.

— Je te dérange ? avait-il lancé, la faisant sursauter.

— C'est formidable, tu sais !

— Tu ne crois pas que tu aurais pu me demander la permission avant ?

— Je peux l'emporter pour le finir ?

— Les gens normaux ne répondent pas à une question par une autre question !

— C'est pourtant ce que tu viens de faire. Je peux ?

— Ça te plaît vraiment ? avait enchaîné Paul, dubitatif.

— Oui, vraiment, avait répliqué Lauren en regroupant les feuillets.

Puis elle avait pris le manuscrit et était retournée au salon, passant devant Paul sans ajouter un mot.

— Tu m'as entendu dire oui ? avait-il poursuivi en la rejoignant.

Et il lui avait chuchoté à l'oreille de ne pas en parler à Arthur.

— Oui à quoi ? s'était inquiété ce dernier en se levant.

— Je ne sais plus, lui avait répondu Lauren. On y va ?

Et avant que Paul n'ait eu le temps de réagir, Arthur et Lauren, déjà sur le palier, l'avaient remercié pour cette soirée.

*

D'autres voyageurs sortaient, en plus grand nombre, cette fois. Une bonne trentaine, mais toujours pas ceux qu'il était venu chercher.

— Qu'est-ce qu'ils fabriquent ! Ils passent l'aspirateur dans l'avion ? Qu'est-ce qui m'a réellement manqué depuis que je suis à Paris ? La maison de Carmel... Ce que j'aimais y aller le week-end, être en leur compagnie, descendre assister au coucher du soleil sur la plage. Bientôt sept ans. Où ont filé ces années ? Ce sont eux qui me manquent le plus. Les appels vidéo, c'est mieux que rien, mais prendre quelqu'un qu'on aime dans ses bras, sentir sa présence, c'est autre chose. Tiens, il faudra que je parle à Lauren de mes migraines à répétition, c'est son domaine. Non, elle voudra me prescrire des examens, ce sont juste des migraines, c'est ridicule, tous les gens qui ont mal à la tête n'ont pas une tumeur au cerveau. Enfin, je verrai. Bon, ils vont finir par sortir ?

*

Green Street était déserte. Après avoir garé le break Ford dans le parking, Arthur avait ouvert la portière de Lauren et ils avaient grimpé les marches jusqu'au dernier étage de la petite maison victorienne où ils vivaient. Rares étaient les couples qui avaient partagé le même appartement avant de se rencontrer, mais cela, c'est une autre histoire...

Arthur devait achever des esquisses pour un client important. Il s'excusa auprès de Lauren et l'embrassa avant de s'installer à sa table d'architecte. Lauren ne tarda pas à se glisser sous les draps et se replongea dans le manuscrit de Paul.

À plusieurs reprises, Arthur crut l'entendre rire de l'autre côté de la cloison. Chaque fois, il regardait sa montre et reprenait son crayon. Plus tard dans la nuit, percevant cette fois des sanglots, il se leva, ouvrit doucement la porte de la chambre et découvrit sa femme, assise dans leur lit, en pleine lecture.

— Qu'est-ce que tu as ? questionna-t-il, inquiet.

— Rien, répondit-elle en refermant le manuscrit.

Elle attrapa un mouchoir en papier sur la table de nuit, et se redressa.

— Je peux savoir ce qui te rend triste ?

— Je ne suis pas triste.

— Ça se présente mal pour l'un de tes patients ?

— Non, c'est plutôt excellent pour lui.

— Et ça te fait pleurer ?

— Tu viens te coucher ?

— Pas avant que tu m'aies expliqué pourquoi tu ne dors pas.

— J'ignore si j'en ai le droit.

Arthur se campa devant Lauren, décidé à lui extorquer des aveux.

— C'est Paul, finit-elle par lâcher.

— Il est malade ?

— Non, il a écrit...

— Il a écrit quoi ?

— Je dois lui demander sa permission avant de...

— Paul et moi n'avons aucun secret l'un pour l'autre.

— Il semblerait que si. N'insiste pas, viens, il est tard.

Le lendemain soir, Paul reçut un appel de Lauren à l'agence.

— J'ai à te parler, je termine mon service dans une demi-heure, retrouve-moi à la cafétéria en face de l'hôpital.

Perplexe, Paul enfila sa veste et quitta son bureau. Il croisa Arthur devant l'ascenseur.

— Où vas-tu ?

— Chercher ma femme à son travail.

— Je peux t'accompagner ?

— Tu es malade, Paul ?

— Je t'expliquerai en route, dépêche-toi, ce que tu peux être lent !

Lorsque Lauren apparut sur le parking de l'hôpital, Paul se précipita à sa rencontre et l'accapara. Arthur les observa un instant avant de se décider à les rejoindre.

— On se retrouve à la maison, lui dit-elle. Paul et moi devons discuter.

Ils laissèrent Arthur en plan et entrèrent dans la cafétéria.

— Tu as fini de lire ? s'enquit Paul après avoir congédié la serveuse.

— Oui, hier soir.

— Et tu as aimé ?

— Beaucoup. J'ai reconnu pas mal de choses me concernant.

— Je sais, j'aurais peut-être dû te demander ton accord.

— Tu aurais pu.

— De toute façon, personne d'autre que toi ne lira cette histoire.

— C'est précisément de cela dont je voulais discuter avec toi. Tu dois l'envoyer à un éditeur, tu seras publié, j'en suis certaine.

Paul ne voulait pas en entendre parler. D'abord il n'imaginait pas un seul instant que son manuscrit puisse retenir l'attention d'une maison d'édition, et quand bien même, il ne se résolvait pas à l'idée qu'un étranger lise ce qu'il avait écrit.

Lauren usa de tous les arguments possibles, mais Paul campa sur ses positions. En le quittant, Lauren lui demanda l'autorisation de partager le secret avec Arthur, et Paul fit comme s'il n'avait rien entendu.

De retour chez elle, elle confia le manuscrit à Arthur.

— Tiens, lui dit-elle, on en discutera quand tu l'auras lu.

Ce fut au tour de Lauren d'entendre Arthur rire à plusieurs reprises, guettant dans le calme qui suivait l'émotion qui le gagnait à la lecture de certains passages. Il la rejoignit dans le salon trois heures plus tard.

— Alors ?

— C'est très inspiré de notre histoire, mais j'ai beaucoup aimé.

— Je lui ai conseillé de l'envoyer à un éditeur, mais il ne veut rien entendre.

— Je peux le comprendre.

Faire publier le récit de Paul devint une obsession pour la jeune doctoresse. Dès qu'elle le croisait, ou discutait avec lui au téléphone, elle lui posait la même question. Avait-il envoyé son manuscrit. Chaque fois, Paul lui répondait par la négative, la priant de ne plus insister.

Un dimanche, en fin d'après-midi, le portable de Paul sonna. Ce n'était pas Lauren, mais un éditeur de Simon and Schuster.

— Très drôle, Arthur, avait lâché Paul d'une voix agacée.

Surpris, son interlocuteur rétorqua qu'il venait d'achever la lecture d'un roman qui lui avait beaucoup plu et souhaitait en rencontrer l'auteur.

Le quiproquo dura, Paul enchaînait les plaisanteries. D'abord amusé, puis excédé, l'éditeur lui suggéra de lui rendre visite dès le lendemain à son bureau, il aurait ainsi la preuve qu'il ne s'agissait pas d'une blague.

Le doute s'installa dans l'esprit de Paul.

— Comment avez-vous obtenu mon manuscrit ?

— Un ami me l'a remis de votre part.

Et après lui avoir communiqué le lieu du rendez-vous, l'homme raccrocha. Paul fit les cent pas dans son appartement. Ne tenant plus en place, il sauta dans sa Saab et traversa la ville jusqu'au San Francisco Memorial Hospital.

Aux urgences, il demanda à voir Lauren sur-le-champ. L'infirmière lui fit remarquer qu'il n'avait pas l'air malade. Paul lui jeta un œil noir, les urgences n'étaient pas toujours d'ordre médical dans la vie.

Il lui donnait deux secondes pour la biper avant de provoquer un esclandre. L'infirmière fit un signe à l'agent de sécurité. Le pire fut évité quand, voyant Paul, Lauren vint à sa rencontre.

— Qu'est-ce que tu fiches ici ?

— Tu as un ami éditeur ?

— Non, rétorqua-t-elle en fixant le bout de ses chaussures.

— Arthur a un ami éditeur ?

— Non plus, murmura-t-elle.

— C'est encore une de vos plaisanteries ?

— Pas cette fois.

— Qu'est-ce que tu as fait ?

— Rien de mal, la décision t'appartient toujours.

— Tu vas m'expliquer ?

— Un de mes confrères a un ami éditeur, je lui ai confié le manuscrit pour avoir un avis indépendant.

— Tu n'avais pas le droit.

— En d'autres temps, tu as aussi agi pour moi sans mon autorisation, et tu vois, aujourd'hui je t'en suis reconnaissante. J'ai provoqué un peu le destin, et alors ? Je te le répète, la décision t'appartient.

— Quelle décision ?

— De partager avec d'autres ce que tu as écrit. Tu n'es pas Hemingway, mais ton histoire peut apporter un peu de bonheur aux gens qui la liront. Par les temps qui courent, ce n'est déjà pas mal. Maintenant, j'ai du travail.

Elle se retourna avant de franchir les portes des urgences.

— Surtout, ne me remercie pas.
— Te remercier de quoi ?
— Va à ce rendez-vous, Paul, ne sois pas têtu. Au fait, je n'ai encore rien dit à Arthur.

Paul alla rencontrer cet éditeur qui avait apprécié son roman, et succomba à ses propositions. Chaque fois qu'il l'entendait prononcer le mot « roman », il avait un mal fou à établir le lien avec l'histoire qui avait comblé ses nuits à une époque où sa vie n'était pas très heureuse.

Le roman fut publié six mois plus tard. Le lendemain de la sortie en librairie, Paul se retrouva dans l'ascenseur de ses bureaux en compagnie de deux collègues architectes qui avaient son livre en main. Ils le félicitèrent et Paul, tétanisé, attendit qu'ils soient sortis pour rappuyer sur le bouton du rez-de-chaussée. Il partit s'installer dans le café où il prenait son petit déjeuner chaque matin. La serveuse voulut qu'il lui signe l'exemplaire qu'elle avait acheté. La main de Paul trembla en le dédicaçant. Il régla la note, rentra chez lui et se mit à relire son roman. À chaque page qu'il tournait, il s'enfonçait un peu plus dans son fauteuil, souhaitant s'y fondre pour ne plus jamais avoir à sortir. Il avait livré dans ce récit une part de lui, de son enfance, de ses rêves, de ses espoirs, de ses échecs. Sans s'en rendre compte, sans supposer qu'un jour des inconnus le liraient. Plus terrible encore, des gens qu'il côtoyait, avec lesquels il travaillait. Paul, dont la bonhomie et les éclats de voix masquaient une pudeur maladive, demeura les yeux grands ouverts et les bras ballants, n'ayant plus pour seul souhait que de devenir, à l'image de son personnage, invisible.

Lui vint l'idée de racheter tous les exemplaires en circulation. Il se jeta sur le téléphone, mais avant qu'il ait pu parler à son éditeur de ce projet, ce dernier le félicita de l'article paru le matin même dans le *San Francisco Chronicle.* Certes, la critique l'écorchait un peu, c'était de bonne guerre, pourtant dans l'ensemble le papier ferait une belle publicité. Paul lui raccrocha au nez et se rua sur le premier kiosque à journaux. L'article soulignait les erreurs d'un premier roman, et pire pour Paul, félicitait son auteur de ne pas avoir craint d'être taxé de sensiblerie. À une époque où le cynisme primait sur l'intelligence, il fallait peut-être voir ici un acte de résistance assez courageux, avait conclu le journaliste. Paul se sentit mourir. Pas d'une mort subite, ce qui l'aurait franchement soulagé, mais d'une lente et suffocante agonie.

Son portable ne cessait de sonner, des numéros inconnus apparaissaient sur l'écran, chaque fois, il rejetait l'appel. Il finit par ôter la batterie et disparut des écrans radar. Il ne se rendit pas au cocktail organisé par son éditeur, ne mit plus les pieds au bureau de la semaine, restant chez lui. Un soir, le livreur de pizzas lui présenta un exemplaire à lui dédicacer, ajoutant qu'il avait reconnu sa photo au journal télévisé de la veille. Après cet incident qui se reproduisit avec la caissière de l'épicerie, Paul hiberna.

Jusqu'à ce qu'Arthur vienne frapper à sa porte et le déloger de force de sa tanière. Au contraire de Paul, Arthur se réjouissait pour lui, et il apportait de bonnes nouvelles.

L'originalité de son récit avait capté l'attention des médias. Maureen, l'assistante de l'agence, avait préparé une revue de presse avec amour. La plupart de leurs clients avaient déjà lu le livre et avaient téléphoné pour le féliciter.

Un producteur de films avait cherché à le joindre au bureau et, Arthur avait gardé le meilleur pour la fin, le libraire du Barnes & Noble où il avait ses habitudes lui avait indiqué que le roman se vendait comme des petits pains. Le succès demeurait contenu dans la Silicon Valley, mais à ce train-là, il s'étendrait bientôt à tout le pays, le libraire en était convaincu...

À la terrasse du restaurant où il avait traîné Paul, Arthur lui fit remarquer qu'il était temps de se raser, de prendre un peu plus soin de son apparence, de rappeler son éditeur qui avait laissé vingt messages au bureau, et surtout d'embrasser ce bonheur que la vie lui offrait, au lieu de tirer cette tête d'enterrement.

Paul resta silencieux un long moment, prit une grande inspiration et songea qu'un malaise en public aggraverait son cas. Lorsqu'une femme qui l'avait reconnu interrompit leur déjeuner pour lui demander si son roman était autobiographique, ce fut le coup de grâce.

D'un ton solennel, Paul déclara à Arthur qu'après avoir beaucoup réfléchi au cours de cette semaine, il lui confiait le cabinet. À son tour de s'offrir une année sabbatique.

— Pour faire quoi ? interrogea Arthur, secoué.

Disparaître, pensa Paul. Pour s'épargner une leçon de morale, il invoqua un prétexte imparable : Écrire un deuxième roman, enfin essayer. Que pouvait opposer Arthur à cela ?

— Si c'est vraiment ce que tu souhaites. Je n'ai pas oublié que lorsque j'allais mal, je suis parti vivre quelque temps à Paris, et tu as pris nos affaires en main. Où comptes-tu te rendre ?

Paul qui n'en avait aucune idée répondit sans réfléchir :

— À Paris. Tu m'as tant vanté les merveilles de la Ville lumière, ses bistrots, ses ponts, ses quartiers pleins de vie et ses Parisiennes... qui sait, avec un peu de chance, cette ravissante fleuriste dont tu me vantais aussi les charmes sera peut-être encore là ?

— Peut-être, rétorqua Arthur laconique, mais tout n'était pas aussi merveilleux que je te le laissais entendre.

— Parce que, à cette époque, tu n'étais pas au mieux de ta forme. Moi, j'ai seulement besoin de changer d'air... pour stimuler ma créativité, tu comprends.

— Si c'est pour stimuler ta créativité ! Et quand comptes-tu partir ?

— Organisons un dîner chez vous ce soir, on invitera Pilguez et sa femme, la bande sera au complet pour les adieux et zou, dès demain, à moi la France et la belle vie !

Le projet de Paul attristait Arthur au plus haut point, il aurait voulu objecter que cette décision était précipitée, qu'il serait préférable pour l'agence qu'il patiente quelques mois avant de mettre son plan à exécution, mais son sens de l'amitié prit le dessus. Si une telle chance s'offrait à lui, Paul ferait tout pour l'aider, il le lui avait prouvé par le passé. Quant au boulot, il s'arrangerait.

Après avoir salué Arthur, Paul rentra chez lui, dans un état d'effroi total. Où avait-il déniché une telle idée ? S'installer à Paris, et seul !

Arpentant son appartement, il se mit à chercher des arguments en faveur de cette échappatoire, folle et improbable. Si Arthur l'avait fait, pourquoi pas lui. Le deuxième argument, qui supplanta le premier, concernait les Parisiennes, le troisième était que finalement, il pourrait essayer d'écrire un autre roman... qu'il ne publierait pas... ou uniquement à l'étranger. De sorte qu'il lui soit possible de revenir à San Francisco, dès que les choses se seraient tassées. Au bout du compte, ces arguments ne firent plus qu'un : écrivain... américain... célibataire... à Paris !

Et à Paris, où il vivait maintenant depuis sept ans, Paul avait écrit cinq autres romans. Las d'aventures avec des Parisiennes dont les changements d'humeur lui semblaient impossibles à comprendre, il opta pour le célibat, à moins que ce ne fût le célibat qui optât pour lui.

Ses cinq romans ne rencontrèrent pas le succès qu'il avait fini par espérer, du moins, pas en Europe ni aux États-Unis, mais pour une raison qu'il ignorait, ses livres faisaient un tabac en Asie, plus particulièrement en Corée.

Depuis quelques années, Paul entretenait une liaison amoureuse avec sa traductrice coréenne. Deux fois l'an, Kyong venait lui rendre visite, une semaine, jamais davantage. Il était bien plus épris qu'il ne voulait le reconnaître. Seul problème, face à elle, il ne savait jamais trouver le mot juste.

Kyong aimait les silences, Paul les avait en horreur. Il se demandait souvent s'il n'avait pas pris la plume pour les effacer, tels des blancs que l'on recouvre d'encre. Kyong et lui passaient ensemble quatorze journées et demie par an, allées et venues à l'aéroport comprises. Quand Kyong était là, il la regardait pendant des heures, sans discerner si elle était vraiment belle ou seulement à ses yeux. Son visage était si singulier et son regard si pénétrant lorsqu'ils faisaient l'amour, qu'il lui arrivait de se demander s'il ne couchait pas avec une extraterrestre.

Ils se voyaient peu, mais avaient leurs habitudes. Lors de ses escapades parisiennes, elle aimait fréquenter le cinéma de la rue Apollinaire, comme si la salle avait plus d'importance que le film qu'on y projetait, traverser la passerelle des Arts, manger une glace chez Berthillon même au creux de l'hiver. Elle aimait lire les journaux français, traîner dans les librairies, se promener dans le Marais, parcourir les voies piétonnes du quartier des Halles et remonter à pied la rue de Belleville, alors qu'il aurait été plus simple de la descendre. Elle aimait prendre le thé aux beaux jours dans le jardin du musée de la Vie romantique, rue Chaptal, visiter la collection Camondo, rue de Monceau, que Paul lui offre des fleurs et en fasse des bouquets en rentrant chez lui. Elle aimait choisir des fromages sur l'étal de Vannaut, un maître affineur qui tenait boutique en bas de chez Paul, elle aimait qu'il la regarde et la désire, elle aimait moins ses livres, mais ils étaient le lien qui les avait unis.

Kyong occupait aussi l'esprit de Paul, quand elle n'était pas là, plus encore peut-être. Pourquoi était-elle si attachante à ses yeux, pourquoi lui manquait-elle autant ?

Dès qu'il avait achevé un manuscrit, elle débarquait chez lui. Ignorant la fatigue qui accable toute personne normale ayant voyagé onze heures, elle resplendissait de fraîcheur. Après un déjeuner frugal, invariablement composé d'œufs mayo, d'une tartine et d'un panaché – ce qui était peut-être en soi un remède miracle contre le décalage horaire, idée à soumettre un jour à la science –, déjeuner qu'elle souhaitait tout aussi invariablement prendre dans le même café, à l'angle de la rue de Bretagne et de la rue Charlot – il faudrait se renseigner sur la provenance des poules qui pondaient les œufs mayo du café Le Marché, au cas où il ferme un jour –, ils montaient dans l'appartement de Paul. Kyong se douchait, avant de s'installer à sa table d'écriture pour le lire. Paul s'asseyait au pied du lit, face à elle, et l'observait. Perte de temps notoire puisqu'elle demeurait impassible pendant sa lecture. Il lui semblait alors que son appréciation du roman allait décider ou non qu'elle le rejoigne. Dans son cas, le « et plus si affinités » lui paraissait dépendre d'un « si j'ai aimé tes chapitres ». Pour cette raison, plus qu'un commentaire explicite de la traductrice à laquelle il devait une partie substantielle de ses revenus, Paul vivant de ses royalties coréennes, il guettait le moment où elle s'abandonnerait à leur intimité.

Il aimait écrire, résider à l'étranger, il aimait les visites bisannuelles de Kyong et si le reste de l'année, une certaine solitude n'avait été la rançon de cette existence, il aurait trouvé sa nouvelle vie presque parfaite.

*

Les portes vitrées s'ouvrirent et Paul, soulagé, soupira.

Arthur poussait un chariot à bagages pendant que Lauren faisait de grands signes.

4.

Mia ouvrit les yeux et s'étira. Il lui fallut quelques instants pour se resituer, géographiquement et sentimentalement. Elle sortit du lit, ouvrit la porte de la chambre et chercha Daisy. L'appartement était vide.

Un petit déjeuner l'attendait sur le comptoir de la cuisine, accompagné d'un mot posé sur une vieille assiette en faïence.

« Tu avais besoin de sommeil, rejoins-moi au restaurant quand tu le pourras. »

Mia alluma la bouilloire électrique et avança jusqu'à la fenêtre. De jour, la vue était encore plus surprenante. Elle s'interrogea sur la manière d'occuper sa journée, et celles qui suivraient. Elle regarda l'heure à la pendule du four et tenta d'imaginer ce que David pouvait bien faire, s'il était seul ou profitait pleinement de son absence. Avait-elle eu raison de lui laisser le champ libre, d'espérer qu'elle finirait par lui manquer ? N'aurait-il pas mieux valu occuper le terrain pour tenter de le reconquérir ? Qui détenait les clés de ce genre d'énigme ?

Mia ne savait pas ce qu'elle voulait, mais elle savait ce qu'elle ne voulait plus. Le doute, l'attente, le silence. Elle voulait des projets impossibles, mais qui vous donnent envie de vous lever le matin, retrouver l'appétit de vivre et ne plus se réveiller l'estomac noué.

Le ciel était voilé, mais il ne pleuvait pas, c'était un bon début. Elle n'irait pas rejoindre Daisy, elle préférait se promener dans les rues de Montmartre, chiner dans les boutiques et pourquoi pas se faire croquer le portrait par un caricaturiste de la Butte. C'était kitsch à souhait, mais c'était justement ce dont elle avait envie. Ici, au contraire de l'Angleterre, les gens ne la reconnaîtraient pas. Elle allait profiter de cette liberté pour faire ce qui lui passerait par la tête.

Elle fouilla dans son sac de voyage, chercha une tenue et ne put résister à la curiosité d'explorer l'appartement de sa meilleure amie. Elle observa la bibliothèque peinte en blanc et dont les étagères pliaient sous le poids des livres. Mia chaparda une cigarette dans le paquet oublié sur la table basse, cherchant le moindre indice qui révélerait l'identité de son propriétaire. Quel genre d'homme était-il, était-ce un ami ou un amant de Daisy, son petit ami peut-être ? La seule idée que Daisy partage sa vie avec quelqu'un raviva le désir d'appeler David, de remonter le temps, avant ce tournage où une actrice de second rôle lui avait tourné la tête ; ce n'était probablement pas la première fois, mais sous ses yeux, l'expérience avait été cruelle à vivre. Sur la terrasse, elle alluma sa cigarette qu'elle regarda se consumer entre ses doigts.

Elle entra dans le loft et s'installa au bureau de Daisy. Son ordinateur portable était ouvert, l'écran verrouillé.

Elle prit son téléphone et commença une conversation par texto avec son amie :

Quel est ton mot de passe ? J'ai besoin de lire mes mails.

Tu ne peux pas les lire sur ton smartphone ?

Pas quand je suis à l'étranger.

Radine !

C'est le mot de passe ?

Tu le fais exprès ?

Ben quoi ?

Je travaille. Ciboulette.

????

C'est mon mot de passe.

Jetravailleciboulette ?

Ciboulette, idiote !

C'est nul, comme mot de passe.

Non, et ne fouille pas dans mes dossiers.

Ce n'est pas mon genre.

C'est tout à fait ton genre.

Mia reposa le téléphone et tapa le sésame. Elle se connecta à sa boîte mail et ne vit qu'un message de Creston qui lui demandait où elle était et pourquoi elle ne répondait pas au téléphone. Un magazine de mode lui proposait un reportage chez elle, il avait besoin de son accord au plus vite.

Elle écrivit :

Cher Creston,

Je suis partie quelque temps, et je compte sur votre discrétion pour ne le dire à personne, quand je dis personne, cela veut dire personne. Pour apprendre le rôle que vous me contraignez à jouer, j'ai besoin d'être seule, sans directives d'un metteur en scène, d'un photographe, d'une de vos assistantes, ou de vous-même. Désobéir est une chose que je n'ai guère eu le loisir de faire depuis deux ans. Je ne poserai pas pour un magazine de mode, car je n'en ai pas envie. Parmi la liste des résolutions que j'ai prises hier soir à bord de l'Eurostar, la première était de ne plus me soumettre. J'ai besoin de me prouver que j'en suis capable, quelques jours au moins. Il fait beau à Paris, je vais aller me promener... je vous donnerai bientôt de mes nouvelles et je serai discrète en toutes circonstances, soyez tranquille.

Bien à vous.

Mia

Elle se relut et appuya sur la touche « envoi ».

Un petit onglet en haut de l'écran éveilla sa curiosité, elle cliqua dessus. Elle écarquilla les yeux en découvrant la page d'accueil d'un site de rencontre.

Elle s'était engagée à ne pas fouiller dans les dossiers de Daisy, mais, en y repensant, ce n'était pas une promesse explicitement formulée, et puis Daisy n'en saurait rien.

Elle consulta les profils des hommes sélectionnés par son amie, éclata de rire en lisant certains messages, en repéra deux qui lui parurent intéressants. Tandis qu'un rayon de soleil entrait dans l'appartement, elle jugea qu'il était temps de quitter ce monde virtuel qu'elle trouvait dérangeant pour aller se frotter à celui qui l'attendait dehors. Elle éteignit l'ordinateur et emprunta un manteau léger accroché dans l'entrée.

En sortant de l'immeuble, elle remonta la rue vers la place du Tertre, s'arrêta devant une galerie, et continua son chemin. Un couple de touristes la regarda, la femme la montra du doigt et elle l'entendit dire à son mari : « Je t'assure que c'est elle, va le lui demander ! »

Mia accéléra le pas et entra dans le premier café venu. Le couple se planta devant la vitrine, Mia se colla au comptoir et commanda un quart Vittel, les yeux rivés sur le miroir du bar où se reflétait la rue. Elle attendit que le couple indélicat se lasse, paya et partit.

Arrivée place du Tertre, elle observait les caricaturistes au travail quand un jeune homme l'aborda. Il avait un sourire bienveillant et assez belle allure dans son jean et sa veste.

— Vous êtes Melissa Barlow, n'est-ce pas ? J'ai vu tous vos films, déclara-t-il dans un anglais parfait.

Melissa Barlow était le nom de scène de Mia Grinberg.

— Vous tournez un film à Paris ou vous êtes en vacances ? poursuivit-il.

Mia lui sourit.

— Je ne suis pas ici, mais à Londres. Vous avez cru me voir, mais ce n'est pas moi, juste une femme qui me ressemble.

— Je vous demande pardon ? rétorqua-t-il, circonspect.

— C'est moi qui vous demande pardon, ce que je dis ne doit avoir aucun sens pour vous, mais pour moi, si. Ne m'en voulez pas si je vous ai déçu.

— Comment Melissa Barlow pourrait-elle me décevoir, puisqu'elle est en Angleterre ?

Le jeune homme la salua respectueusement, fit quelques pas et se retourna.

— Si par le plus grand des bonheurs vous la croisiez un jour dans les rues de Londres, le monde est si petit, pourriez-vous lui confier de ma part qu'elle est une formidable actrice ?

— Je n'y manquerai pas. Je suis certaine que cela lui fera très plaisir.

Mia le vit s'éloigner.

— Au revoir, murmura-t-elle.

Elle chercha ses lunettes de soleil dans son sac, marcha un peu et repéra un salon de coiffure. Elle pensa que Creston lui passerait certainement un savon magistral et cette seule idée lui donna encore plus envie de mettre son plan à exécution. Elle poussa la porte, s'installa sur un fauteuil et ressortit une heure plus tard, brune aux cheveux courts.

Résolue à tester son stratagème, elle s'assit sur les marches du Sacré-Cœur et attendit. Lorsqu'un car de touristes immatriculé en Grande-Bretagne s'arrêta sur le parvis, Mia se joignit aux passagers qui en descendaient, demanda l'heure au guide en faisant face au groupe qu'il accompagnait. Soixante personnes et pas une pour la reconnaître. Elle bénit ce coiffeur qui lui avait offert un nouveau visage. Elle était enfin une simple Anglaise en visite à Paris, une femme anonyme.

*

Paul avait fait deux fois le tour du pâté de maisons et finit par se ranger en double file. Il se retourna vers ses deux passagers, un grand sourire aux lèvres.

— Alors, pas trop dépaysés ?

— Par ta façon de conduire, non, répondit Arthur.

— Tu lui as déjà raconté cette soirée où j'ai passé deux heures recroquevillé sous une table d'opération à cause de lui ? dit-il en s'adressant à Lauren.

— Vingt fois, rétorqua Arthur, pourquoi ?

— Pour rien, voici les clés, c'est au dernier étage, montez vos valises, je vais garer la voiture au parking.

Lauren et Arthur avaient pris possession de leur chambre et défaisaient leurs bagages.

— C'est dommage que vous n'ayez pas emmené Jo, soupira Paul en entrant.

— C'est un long voyage pour un enfant de son âge, expliqua Lauren, il est chez sa marraine et je crois que ça lui plaît beaucoup.

— Il aurait été beaucoup plus heureux chez son parrain.

— Nous rêvions de vacances en amoureux, intervint Arthur.

— Peut-être, mais il y a longtemps que vous êtes amoureux, alors que moi, je ne vois pas souvent mon filleul.

— Reviens vivre à San Francisco, tu le verras tous les jours.

— Vous voulez manger quelque chose ? Où ai-je rangé ce cake ? marmonna Paul en inspectant ses placards de cuisine. Je suis certain d'avoir acheté un cake.

Lauren et Arthur échangèrent un regard.

Il leur servit du café et détailla le programme qu'il avait établi.

Le soleil étant au rendez-vous, la première journée serait consacrée à la visite des lieux cultes parisiens, tour Eiffel, Arc de triomphe, île de la Cité, Sacré-Cœur et, si le temps venait à leur manquer, ils continueraient le lendemain.

— En amoureux..., rappela Arthur.

— Bien entendu, reprit Paul, un peu gêné.

Lauren avait besoin de se reposer avant d'entreprendre un tel marathon. Les deux compères devaient avoir plein de choses à se raconter et elle les invitait à déjeuner sans elle.

Paul se proposa d'emmener Arthur dans un café à quelques pas de chez lui, à midi, la terrasse était en plein soleil.

Arthur enfila une chemise propre et le suivit.

Attablés, les deux amis s'observèrent un moment sans rien dire. Comme si chacun guettait celui des deux qui parlerait le premier.

— Tu es heureux, ici ? finit par lâcher Arthur.

— Oui, enfin, je crois.

— Tu crois ?

— Qui peut être certain d'être heureux ?

— C'est probablement une phrase d'écrivain, mais là, c'est moi qui te pose la question.

— Que veux-tu que je te réponde ?

— La vérité.

— J'aime mon métier, même si j'ai toujours la sensation d'être parfois un usurpateur, je n'ai écrit que six romans tu sais. Il paraît que beaucoup d'écrivains ressentent cela, enfin, c'est ce que m'ont confié des confrères.

— Tu en fréquentes beaucoup ?

— Je me suis inscrit à un club d'écriture pas loin d'ici, j'y vais un soir par semaine, nous papotons, parlons de nos blocages, et puis nous allons achever la soirée dans une brasserie. C'est drôle, en m'entendant te raconter ça, je trouve ça sinistre.

— Je ne te contredirai pas.

— Et toi, comment vas-tu ? Le cabinet prospère ?

— Nous parlions de toi.

— J'écris, c'est ma seule occupation en réalité. Je participe à quelques salons du livre. Parfois, je fais des signatures en librairie. L'an dernier je me suis rendu en Allemagne et en Italie où mes livres se vendent un peu. Je vais dans une salle de sport deux fois par semaine, j'ai horreur de ça, mais avec ce que je mange, c'est indispensable, et sinon j'écris, mais je me répète, non ?

— Ça m'a l'air très joyeux, siffla Arthur d'un ton ironique.

— Ne crois pas ça, je suis heureux la nuit. J'y rejoins mes personnages, alors oui, la vie devient joyeuse.

— Tu as quelqu'un ?

— Oui et non. Elle n'est pas souvent là, pour tout

avouer jamais, mais je pense à elle sans cesse, tu as connu cela, n'est-ce pas ?

— Qui est-ce ?

— Ma traductrice coréenne, ça t'épate, non ? s'exclama Paul, faussement jovial. Eh oui, il paraît que je suis populaire en Corée. Je n'y ai jamais mis les pieds, tu sais combien j'ai horreur de l'avion, je ne me suis toujours pas remis du vol qui m'a amené ici.

— C'était il y a sept ans !

— C'était hier, onze heures de turbulences. Un calvaire.

— Il faudra pourtant que tu repartes un jour.

— Pas sûr, j'ai obtenu mon permis de séjour. Ou alors par bateau.

— Et cette traductrice ?

— C'est une femme formidable, même si je la connais peu, finalement. D'année en année, je me suis attaché à elle. Les relations à distance ne sont pas faciles.

— Tu m'as l'air bien seul, Paul.

— Ce n'est pas toi qui m'as déclaré un jour que la solitude était une forme de compagnie ? Bon, assez parlé de moi ! Et vous ? Montre-moi des photos de Jo, il doit avoir tellement grandi.

Une femme ravissante s'assit à une table voisine de la leur. Paul ne lui prêta aucune attention, ce qui inquiéta Arthur.

— Ne me regarde pas ainsi, reprit Paul ; des aventures, j'en ai connu plus que tu ne l'imagines, et puis il y a eu Kyong. Avec elle, c'est différent, j'ai l'impression d'être moi-même, de ne plus jouer un rôle, je ne me sens pas obligé de séduire. Elle a appris à me connaître dans mes bouquins, ce qui est un comble, car je crois qu'elle ne les aime pas.

— Personne ne la force à te traduire.

— Elle en rajoute peut-être un peu pour me faire enrager, ou pour me pousser à progresser.

— Mais en attendant tu vis seul !

— Tu vas penser que je passe mon temps à te paraphraser, mais qui a dit : on peut aimer quelqu'un et être seul.

— Ma situation était un peu particulière, tu en conviendras.

— La mienne aussi.

— Toi qui écris, tu devrais rédiger la liste des choses qui te rendraient heureux.

— Mais je suis heureux, bon sang !

— Tu m'en as tout l'air.

— Merde, Arthur, ne commence pas à m'analyser, j'ai horreur de ça, et puis tu ne sais rien de ma vie.

— Nous nous connaissons depuis l'adolescence, je n'ai pas besoin d'une explication de texte pour deviner comment tu vas. Tu te souviens de ce que disait ma mère ?

— Elle disait beaucoup de choses. À propos, j'aimerais me servir de la maison de Carmel comme décor de mon prochain roman. Je ne m'y suis plus rendu depuis fort longtemps.

— À qui la faute !

— Ce qui me manque à en crever, reprit Paul, ce sont nos virées au Ghirardeli, nos balades jusqu'à la pointe du fort, nos soirées, nos engueulades au bureau, la façon que nous avions de nous projeter dans l'avenir à chaque conversation pour aboutir nulle part... nous deux.

— J'ai croisé Onega.

— Elle t'a parlé de moi ?

— Oui, je lui ai confié que tu vivais à Paris.

— Toujours mariée ?

— Elle ne portait pas d'alliance.

— Elle n'avait qu'à pas me quitter. Tu sais, ajouta Paul en souriant, elle était jalouse de notre amitié.

*

Mia observa les caricaturistes de la place du Tertre et trouva sympathique, voire plutôt bel homme, celui qui portait un pantalon de toile, une chemise blanche et une veste en tweed. Elle s'installa sur la chaise pliante en face de lui et lui demanda d'être le plus fidèle possible.

— « Le seul amour fidèle est l'amour-propre », disait Guitry, lança le caricaturiste de sa voix rauque.

— Il avait bien raison.

— Malheureuse en amour ?

— Pourquoi me posez-vous cette question ?

— Parce que vous êtes seule et que vous sortez de chez le coiffeur. On dit souvent « nouvelle coupe, nouvelle vie ».

Mia le fixa, interloquée.

— Vous vous exprimez toujours par des citations ?

— Cela fait vingt-cinq ans que je croque des portraits, j'ai appris à lire pas mal de choses dans un regard. Le vôtre est joli, intéressant, cependant, l'égayer un peu ne lui ferait pas de mal. Assez parlé, si vous voulez que mon crayon soit fidèle au modèle, ne bougez pas.

Mia se redressa.

— En vacances à Paris ? poursuivit le caricaturiste en taillant son fusain.

— Oui et non, je passe quelques jours chez une amie, elle tient un restaurant dans le quartier.

— Je dois la connaître, Montmartre est un village.

— La Clamada.

— Ah, votre amie est la petite Provençale ! C'est une fille courageuse. Sa cuisine est inventive et pas chère. Contrairement à certains elle n'a pas été draguer les touristes. Je vais de temps à autre déjeuner chez elle, elle a du caractère.

Mia observa les mains du caricaturiste et remarqua son alliance.

— Vous avez déjà désiré une autre femme que la vôtre ?

— Peut-être, le temps d'un regard, ou plutôt celui de savoir à quel point j'aimais la mienne.

— Vous n'êtes plus ensemble ?

— Si.

— Alors pourquoi l'imparfait ?

— Arrêtez de parler, je suis en train de dessiner votre bouche.

Mia laissa l'artiste à sa tâche. La séance dura un peu plus longtemps qu'elle ne l'avait imaginé. Quand l'homme eut achevé son travail, il l'invita à venir voir le résultat sur son chevalet. Mia sourit en découvrant un visage qu'elle ne reconnaissait pas.

— Je ressemble vraiment à ça ?

— Aujourd'hui, oui, dit le caricaturiste. J'espère que bientôt vous sourirez comme sur ce dessin.

Il sortit son téléphone de sa poche, prit une photo d'elle qu'il compara au dessin.

— C'est vraiment réussi, félicita Mia. Vous pourriez exécuter un portrait à partir d'une photo comme celle-ci ?

— Je suppose, si elle est nette.

— Je vous en apporterai une de Daisy, je suis sûre qu'elle serait heureuse d'avoir le sien, vous avez un joli coup de crayon.

Le caricaturiste se pencha pour fouiller dans l'un des cartons à dessins posés contre son chevalet. Il en retira une feuille Canson et la tendit à Mia.

— Elle est ravissante, votre amie restauratrice, dit-il. Elle passe chaque matin devant moi. Je vous l'offre.

Mia observa le visage de Daisy. Ce n'était pas une caricature, mais un vrai portrait, reproduisant son expression avec adresse et sensibilité.

— Je vous laisse le mien en échange, dit-elle, avant de saluer le caricaturiste.

*

Paul avait mené la visite au pas de charge. Avec un culot dont il était seul capable, il avait coupé la file qui s'allongeait au pied de la tour Eiffel, gagnant ainsi une bonne heure sur le programme. Au dernier étage, il eut le vertige et s'accrocha au garde-corps, demeurant à bonne distance des balustrades. Il laissa Arthur et Lauren admirer la vue sans lui, jurant qu'il la connaissait par cœur. Après une descente en ascenseur les yeux fermés, il retrouva sa dignité et conduisit ses amis au jardin des Tuileries.

Lauren, en voyant des enfants tourner sur le carrousel, ressentit l'impérieuse nécessité de téléphoner à Nathalia pour entendre la voix de son fils. Elle invita Arthur à la rejoindre sur le banc où elle s'était assise. Paul en profita pour aller acheter des friandises. Lauren l'observa de loin pendant qu'Arthur discutait avec Jo.

Sans le quitter des yeux, elle reprit le combiné, submergea son petit garçon de mots d'amour, lui promit de lui rapporter un cadeau de Paris et fut presque déçue de constater qu'elle ne lui manquait pas plus que cela. Il s'amusait beaucoup chez sa marraine.

Elle le couvrit de baisers et garda l'appareil collé à l'oreille alors que Paul revenait, en ayant toutes les peines du monde à tenir trois barbes à papa dans une seule main.

— Comment l'as-tu trouvé ? chuchota-t-elle.

— C'est à moi que tu parles ou à Jo ? demanda Arthur.

— Jo a raccroché.

— Alors pourquoi fais-tu semblant de téléphoner ?

— Pour que Paul se tienne à distance.

— Bien, je crois qu'il est heureux, répondit Arthur.

— Tu ne sais pas mentir.

— Ce n'est pas un reproche, j'espère ?

— Juste un constat. Tu as remarqué qu'il marmonne sans cesse ?

— Il est très seul et il ne veut pas se l'avouer.

— Il n'a personne dans sa vie ?

— J'ai vécu quatre ans à Paris en étant célibataire.

— Mais tu étais très amoureux de moi. Et tu n'as pas eu une petite histoire avec une ravissante fleuriste ? interrogea Lauren.

— Lui aussi serait amoureux. Elle vit en Corée. Il pense même s'installer avec elle. Ses livres auraient un succès énorme, là-bas.

— En Corée ?

— Oui, même si je pense que ce n'est pas vrai et que son projet est absurde.

— Pourquoi, s'il aime vraiment cette femme ?

— Je n'ai pas l'impression qu'elle l'aime autant que lui. Il a une peur panique de l'avion, s'il part, il risque de ne jamais revenir. Tu le vois vivre seul, en Corée ? Paris est suffisamment loin de San Francisco comme ça.

— Tu n'as pas le droit de l'en empêcher, si c'est ce qu'il souhaite.

— J'ai le droit d'essayer de le convaincre.

— Nous parlons du même Paul ?

Paul, qui en avait assez de patienter, arriva vers eux d'un pas décidé.

— Je peux parler à mon filleul ?

— Il vient de raccrocher, répliqua Lauren, confuse.

Elle rangea son portable et lui adressa un grand sourire.

— Qu'est-ce que vous complotiez, tous les deux ?

— Absolument rien, répondit Arthur.

— Ne vous inquiétez pas, je ne vais pas vous coller pendant tout votre séjour. J'ai envie de profiter de vous, mais je vous laisserai tranquilles très vite.

— Mais nous aussi, nous avons envie de profiter de toi, sinon, pourquoi serions-nous venus à Paris ?

Paul resta songeur, les propos de Lauren avaient du sens.

— J'ai vraiment cru que vous complotiez. De quoi parliez-vous alors ?

— D'un restaurant où j'aimerais vous emmener tous les deux ce soir, j'y avais mes habitudes quand je vivais à Paris. À condition que tu nous laisses rentrer nous reposer, nous n'en pouvons plus de jouer les touristes, avoua Arthur.

Paul accepta l'invitation. Les trois amis empruntèrent l'allée de Castiglione jusqu'à la rue de Rivoli.

— Il y a une station de taxis pas loin, dit Paul en s'engageant sur le passage piéton.

Le feu vira au vert et Arthur et Lauren n'eurent pas le temps de le suivre.

Le flot de la circulation les séparait. Un autobus passa devant eux. Lauren remarqua le panneau publicitaire sur son flanc :

« Vous pourriez rencontrer la femme de votre vie dans ce bus, sauf si elle prend le métro »...

... annonçait un site de rencontres sur Internet.

Lauren donna un coup de coude à Arthur et ils suivirent le bus des yeux, avant de se regarder tous deux.

— Tu n'y penses pas ? chuchota Arthur.

— Je doute qu'il nous entende de l'autre côté de l'avenue.

— Jamais il ne s'inscrira sur ce genre de site.

— Qui a dit que c'était à lui de le faire ? lâcha-t-elle, goguenarde. Quand le destin a besoin d'un petit coup de pouce, l'amitié exige qu'on lui tende la main... ça ne te rappelle rien ?

Et elle traversa sans attendre Arthur.

*

Mia mit la paire de lunettes en écaille achetée chez un antiquaire au cours de l'après-midi. Avec ces verres épais, elle ne voyait pas grand-chose. Elle poussa la porte du restaurant.

Depuis la salle comble, par une grande fenêtre ouverte dans le mur, les clients attablés pouvaient voir Daisy œuvrer en cuisine. Son cuistot paraissait ne plus savoir où donner de la tête. Daisy emporta des assiettes et disparut. Une porte s'ouvrit et elle réapparut, se dirigeant vers une table de quatre personnes. Elle les servit et repartit aussi vite, frôlant Mia sans lui prêter attention. Juste avant de rentrer dans sa cuisine, elle recula de trois pas.

— Je suis désolée, annonça-t-elle, nous sommes complets.

Mia, que ses lunettes faisaient loucher, insista.

— Même pas une petite place ? Je peux attendre, dit-elle en déguisant sa voix.

Daisy fit un tour d'horizon, la moue dépitée.

— Les gens, là-bas, ont demandé l'addition, mais bavards comme ils sont... Vous êtes seule ? Si une place au comptoir vous convient, suggéra-t-elle en lui désignant le coin bar.

Mia accepta et alla s'installer sur un tabouret.

Elle attendit quelques minutes avant que Daisy ne revienne, passe derrière le comptoir, mette son couvert et se retourne pour attraper un verre à pied accroché à un rack. Elle lui tendit un menu et annonça qu'elle n'avait plus de coquilles Saint-Jacques. La maison ne servait que des produits frais, elle avait tout vendu.

— C'est dommage, je suis venue exprès de Londres pour vos coquilles Saint-Jacques.

Daisy la scruta, dubitative, avant de sursauter.

— La vache ! s'exclama-t-elle. Heureusement que je n'avais pas les mains pleines, j'aurais tout lâché. Tu es dingue !

— Tu ne m'avais pas reconnue ?

— Je ne t'avais pas vraiment regardée, mais qu'est-ce qui t'a pris ?

— Tu n'aimes pas ?

— Je n'ai pas le temps, ma serveuse m'a laissée en plan, ce n'était pas le soir pour ça. Si tu as faim, je te prépare quelque chose, sinon...

— Tu as besoin d'un coup de main ?

— Melissa Barlow, serveuse, et puis quoi encore ?

— Je ne vois que Mia, ici, et parle moins fort !

Daisy la toisa de pied en cap.

— Tu saurais tenir une assiette sans la renverser ?

— J'ai joué un rôle de serveuse, et tu connais mon sens de la perfection, je m'étais entraînée.

Daisy hésita. Elle entendit la sonnette que faisait tinter son aide-cuisinier, les clients s'impatientaient, il avait besoin de renforts.

— Ôte ces besicles ridicules et suis-moi !

Mia l'accompagna jusqu'aux cuisines. Daisy lui passa un tablier et lui montra six assiettes qui attendaient sous les lampes à réchauffer.

— C'est pour la 8.

— La 8 ? questionna Mia.

— À droite de l'entrée, la table avec le type qui parle fort, sois aimable avec lui, c'est un régulier.

— Un régulier, reprit Mia en prenant les assiettes.

— Pas plus de quatre à la fois pour ton premier tour de salle, s'il te plaît.

— À vos ordres, répondit Mia en s'emparant des plats.

Elle accomplit sa mission et revint aussitôt chercher ce qu'il restait à servir.

Libérée du service, Daisy redonna à sa cuisine le rythme qui convenait. Les préparations achevées, la sonnette tintait, et Mia se précipitait. Quand elle ne servait pas, elle débarrassait, collectait les additions, et revenait prendre ses instructions sous l'œil amusé de Daisy.

Vers 23 heures, le restaurant commença à se vider.

— Un euro cinquante de pourboire, c'est ce que m'a laissé ton « régulier ».

— Je n'ai pas dit qu'il était généreux !

— Et il m'a regardée en attendant que je le remercie.

— Ce que tu as fait, j'espère ?

— Et puis quoi encore !

— Je peux savoir quand t'est venue cette étrange idée de changer de tête ?

— Dès que j'ai su que tu aurais besoin d'une remplaçante. Donc, tu n'aimes pas !

— Ce n'est plus toi, je dois m'y habituer.

— Tu ne vas plus voir mes films depuis longtemps, mais j'ai eu des têtes pires que celle-là.

— Je travaille trop pour aller au cinéma, ne m'en veux pas. Tu peux aller servir ces desserts ? J'aimerais beaucoup pouvoir fermer et aller me coucher.

Mia tint son rôle à la perfection jusqu'au bout de la soirée, gagnant en estime auprès d'une amie qui l'aurait crue bien incapable d'une telle prouesse.

À minuit, les derniers clients quittèrent l'établissement. Daisy et son cuistot rangèrent les cuisines tandis que Mia remettait la salle en ordre.

Le rideau baissé, elles partirent à pied à travers les rues de Montmartre.

— C'est comme ça tous les soirs ? demanda Mia.

— Six jours par semaine. C'est épuisant, mais je n'échangerais mon métier pour aucun autre. J'ai de la chance, je suis chez moi, même si les fins de mois sont terrifiantes.

— C'était plein à craquer.

— C'était un bon soir.

— À quoi occupes-tu tes dimanches ?

— Je dors.

— Et ta vie sentimentale ?

— Tu veux que je la mette où, ma vie sentimentale, entre ma chambre froide et ma cuisine ?

— Tu n'as rencontré personne depuis que tu as monté ce restaurant ?

— J'ai connu quelques hommes, mais pas un n'a résisté à mes horaires. Tu partages ta vie avec quelqu'un qui exerce le même métier que toi. Combien d'hommes toléreraient tes absences quand tu pars en tournage ?

— Je ne partage plus grand-chose.

Leurs pas résonnaient dans les rues désertes.

— Peut-être que nous finirons vieilles filles toutes les deux, dit Daisy.

— Toi peut-être, pas moi.

— Salope !

— J'aimerais bien.

— Qui t'en empêche ?

— Et toi, qui t'en empêche ? D'ailleurs, où les as-tu rencontrés, ces hommes ? Des clients ?

— Je ne mélange jamais amour et travail, répondit Daisy. Sauf une fois. Il venait très souvent, trop souvent, alors j'ai fini par comprendre au bout d'un moment que ce n'était pas que pour ma cuisine.

— Comment était-il ? questionna Mia, intriguée.

— Pas mal, pas mal du tout, même.

Elles arrivèrent au bas de l'immeuble, Daisy composa le code et alluma la lumière avant de grimper l'escalier.

— Pas mal comment ?

— Du charme.

— Mais encore ?

— Que veux-tu savoir ?

— Tout ! Comment il t'a séduite, ta première nuit avec lui, combien de temps a duré votre histoire et comment elle s'est finie.

— Si tu le veux bien, nous attendrons d'être au dernier étage.

En entrant dans l'appartement, Daisy se laissa tomber dans son canapé.

— Je suis exténuée, tu nous préparerais un thé ? Il paraît que c'est la seule chose que les Anglais savent faire dans une cuisine.

Mia fit un bras d'honneur et passa derrière le comptoir. Elle remplit la bouilloire et attendit que Daisy tienne sa promesse.

— C'était un soir de début juillet, l'an dernier. Le restaurant était presque vide, j'étais sur le point d'éteindre mes fourneaux quand il est entré. J'ai hésité, et puis que veux-tu, devoir professionnel oblige. J'ai libéré mon cuistot et ma serveuse. Pour un client, je pouvais me débrouiller seule. Je lui ai présenté le menu, il a saisi ma main et m'a demandé de choisir ce que je voulais, il était reconnaissant que je sois restée pour lui. Et moi, comme une crétine, j'ai trouvé cela charmant.

— Pourquoi comme une crétine ?

— Je me suis installée en face de lui pendant qu'il dînait, j'ai même grignoté quelque chose avec lui. Il était drôle, plein d'entrain. Il a tenu à m'aider à débarrasser, ça m'amusait, je l'ai laissé faire. Quand nous avons fermé le restaurant, il m'a proposé de boire un verre. J'ai dit oui. Nous avons marché jusqu'à la terrasse d'un café. Nous y avons refait le monde, et c'était un joli monde. Il était passionné de cuisine, et il ne bluffait pas. Autant t'avouer que j'ai cru au miracle. Il m'a raccompagnée jusqu'en bas de chez moi, il n'a pas essayé de monter, nous avons juste échangé un baiser. J'avais rencontré l'homme parfait. On ne se quittait plus, il venait me rejoindre en fin de soirée, m'aidait à faire la fermeture, je passais mes dimanches avec lui, enfin, jusqu'à la fin de l'été, après, il m'a dit qu'il ne pouvait plus continuer.

— Pourquoi ?

— Parce que sa femme et ses enfants étaient rentrés de vacances. Je te serais reconnaissante de t'abstenir de tout commentaire. Maintenant, je vais prendre un bain et dormir, conclut Daisy avant de refermer la porte de sa chambre.

*

En sortant de chez L'Ami Louis, Lauren s'arrêta pour admirer les vieilles façades de la rue du Vertbois.

— Tu succombes aux charmes de Paris ? demanda Paul.

— À ceux du repas gargantuesque que nous venons d'avaler, sans aucun doute, dit-elle.

Un taxi les reconduisit. Une fois chez lui, Paul salua ses amis et s'enferma dans son bureau pour écrire.

Lauren s'installa dans le lit, et commença à pianoter sur son Mac. Arthur sortit dix minutes plus tard de la salle de bains et se faufila sous les draps.

— Tu lis tes mails à cette heure-ci ? s'étonna-t-il.

Elle posa l'ordinateur sur ses genoux et pendant qu'Arthur découvrait, ébahi, ce qu'elle venait d'entreprendre, elle se mit à rire à gorge déployée.

Il s'obligea à relire les premières lignes du texte rédigé par Lauren :

Romancier, célibataire, épicurien travaillant souvent le soir, aimant l'humour, la vie et le hasard...

— Je crois que tu as bu trop de vin ce soir.

Et en refermant l'écran, il appuya sans le vouloir sur la touche qui validait l'inscription de Paul sur le site de rencontres.

— Il ne nous pardonnerait jamais de lui jouer un tour pareil.

— Alors, tu vas devoir lui présenter tes excuses au plus vite, car j'ai bien peur que le petit bip que nous avons entendu...

Arthur rouvrit précipitamment l'ordinateur, effondré par sa bévue.

— Ne fais pas cette tête, nous seuls avons accès à

ce compte, et l'idée de chambouler son quotidien n'est pas pour me déplaire.

— Je ne m'y risquerais pas avec lui, répliqua Arthur.

— Veux-tu que je te rappelle ce qu'il a risqué pour nous ? répondit-elle en éteignant la lumière.

Arthur demeura un long moment les yeux grands ouverts dans le noir. Lui revinrent en mémoire mille et un souvenirs de folles escapades et coups tordus. Paul était allé jusqu'à risquer la prison pour lui. Arthur devait son bonheur d'aujourd'hui au culot dont son ami avait fait preuve.

Paris lui rappelait des heures tristes, des années de grande solitude. Paul vivait cela à son tour, et Arthur savait combien cette solitude pouvait peser. Mais il y avait forcément d'autres moyens pour l'en sortir que de passer par un site de rencontres.

— Dors, lui murmura Lauren, nous verrons bien si quelque chose d'intéressant se produit.

Arthur se blottit contre sa femme et s'endormit.

*

Elle s'était retournée cent fois dans son lit sans rencontrer le sommeil, avait ressassé ses dernières semaines sans y trouver la moindre joie. La journée écoulée avait été de loin la meilleure qu'elle ait passée depuis longtemps, même si le manque de l'autre ne l'avait pas quittée.

Elle se rhabilla, et sortit de l'appartement sans bruit.

Dehors, un crachin avait mouillé le pavé des rues noires. Elle remonta la Butte jusqu'à la place du Tertre. Le caricaturiste rangeait son chevalet. Il releva la tête pour la voir prendre place sur un banc.

— Peine de nuit ? lança-t-il en s'asseyant près de Mia.

— Insomnie, reprit-elle.

— Je connais ça, je n'arrive jamais à fermer l'œil avant 2 heures du matin.

— Et votre femme, elle vous attend tous les soirs ?

— J'espère qu'elle m'attend tout court, répondit-il de sa voix rauque.

— Je ne comprends pas.

— Vous avez remis son portrait à votre amie ?

— L'occasion ne s'est pas encore présentée, je le lui donnerai demain.

— Puis-je solliciter une faveur ? Ne lui dites pas qu'il vient de moi. J'aime déjeuner chez elle et je ne sais pas pourquoi, mais je me sentirai gêné si elle l'apprenait.

— Pourquoi ?

— Parce que c'est un peu intrusif de dessiner le visage de quelqu'un sans le lui avoir demandé.

— Mais vous l'avez dessiné quand même.

— J'aime la voir passer le matin devant mon chevalet, alors j'ai eu envie de saisir ce visage qui me met de bonne humeur.

— Je pourrais poser ma tête sur votre épaule, sans le moindre malentendu ?

— Allez-y, mon épaule est sourde.

Ensemble et en silence, ils contemplèrent la lune à peine voilée dans le ciel de Paris.

À 2 heures du matin, le caricaturiste toussota.

— Je ne dormais pas, dit Mia.

— Moi non plus.

Mia se redressa.

— Il est peut-être temps de se dire au revoir, suggéra-t-elle.

— Bonsoir, dit le caricaturiste en se levant.

Ils se séparèrent sur la place du Tertre.

5.

Daisy aimait se promener dans les rues calmes à l'heure où le soleil crève la ligne d'horizon. Le pavé sentait le matin frais. Elle s'arrêta place du Tertre, fixa un banc vide et secoua la tête avant de poursuivre son chemin.

Mia s'éveilla une heure plus tard. Elle se prépara un thé et s'installa face à la baie vitrée.

Elle porta la tasse à ses lèvres et, intriguée par l'ordinateur de son amie, s'assit au bureau.

Première gorgée. Elle accéda à sa boîte mail, parcourut sans les lire tous ceux qui la rappelaient à ses obligations professionnelles. Deuxième gorgée. Ne trouvant pas ce qu'elle espérait, elle referma l'écran.

Troisième gorgée. Elle se retourna pour observer la rue en contrebas et repensa à sa virée nocturne.

Quatrième gorgée. Elle rouvrit l'écran et la page d'accueil du site de rencontres.

Cinquième gorgée. Mia lut attentivement les instructions pour créer un profil.

Sixième gorgée. Elle posa sa tasse et se mit à l'ouvrage.

Création du profil
Êtes-vous prête à vous engager dans une relation ? C'est mon souhait, pas du tout, laissons faire le hasard.
Oui, laissons-le faire.

Votre statut marital : jamais mariée, séparée, divorcée, veuve, mariée.
Séparée.

Avez-vous des enfants ?
Non.

Votre personnalité : attentionnée, aventureuse, calme, conciliante, drôle, exigeante, fière, généreuse, réservée, sensible, sociable, spontanée, timide, fiable, autre.
Tout ça.

Vous ne pouvez faire qu'un seul choix.
Conciliante.

Couleur de vos yeux.
Nous aurions tout pour être heureux, mais avec la couleur de vos yeux, ça ne va pas être possible.
« Aveugle » me conviendrait le mieux.

Votre silhouette : normale, sportive, mince, quelques kilos en trop, ronde, trapue.

On dirait un formulaire pour une foire à bestiaux. Normale.

Votre taille.

En centimètres, aucune idée. Disons 175, après, ça fait girafe.

Votre nationalité.

Britannique : mauvaise idée, depuis Waterloo les Français ne nous ont pas à la bonne. Américaine : ils ont aussi plein de préjugés sur les Américains. Macédonienne... ça fait salade. Mexicaine, je ne parle pas l'espagnol. Micronésienne, c'est joli, mais aucune idée de l'endroit où se situe la Micronésie. Moldave, très sexy, mais ne poussons pas le bouchon. Mozambicaine, exotique, mais avec la mine que j'ai en ce moment, ça ne tient pas la route. Irlandaise, ma mère me tue si elle apprend ça. Islandaise, ils vont s'attendre à ce que je fredonne du Björk à longueur de journée. Lettone, ça rime bien, mais je n'aurai pas le temps de me mettre au letton, cela dit, ça pourrait être drôle de s'inventer un accent et de parler une langue imaginaire, d'autant que la probabilité de rencontrer un Letton est assez faible. Thaïlandaise, ne rêvons pas. Néo-Zélandaise, avec mon accent, ça peut coller !

Votre origine ethnique.

La Seconde Guerre mondiale ne leur a pas suffi ? Qu'est-ce que c'est que ce genre de question ?

Votre vision et vos valeurs : religion.

Parce qu'il n'y a que la religion qui définisse votre vision et vos valeurs ? Agnostique, ça leur apprendra !

Votre vision du mariage.

Floue !

Voulez-vous des enfants ?

Je préférerais rencontrer un homme qui aura envie d'un enfant de moi, et non d'un enfant tout court.

Votre niveau d'études.

Triple merdouille ! Mensonge pour mensonge, bac + 5... non, je vais tomber sur des types hyper savants qui vont m'ennuyer à mourir, bac + 2, c'est dans la moyenne.

Votre profession.

Actrice, mais on ne va pas jouer avec le feu. Agent d'assurances, non, de voyages, non plus, hospitalier, encore moins, militaire, toujours pas, kiné, ils vont me demander de les masser, musicienne, je chante faux, restaurateur... comme Daisy, très bonne idée.

Décrivez votre métier.

Je cuisine...

Assez gonflé pour quelqu'un qui ne sait pas faire une omelette, mais on est là pour s'amuser.

Vos activités sportives : natation, randonnée, jogging, billard et fléchettes...

Fléchettes c'est un sport ?

... Yoga, sports de combat, golf et voile, bowling, football, boxe...

Il y a vraiment des femmes qui répondent « boxe » ?

Vous fumez ?

Occasionnellement.

Mieux vaut être sincère pour ne pas tomber sur un ayatollah de la cigarette.

Vos animaux de compagnie.

Mon futur ex-mari.

Vos centres d'intérêt : musique, sport, cuisine, shopping...

Shopping, ça transpire l'intelligence, bricolage, si j'avais choisi boxe ça irait bien ensemble, danse, ils vont s'attendre à une fille avec un corps de ballerine, ne créons pas de déception, écriture... c'est bien l'écriture, la lecture aussi, cinéma, non, surtout pas, il ne manquerait plus que je tombe sur un cinéphile, expositions musées, ça dépend, animaux, pas envie de passer mes week-ends dans des zoos, jeux vidéo, pêche et chasse, berk, loisirs créatifs, aucune idée de ce que ça veut dire...

Vos sorties.
Cinéma...
Oui, mais non.

Restaurant.
Oui.

Soirées entre amis.
Pas tout de suite.

Famille.
Le moins possible.

Bar/Pub.
Ça oui.

Discothèque.
Ça non.

Événements sportifs.
Surtout pas.

Vos goûts en matière de musique et de cinéma.
Mais c'est une inquisition !

Ce que vous recherchez chez un homme
Sa taille et sa silhouette : normale, sportive, mince, quelques kilos en trop.

Je me fiche de sa silhouette !

Son statut marital : jamais marié, veuf, célibataire.
Les trois.

Il a des enfants.
Ça le regarde.

Il veut des enfants.
On a le temps.

Sa personnalité.
Enfin !

Attentionné, aventureux, calme, conciliant, drôle, généreux, réservé, sensible, sociable, spontané, fiable.
Tout !

Décrivez-vous

Mia, les doigts sur le clavier, fut incapable de taper le moindre mot. Elle revint sur la page d'accueil, entra le pseudo de Daisy, son mot de passe et lut son profil.

Jeune femme aimant la vie, et rire, mais ayant des horaires difficiles, chef cuisinière, passionnée par son métier...

Elle fit un copier-coller du profil de son amie, et valida son inscription.

Daisy ouvrit la porte de l'appartement. Mia rabattit l'écran de l'ordinateur et se leva d'un bond.

— Que faisais-tu ?

— Rien, je lisais mon courrier. Où étais-tu, il est tôt ?

— Il est 9 heures, et je reviens du marché. Habille-toi, j'ai besoin d'un coup de main au restaurant.

Mia comprit à son ton qu'il n'y avait pas matière à discuter.

Après avoir déchargé les cageots de la camionnette, Daisy sollicita l'aide de son amie pour en faire l'inventaire. Elle notait ses achats dans son carnet tandis que Mia, obéissant aux ordres, rangeait les denrées.

— Tu ne serais pas en train de m'exploiter un peu, dit-elle en se frottant les reins.

— Je fais ça toute seule tous les jours, ma vieille, pour une fois que j'ai de l'aide. Tu es ressortie hier soir ?

— Je n'arrivais pas à dormir.

— Reviens travailler ce soir au restaurant, tu retrouveras vite le sommeil, crois-moi.

Mia entrait dans la chambre froide, portant un carton d'aubergines quand Daisy la rappela à l'ordre.

— Pour que les légumes conservent leur goût, on les laisse à température ambiante.

— J'en ai marre !

— Les poissons, eux, vont dans le réfrigérateur.

— Je me demande si Cate Blanchett rangerait des poissons dans le frigo d'un restaurant ?

— Le jour où tu auras un Oscar, nous en reparlerons.

Mia sortit une motte de beurre, attrapa une baguette dans la panetière et s'assit sur le comptoir. Daisy emporta le reste des victuailles et termina de les disposer en bonne place.

— Je suis accidentellement tombée sur un drôle de truc en lisant mes mails, dit Mia, la bouche pleine.

— Quel truc ?

— Un site de rencontres.

— Accidentellement ?

— Juré craché, affirma Mia en levant la main droite.

— Je t'avais dit de ne pas fouiller dans mes dossiers.

— Tu as déjà rencontré des hommes de cette façon ?

— Ne prends pas cet air offusqué, je crois voir ma mère ! Ce n'est pas un site porno que je sache.

— Non, mais quand même !

— Quand même quoi ? Il t'arrive de prendre le bus ou le métro, de marcher dans les rues ? Les gens passent plus de temps les yeux rivés sur leurs portables qu'à regarder ce qui se passe autour d'eux. Le seul moyen d'attirer l'attention de nos jours, c'est en souriant sur un écran de smartphone, ce n'est pas de ma faute, mais c'est ainsi.

— Tu ne m'as pas répondu, insista Mia. Ça marche réellement ?

— Je ne suis pas actrice, je n'ai pas d'agent, pas de fans, je ne foule pas les tapis rouges et il n'y a pas de photos de moi en couverture des magazines. Depuis ma cuisine, je n'ai pas le profil idéal de la femme désirable. Alors oui, je me suis inscrite sur un site, et oui, j'ai rencontré des hommes par ce biais.

— Des hommes bien ?

— Ça, c'est plus rare, mais Internet n'y est pour rien.

— Comment tu as fait ?

— Fait quoi ?

— Par exemple, le premier rendez-vous, comment ça se passe ?

— De la même façon que s'il t'avait abordée dans un café, sauf que tu en sais un peu plus sur lui.

— Ou de ce qu'il a bien voulu te dire.

— Si tu apprends à décrypter un profil, tu parviens assez vite à faire la part des choses.

— Et comment on apprend à décrypter un profil ?

— En quoi ça t'intéresse ?

Mia réfléchit à la question.

— À l'occasion, pour un rôle, dit-elle d'un ton évasif.

— Pour un rôle, évidemment, marmonna Daisy.

Elle soupira et vint s'asseoir à côté de Mia.

— Le pseudo en raconte déjà pas mal sur la personnalité de l'individu. « Maman, je te présente Doudou21, qui est beaucoup plus gentil que Roro la malice que tu avais pourtant adoré ». Misterbig, élégant non ? ElBello, on sent tout de suite la modestie... J'ai été contactée par un dénommé Gaspacho2000. Tu te vois embrasser un Gaspacho ?

Mia partit dans un éclat de rire.

— Ensuite, il y a ce qu'ils disent d'eux et tu n'imagines pas ce que l'on peut lire entre les fautes d'orthographe, c'est souvent pathétique.

— À ce point ?

— Mon cuistot n'arrive que dans une heure, rentrons, je vais te montrer.

De retour à l'appartement, Daisy se connecta sur le site de rencontres et fit une démonstration à Mia.

— Regarde ce qu'écrit celui-là :

Bonjour, es-tu belle et drôle ? Si oui, je suis là pour toi, drôle aussi, mais charmeur et passionné... Eh bien non, Hervé51, désolée, je suis moche et triste... Mais franchement, où est-ce qu'ils vont chercher des trucs pareils ? Là, poursuivit-elle, en cliquant sur une case, ce sont ceux qui sont venus visiter ton profil.

Une nouvelle fenêtre s'ouvrit, Daisy fit défiler les fiches des candidats au bonheur.

— Celui-ci se définit comme étant calme, on veut bien le croire, on dirait qu'il a fumé trois pétards avant de se prendre en photo et dans un cybercafé en plus, c'est très rassurant. Et lui : *Je cherche quelqu'un pour me poser...* ça se dispense de tout commentaire, non ?

Elle passa à la fiche suivante.

— Il a l'air pas mal, dit Mia. *Jamais marié, aventureux, cadre, aime la musique, aller au restaurant...*

— Tu vas trop vite, il faut prêter attention à tout ce qu'il a écrit, répondit Daisy en pointant une ligne :

Je te parie un paquet de Schoko-bons que tu liras mon annonce jusqu'au bout. Garde surtout tes Schoko-bons, Dandy26.

— Et là, qu'est-ce que c'est ? enchaîna Mia.

— Le dossier des profils sélectionnés par le site. En fonction de ce que tu as dévoilé de toi, des algorithmes de compatibilité proposent des rencontres. C'est la version informatisée du hasard.

— Montre-moi !

D'autres profils s'affichèrent, dont certains provoquèrent de grands éclats de rire. Mia s'arrêta sur l'un d'entre eux.

— Attends, celui-ci est intéressant, regarde !

Mia se pencha sur l'écran.

— Mouais.

— Qu'est-ce qui ne va pas avec lui ?

— Romancier...

— Et alors, ce n'est pas un défaut.

— Encore faudrait-il savoir ce qu'il a publié. Les types qui prétendent écrire et en sont encore à taper la première page de leur roman en passant leurs journées dans un café, ceux qui ont suivi dix cours de comédie et se croient sortis de l'Actor's Studio ou ceux qui grattent une guitare et se prennent pour Lennon, recherchent tous la bonne poire au crochet de laquelle ils pourront vivre pendant qu'ils réfléchissent à leur carrière d'artiste... et ils sont nombreux.

— Tu vois le mal partout, je te trouve très dure, et pour ta gouverne j'ai suivi des cours de comédie.

— Peut-être, mais moi j'ai fréquenté quelques-uns de ces loustics. Quoique, je le concède, ton écrivain a l'air sympathique sur cette photo, avec ses trois barbes à papa dans la main... Il doit avoir trois enfants !

— Ou il est très gourmand !

— Tout ça ne visant qu'à préparer un rôle hypothétique, je retourne au restaurant. Je dois préparer le service de midi.

— Attends encore une seconde. La petite enveloppe et la petite bulle sous la photo, à quoi serventelles ?

— L'une contient le courrier qu'il t'envoie, l'autre, si elle est verte, t'invite à converser directement avec lui. Mais ne t'amuse pas à cela, surtout depuis mon ordinateur. Là aussi, il y a des codes et des usages à respecter.

— Lesquels ?

— S'il te donne rendez-vous dans un café le soir, c'est qu'il espère coucher avec toi et dîner ensuite. Dans un restaurant, c'est meilleur signe, mais il faut savoir très vite où il habite. À moins de cinq cents mètres du lieu où vous vous êtes retrouvés, cela en dit long sur ses intentions. S'il ne prend pas d'entrée, c'est un radin, s'il commande pour toi, un super radin, s'il ne parle que de lui pendant le premier quart d'heure, prends tes jambes à ton cou, s'il parle de son ex dans la première demi-heure, il est en convalescence, même punition, s'il te pose plein de questions sur ton passé, c'est un jaloux, s'il te questionne sur tes projets à court terme, il veut savoir si tu coucheras avec lui le soir même. S'il consulte son portable, il est sur plusieurs coups à la fois. S'il te parle de son mal de vivre, il cherche sa mère, s'il te fait remarquer qu'il a commandé un très grand vin, c'est un frimeur, s'il veut partager l'addition, tu es tombée sur un vrai gentleman, et s'il a oublié sa carte de crédit, un pique-assiette.

— Et nous, qu'est-ce que nous devons faire, dire ou ne pas dire ?

— Nous ?

— Toi !

— Mia, j'ai du travail, NOUS en reparlerons plus tard.

Daisy se leva et s'éloigna.

— Pas de conneries avec mon ordinateur, hein, ce n'est pas un jeu.

— L'idée ne m'avait pas effleuré l'esprit.

— Finalement, tu mens mal.

La porte de l'appartement se referma.

6.

Son éditeur lui avait téléphoné au saut du lit pour l'entretenir d'une nouvelle importante. Refusant d'en dire plus, il exigeait de le voir au plus vite.

Gaetano Cristoneli n'avait jamais proposé à Paul de prendre un petit déjeuner avec lui, et encore moins qu'ils se rencontrent avant 10 heures du matin.

Gaetano était un éditeur aussi rare qu'original. Un homme érudit, passionné par son métier et qui, bien qu'italien, avait jeté son dévolu sur les lettres françaises. À la fin de son adolescence, si tant est qu'elle eût pris fin un jour, alors qu'il était en vacances à Menton, la lecture de *La Promesse de l'aube*, dénichée dans la bibliothèque de la maison que louait sa mère, avait décidé du cours de sa vie. Gaetano entretenait des rapports plus que conflictuels avec sa mère et ce roman avait été pour lui comme une planche de salut. La dernière page tournée, tout fut clair pour lui, sauf sa vue, troublée des larmes qu'avait provoquées la supercherie aimante de la mère de Gary. Gaetano consacrerait son existence à la lecture et il n'habiterait nulle part ailleurs qu'en France. Étrange clin d'œil du destin, les cendres de Romain Gary furent dispersées des années plus tard, à l'endroit même où Gaetano tombait amoureux des livres. Lui y voyait un signe indéfectible de la justesse de ses choix.

Entré comme stagiaire dans une maison d'édition parisienne, il vécut fastueusement, car sous la coupe d'une femme riche et de dix ans son aînée. Elle avait fait de lui son amant. De nombreuses conquêtes lui succédèrent, toutes aussi fortunées, mais d'un écart d'âge moindre au fur et à mesure que passaient les années. Gaetano plaisait aux femmes, son érudition n'y était pas étrangère, mais peut-être également le fait qu'il ressemblait de façon troublante à Mastroianni, ce qui, l'on en conviendra, était un atout considérable dans la vie sexuelle d'un jeune homme. Original et érudit, donc, et il fallait beaucoup d'originalité et de talent pour être italien et publier en France un auteur américain.

Entre autres singularités, si Gaetano lisait en français avec la même acuité d'esprit que dans sa langue natale, s'il était capable de repérer une coquille isolée dans un manuscrit de cinq cents pages, à l'oral, il avait un mal fou à ne pas mélanger les mots, parfois même à s'interdire d'en inventer. D'après son analyste, c'était en fait le fruit d'un cerveau pensant plus vite que la parole, ce que Gaetano avait accueilli comme une Légion d'honneur décernée par Dieu.

À 9 h 30, Gaetano Cristoneli attendait Paul, aux Deux Magots, devant une assiette de croissants.

— Rien de grave ? s'inquiéta Paul en prenant place.

Le serveur lui apporta un café commandé par son éditeur.

— C'est-à-dire, mon cher ami, dit Gaetano en ouvrant grand les bras, que j'ai eu ce matin à l'aube un appel tout à fait extraordinaire.

Gaetano avait ajouté tant de *o* à « extraordinaire », que Paul eut le temps de boire son espresso avant qu'il ait achevé de prononcer le mot.

— Vous en voulez peut-être un autre ? ajouta l'éditeur, étonné. Vous savez que chez nous, le café se boit en deux, voire trois gorgées, même le ristretto. Le meilleur est au fond de la tasse, mais revenons à ce qui vous concerne, mon cher Paolo.

— Paul.

— C'est ce que je viens de dire. Donc, nous avons reçu ce matin un appel foooooooooormidable.

— J'en suis heureux pour vous.

— Nous avons vendu, enfin, ils ont vendu trois cent mille exemplaires de votre roman sur les tribulations d'un Américain à Paris. C'est re-mar-quable !

— En France ?

— Ah non, ici, nous en sommes à sept cent cinquante exemplaires, mais c'est tout aussi magestique.

— En Italie ?

— Vu nos scores, ils n'ont pas encore voulu le publier, mais ne vous inquiétez pas, ces imbéciles finiront par changer d'avis.

— En Allemagne, alors ?

Gaetano resta silencieux.

— L'Espagne ?

— Le marché espagnol subit la crise de plein fouet.

— Alors où ?

— Eh bien, à Séoul, enfin en Corée, vous savez, juste en dessous de la Chine. Votre succès là-bas ne cesse de grandir. Vous vous rendez compte, trois cent mille exemplaires, c'est absolument détonant. Nous allons imprimer un bandeau ici pour informer les lecteurs, et les libraires naturellement.

— Parce que vous pensez que cela changera la donne ?

— Non, mais ça ne peut pas faire de mal.

— Vous auriez pu m'annoncer cela au téléphone.

— J'aurais pu en effet, mais c'est qu'il y a autre chose de tout à fait rapatant, et là, je voulais vous voir en personne.

— J'ai eu le prix de Flore coréen ?

— Mais non ! Le café de Flore a ouvert en Corée ? Comme c'est original.

— Un bon papier dans le *Elle* coréen ?

— Peut-être, mais je ne lis pas le coréen, de sorte que je ne peux pas vous renseigner.

— Bon, Gaetano, quelle est cette autre nouvelle rapatante ?

— Vous êtes invité au Salon du livre de Séoul.

— En Corée ?

— Eh oui, enfin, où voulez-vous que Séoul se trouve ?

— À treize heures d'avion d'ici ?

— N'exagérez pas, à peine douze.

— C'est très gentil, mais ça ne va pas être possible.

— Et pourquoi cela ? rétorqua Gaetano en agitant à nouveau les bras.

Paul se demanda si ce qui l'effrayait le plus était l'avion ou l'idée de retrouver Kyong sur son territoire. Ils ne s'étaient jamais vus ailleurs qu'à Paris où ils avaient leurs repères. Que ferait-il dans un pays dont il ne parlait pas la langue, ne connaissait rien aux usages, comment réagirait-elle face à son ignorance ?

Une autre raison était que le projet d'aller un jour vivre là-bas avec elle faisait figure d'ultime refuge. Refuge ou peut-être chimère, mais c'était justement ce qu'il ne souhaitait pas éclaircir.

Fallait-il confronter ses rêves à la réalité, au risque de les voir anéantis ?

— Kyong est un océan dans ma vie et moi un homme qui a peur de nager, c'est grotesque, n'est-ce pas ?

— Ah, non, pas du tout, c'est une très jolie phrase, même si je n'ai aucune idée de ce qu'elle signifie. Vous pourriez commencer un roman ainsi. C'est très intrigant, on a immédiatement envie de découvrir la suite.

— Je ne suis pas sûr qu'elle soit de moi, je l'ai peut-être lue quelque part.

— Ah, dans ce cas ! Revenons à nos chers amis

coréens, j'ai pu vous obtenir une éco premium. De la place pour les jambes et un siège inclinable.

— Justement, en avion, ce sont les inclinaisons que je déteste.

— Qui aime ça, je vous pose la question ? Mais c'est quand même le seul moyen de s'y rendre.

— Je n'irai pas.

— Mon cher auteur, et vous savez combien vous m'êtes cher avec les avances que je vous verse, ce ne sont pas de vos royalties européennes que nous allons vivre. Si vous voulez que je publie votre prochain chef-d'œuvre, il faut m'aider un peu.

— En allant en Corée ?

— En allant à la rencontre des lecteurs qui vous lisent. Vous serez accueilli comme une star, ce sera maginifique.

— Maginifique ou rapatant, ça ne se dit pas !

— Mais si, puisque je viens de le dire !

— Je ne vois qu'un seul moyen, soupira Paul. Je prends un somnifère dans le salon d'attente, vous me poussez en fauteuil roulant jusqu'à mon siège et vous me réveillez à l'aéroport de Séoul.

— Je ne crois pas que les éco premium aient accès au salon d'attente, et de toute façon, je ne peux pas venir avec vous.

— Vous voulez m'y envoyer seul ?

— J'ai des rendez-vous à ces dates-là.

— Quelles dates ?

— Dans trois semaines, vous avez tout à fait le temps de vous préparer.

— Impossible, répliqua Paul en opinant de la tête.

Bien que les tables voisines fussent inoccupées, Gaetano se pencha vers son auteur et se mit à chuchoter.

— Votre avenir se joue là-bas. Si vous confirmez votre triomphe en Corée, c'est toute l'Asie que nous serons en mesure d'intéresser à vos écrits. Pensez au Japon, à la Chine, et si nous nous débrouillons correctement, nous pourrions même convaincre votre éditeur américain de surfer sur la vague. Une fois que vous aurez vraiment percé aux États-Unis, vous ferez un tabac en France, les critiques vous adoreront.

— Mais *j'ai* percé aux États-Unis !

— Avec votre premier roman, cependant, depuis...

— Je réside en France ! Pourquoi devrais-je passer par l'Asie et l'Amérique pour qu'on lise mes livres à Noirmoutier ou à Caen ?

— Entre vous et moi, je n'en ai pas la moindre idée, pourtant c'est ainsi. Nul n'est prophète en son pays, et encore moins un étranger.

Paul prit sa tête entre les mains. Il songea au visage de Kyong, souriant à son arrivée à l'aéroport, se vit avancer vers elle avec la désinvolture du voyageur accompli. Il imagina son appartement, sa chambre, son lit, se remémora les gestes qu'elle faisait en se dévêtant, l'odeur de sa peau, rêvant à quelques tendresses entre eux. Et d'un coup d'un seul, le visage de Kyong se recouvrit du calot d'une hôtesse de l'air annonçant des turbulences pendant la durée du parcours. Il rouvrit les yeux et frissonna.

— Tout va bien ? demanda son éditeur.

— Oui, grommela Paul. Je vais y réfléchir. Je vous donnerai ma réponse dès que possible.

— Voici votre billet, lâcha Gaetano en lui tendant une enveloppe. Et puis qui sait si là-bas, vous ne trouverez pas matière à un formidable roman. Vous rencontrerez des lecteurs par centaines, ils vous diront combien ils ont adoré vos livres, ce sera une expérience encore plus époustiflante que la sortie de votre premier roman.

— Mon éditeur français est italien, je suis un écrivain américain venu vivre à Paris et mon principal lectorat se trouve en Corée. Qu'est-ce qui rend ma vie si compliquée ?

— Vous, mon cher. Prenez cet avion et ne faites pas l'enfant gâté. Tous mes auteurs rêveraient d'être à votre place.

Gaetano régla l'addition et laissa Paul seul à la table.

*

Arthur et Lauren le retrouvèrent sur le parvis de l'église Saint-Germain-des-Prés, une demi-heure après qu'il les eut appelés.

— Qu'est-ce qu'il y a de si urgent ? interrogea Arthur.

— J'ai enfin la preuve que le destin a de l'humour, répondit Paul, la mine grave.

Il entendit Lauren pouffer derrière son dos et se retourna. Elle prit un air très concerné.

— J'ai dit quelque chose de drôle ?

— Non, j'attendais la suite.

— À moins qu'il ne soit cruel, enchaîna Paul, résigné.

Et Lauren pouffa de plus belle.

— Tu pourrais signaler à ta femme qu'elle m'agace, grogna Paul en se tournant vers Arthur.

Il s'éloigna vers le square et se posa sur un banc. Arthur et Lauren le rejoignirent, s'asseyant chacun à côté de lui.

— C'est si grave ? demanda Lauren.

— En soi, non, concéda-t-il.

Et il fit le récit de sa conversation avec son éditeur.

Arthur et Lauren échangèrent un regard par-dessus son épaule.

— Si tu ne le sens pas, n'y va pas, dit Arthur.

— Eh bien, je ne le sens pas, mais alors pas du tout.

— Donc, c'est une affaire réglée, conclut Arthur.

— Certainement pas ! s'exclama Lauren.

— Ah bon ? renchérirent les deux hommes en chœur.

— À quoi penses-tu quand tu veux te faire plaisir ? À une virée à la laverie automatique, à une assiette de fromages avec un verre de vin devant la télé ? C'est ça, la vie d'un grand écrivain ? s'emporta Lauren. Comment peux-tu renoncer sans même avoir essayé ? Tu prends plaisir à te décevoir, c'est plus facile ainsi ? À moins que quelque chose de plus important ne t'arrive d'ici là, tu vas monter dans cet avion. Tu te donneras enfin le moyen de savoir ce que tu ressens réellement pour cette femme et ce qu'elle éprouve pour toi. Au moins, si tu reviens seul, tu n'auras pas à faire le deuil d'une relation qui n'en était pas une.

— Et toi, tu viendras me consoler dans ma laverie avec un sandwich au reblochon ? dit Paul en ricanant.

— Tu veux la vérité, Paul ? enchaîna Lauren. Arthur a encore plus la trouille que toi que tu partes là-bas, parce que la distance qui s'est installée entre vous lui pèse plus que n'importe quoi, parce que tu lui manques, tu nous manques. Mais comme c'est ton ami, il va te conseiller d'y aller. S'il y a une chance que ton bonheur se trouve sur cette route, tu dois la saisir.

Paul se tourna vers Arthur qui, manifestement à contrecœur, acquiesça d'un mouvement de tête.

— Trois cent mille exemplaires d'un seul de mes romans, c'est quand même quelque chose, n'est-ce pas ? siffla Paul en lorgnant deux pigeons qui l'observaient d'un drôle d'air. Rapatant ! comme dirait mon éditeur.

*

Elle était assise sur un banc, les yeux rivés sur l'écran de son téléphone depuis qu'il avait sonné une demi-heure plus tôt. Elle n'avait pas pris l'appel.

Le caricaturiste abandonna sa chaise et vint s'asseoir près d'elle.

— Ce qui est important, c'est de prendre une décision, affirma-t-il.

— Quelle décision ?

— Celle qui vous permettra de vivre au présent au lieu de vous demander de quoi sera constitué l'avenir.

— Ah, oui, je vois... vos grandes théories ! Je sais que vous souhaitez m'être agréable, et c'est très généreux de votre part, mais ce n'est pas le moment. J'ai besoin de réfléchir.

— Si je vous informais que dans une heure votre cœur s'arrêterait de battre et, je vous en prie, prenez ce que je vous dis très au sérieux, que feriez-vous ?

— Vous êtes voyant ?

— Répondez à ma question ! ordonna le caricaturiste d'un ton autoritaire qui terrifia Mia.

— Je téléphonerais à David pour lui dire que c'est un sale con, qu'il a tout gâché, que plus rien ne sera comme avant, que je ne veux plus le revoir, même si je l'aime et que je voulais qu'il sache ça avant que je ne meure.

— Vous voyez, enchaîna le caricaturiste d'une voix adoucie, ce n'était pas si difficile. Appelez-le, répétez-lui exactement ce que vous venez d'exprimer, sauf la dernière phrase... parce que je n'ai aucun don de voyance.

Et sur ces mots, le caricaturiste retourna à son chevalet. Mia lui courut après.

— Et s'il changeait, s'il redevenait l'homme que j'ai connu quand nous nous sommes rencontrés ?

— Vous allez continuer à le fuir et à souffrir en silence ? Jusqu'à quand ?

— Je l'ignore.

— Cela vous plaît, de vous mettre en scène, n'est-ce pas ?

— Qu'est-ce que vous entendez par là ?

— Vous m'avez très bien compris, et ne parlez pas si fort, vous allez repousser mes clients.

— Il n'y a personne à part nous ! hurla Mia.

Le caricaturiste balaya la place du regard. Il n'y avait pas grand monde. Il fit signe à Mia de se rapprocher.

— Ce type ne vous mérite pas ! chuchota-t-il.

— Qu'est-ce que vous en savez, je suis peut-être invivable.

— Pourquoi les filles tombent-elles raides amoureuses d'hommes qui les font souffrir et traitent avec indifférence ceux qui seraient prêts à leur décrocher la lune ?

— Ah, je vois... parce que vous, vous êtes du genre ami Pierrot.

— Non, mais parce que ma femme était comme vous quand je l'ai rencontrée. Éperdue d'un bellâtre qui lui tordait le cœur. Parce qu'il lui aura fallu deux ans pour le comprendre et ces deux années perdues me rendent encore fou de rage, car nous aurions pu les vivre ensemble.

— Et alors, ce n'est pas si grave, deux ans. Quelle importance, puisque l'histoire s'est bien finie.

— Posez-lui la question, vous n'avez qu'à descendre la rue Lepic, elle est au cimetière de Montmartre, c'est juste en bas de la Butte.

— Pardon ?

— Une belle journée, comme celle-ci, jusqu'au moment où un camion nous a coupé la route, nous étions à moto.

— Je suis désolée, murmura Mia en baissant les yeux.

— Ne le soyez pas, ce n'est pas vous qui conduisiez.

Mia hocha la tête, recula et repartit vers son banc.

— Mademoiselle !

— Oui, dit-elle en se retournant.

— Chaque journée compte.

Elle descendit une ruelle en escalier, s'assit sur une marche, composa le numéro de David et obtint sa messagerie.

— C'est fini, David, je ne veux plus te revoir parce que... *qu'est-ce que je t'aime... merde, c'était tellement mieux sur le banc, les mots venaient tout seuls... Ce silence est grotesque, tu t'es lancée, enchaîne idiote...* parce que tu me rends malheureuse, tu as tout gâché, et je voulais que tu le saches avant que... *mais qu'est-ce que je t'aime...*

Elle raccrocha, se demanda si on pouvait effacer un message à distance, inspira un grand coup et rappela.

— Bientôt je rencontrerai un Pierrot, *ce que je raconte n'a aucun sens... Seigneur, je n'ai pas dit ça à voix haute ?...* Un homme qui aura envie de décrocher la lune pour moi et je ne nous ferai pas perdre une minute à cause de mes sentiments pour toi. D'ailleurs, je vais les effacer, comme tu effaceras ce message... *arrête, là, tu deviens pathétique...* ne me rappelle pas... *ou alors dans les cinq minutes pour me dire que tu as changé et que tu arrives par le premier train... non, par pitié ne me rappelle pas...*

Nous nous reverrons à l'avant-première, chacun jouera son rôle, après tout, c'est notre métier... *ça, c'est bien, professionnelle et déterminée. Stop, n'ajoute rien, c'était parfait...* bon, je vais raccrocher maintenant, *totalement inutile d'avoir ajouté ça...* Au revoir, David. C'était Mia...

Elle attendit dix minutes, avant de se résigner à ranger son téléphone dans la poche de son imperméable.

Le restaurant était situé à quelques rues. En chemin, et le cœur lourd, il lui sembla que ses pas s'allégeaient.

*

— Le jour où je pourrai m'offrir un séjour à Londres, ne compte pas sur moi pour perdre mon temps sur un plateau de tournage, lança Daisy en voyant entrer Mia. Qu'est-ce que tu fiches ici ? Tu ferais mieux d'aller te promener !

— Tu as besoin d'une serveuse, à midi ?

Sans lui répondre, Mia se rendit en cuisine, Daisy lui ôta des mains le tablier qu'elle nouait autour de sa taille.

— Tu veux qu'on parle ?

— Pas maintenant.

Daisy reprit place derrière ses fourneaux et tendit les assiettes à Mia. Il était inutile de lui indiquer comment accomplir sa tâche, une seule table était occupée.

*

Après le déjeuner, Paul laissa Arthur et Lauren flâner dans Paris. Il faisait une lecture dans une librairie du IXe en début de soirée et avait refusé de leur indiquer laquelle de peur qu'ils viennent le surprendre. Il leur confia un double des clés de son appartement et leur donna rendez-vous le lendemain.

Arthur conduisit Lauren dans le quartier où il avait vécu et lui montra en chemin la fenêtre de son ancien studio. Ils prirent un café dans le bistrot où il avait si souvent pensé à elle avant que la vie ne les réunisse. Leur promenade se poursuivit le long des berges. Enfin, ils rentrèrent chez Paul.

Lauren, épuisée, s'endormit sans manger. Arthur l'observa un moment, et emprunta son ordinateur. Après avoir lu son courrier, il réfléchit longuement aux propos que Paul et Lauren avaient échangés dans le petit square de Saint-Germain-des-Prés.

Sans nul doute, le bonheur de son ami d'enfance comptait plus que n'importe quoi d'autre, sans nul doute, il était prêt, pour lui, à tous les sacrifices, y compris de le voir partir au bout du monde. Mais cette Kyong n'était certainement pas la seule à être capable de le rendre heureux. Une rencontre imprévue contre un océan, voilà qui valait peut-être la peine d'en appeler à la chance. Lui revint en mémoire l'histoire d'un vieillard entrant un jour dans une église pour blâmer Dieu de ne l'avoir jamais aidé à gagner au Loto, pas le moindre petit gain alors qu'il était sur le point de fêter ses quatre-vingt-dix-sept ans, quand, surgissant d'un rai de lumière céleste, la voix de Dieu lui répondit : « Achète au moins une fois un billet et nous en reparlerons. »

Ce qui suivit fut probablement la plus grosse facétie qu'Arthur ait jouée à Paul en trente années d'amitié indéfectible, mais elle ne fut guidée que par de bonnes intentions.

7.

Daisy n'avait aucune idée de l'heure à laquelle elle s'était endormie, mais elle était certaine que la journée serait longue. Elle essaya de se souvenir de ce qu'il restait dans la chambre froide du restaurant, pour estimer s'il lui fallait aller ou non faire le marché et décida que dans son état, seul un rabe de sommeil lui permettrait de survivre. À 10 heures, elle rouvrit un œil, jura au saut du lit, jura en se lavant, jura en s'habillant. Elle jurait toujours en quittant son appartement et les voisins l'entendirent encore jurer tandis qu'elle remontait la rue à cloche-pied tout en enfilant ses chaussures. La veille au soir, Mia avait été intarissable. Elle avait retracé son histoire avec David, depuis le jour de leur rencontre jusqu'à l'appel téléphonique qui y avait mis un terme.

Mia s'éveilla sous cette pluie de jurons et n'osa apparaître qu'une fois l'orage passé.

Elle traîna dans l'appartement, alluma l'ordinateur, renonça à lire ses mails, le fit quand même et découvrit un courriel de Creston. Courriel des plus simples qui la suppliait de lui donner de ses nouvelles.

Par jeu et uniquement par jeu, elle se rendit sur le site de rencontres. N'y voyant rien d'amusant, juste avant de se déconnecter, elle consulta ce drôle de dossier où les mathématiques suppléaient au hasard. La fiche d'un seul candidat apparut et Mia fut presque certaine d'avoir déjà vu son visage. L'avait-elle déjà croisé dans le quartier ? Il ne s'était affublé d'aucun pseudonyme vulgaire ou prétendument drôle. Elle se surprit à trouver son visage agréable et fut encore plus étonnée de voir clignoter la petite enveloppe sous sa photographie. Le message qui lui était destiné ne ressemblait en rien à ceux qu'elle avait pu lire quand Daisy l'avait initiée. Le texte, simple et courtois, la fit même sourire.

J'étais un architecte vivant à San Francisco, j'ai eu la folle idée d'écrire un roman qui fut publié. Je suis américain, nul n'est parfait, vivant désormais à Paris. Je continue d'écrire. Je ne m'étais jamais inscrit sur un site de rencontres et j'ignore tout de ce qu'il faut dire ou ne pas dire. Vous êtes chef cuisinière, c'est un joli métier, nous avons en commun de passer nos jours et nos nuits à l'ouvrage pour partager le fruit de notre travail. Qu'est-ce qui nous pousse à cela, je n'en sais rien, mais quel bonheur d'essayer de relever ce pari fou d'œuvrer sans relâche pour le plaisir des autres. Je ne sais pas non plus quelle sorte d'audace m'incite à vous écrire, ni si vous me répondrez. Pourquoi les personnages de romans auraient plus de courage que nous ? Pourquoi osent-ils tout et nous si peu de choses ? Est-ce leur liberté qui est à la source de leur accomplissement ? Ce soir, j'irai dîner chez Uma, un restaurant rue du 29-Juillet. J'ai lu que le chef y préparait une daurade cuite au four et parfumée d'herbes du bout du monde aux saveurs inouïes, et puis j'aime bien la rue du 29-Juillet, il y fait souvent beau. Si l'expérience culinaire vous tente, vous êtes mon invitée, en tout bien tout honneur.

Cordialement.

Paul

Mia referma le courrier, comme s'il lui avait brûlé les yeux qu'elle gardait pourtant rivés sur l'écran. Elle se retint, presque frappée d'interdit, mais ne put résister longtemps au désir de le relire. Si sa mère apprenait un jour qu'elle avait ne serait-ce que songé à se rendre à une blind date, elle la crucifierait, et Creston se joindrait à elle pour astiquer les clous.

Pourquoi les personnages de roman auraient plus de courage que nous ?

Combien de rôles avait-elle interprétés en rêvant à la liberté qu'ils lui offraient. Combien de fois David lui avait-il rappelé que le public ne s'éprenait pas d'elle mais de son personnage, ajoutant que si les gens la fréquentaient dans la vraie vie, ils déchanteraient.

Pourquoi osent-ils tout et nous si peu de choses ?

Elle imprima la lettre et la plia en quatre. Chaque fois qu'elle viendrait à douter ou à manquer de courage pour dire ou faire ce dont elle avait envie, elle réciterait ces lignes.

Est-ce leur liberté qui est à la source de leur accomplissement ?

Cet homme avait raison... et pourquoi pas !

Ses doigts se posèrent sur le clavier.

Cher Paul

J'ai beaucoup aimé votre lettre. Moi non plus, je n'avais jamais, jusqu'à ces derniers jours, visité ce genre de site. Je crois même que je me serais moquée d'une amie si elle m'avait confié avoir par ce biais accepté de dîner avec un inconnu. Vous avez touché du doigt quelque chose de si vrai. Est-ce la liberté que s'accordent les personnages de fiction qui nous fait tant rêver, ou la façon dont cette liberté les transforme, pourquoi osent-ils tout et nous si peu de choses ? (Pardon pour la répétition, je ne suis pas écrivain.)

À défaut de les côtoyer dans la réalité, je serais heureuse de discuter avec l'un de ceux qui leur donnent vie. Vous devez prendre un plaisir fou à leur faire accomplir tout ce que bon vous semble. À moins que de temps à autre, ce ne soient eux qui vous imposent leur loi ? Vous êtes sans doute occupé, autant s'entretenir de cela de vive voix.

À ce soir, en tout bien tout honneur.

Mia

PS : Je suis anglaise, et loin d'être parfaite.

*

— Alors là, tu m'as scotchée ! s'exclama Lauren.

Elle attendit que le serveur s'éloigne, but sa limonade d'un trait et s'essuya la bouche du revers de la main.

— Ma lettre n'était pas mal tournée, n'est-ce pas ?

— Suffisamment pour qu'elle y réponde. Tu es vraiment prêt à tout pour l'empêcher de partir en Corée, mais tu as tort.

— C'est toi qui es à l'initiative de ce petit jeu.

— Mais c'était avant le rendez-vous avec son éditeur...

— Qu'il y aille à son Salon du livre, ce que je veux, c'est qu'il en revienne.

— ... avant qu'il nous parle de l'autre raison de ce voyage.

— Raison de plus !

— Et comment comptes-tu le convaincre de se rendre dans ce restaurant ?

— C'est là que j'ai besoin de toi.

— Tu as toujours besoin de moi.

— Je vais inventer un dîner avec une cliente importante et lui demander de venir en renfort.

— Il n'exerce plus depuis sept ans, en quoi pourrait-il t'être utile ?

— La langue, peut-être ?

— Tu parles le français aussi bien que lui, si ce n'est mieux.

— Paris, il connaît bien le terrain.

— Et pour quel projet ?

— Bonne question, autant ne pas être pris au dépourvu quand il me la posera.

— Tu n'as qu'à dire que c'est un restaurant.

— Pas assez important pour intéresser notre agence à une telle distance.

— Un très grand restaurant ?

— Non, mais pourquoi pas une enseigne américaine qui s'implanterait à Paris.

— C'est crédible ?

— Je sais ! Le Simbad aurait décidé d'ouvrir ici, c'est son restaurant préféré à San Francisco.

— Et quel sera mon rôle dans cette histoire ?

— Si je vais seul au front, il risque d'avoir des doutes, ou de refuser, mais si tu insistes, alors pour toi, il acceptera.

— Un vrai coup tordu et une sérieuse ingérence dans sa vie.

— Peut-être, mais c'est pour son bien, et en matière d'ingérence, j'ai du crédit avec vous deux, si tu vois à quoi je fais allusion.

— Tu ne vas pas nous reprocher de t'avoir sauvé la vie ?

— Eh bien, moi aussi, je vais lui sauver la vie, il n'aura aucune raison de me le reprocher.

— Oh si, à la seconde où il se rendra compte que tu l'as mené en bateau. Et le reste de la soirée sera un enfer. Qu'est-ce qu'on se dira à table ?

— Nous, rien, puisque nous n'y serons pas !

— Tu comptes l'envoyer dîner seul avec une inconnue qui a accepté un rendez-vous sur un site de rencontres, quand lui croira parler architecture avec une cliente ?

Lauren éclata de rire.

— J'aimerais tellement voir ça, dit-elle.

— Moi aussi, mais ne poussons pas le bouchon.

— Ça ne marchera jamais, ils comprendront avant que les entrées ne soient servies.

— Peut-être. Mais s'il y avait une chance que ça fonctionne, même infime ? Combien de fois as-tu tenté l'impossible au bloc opératoire, là où tout le monde te pressait de renoncer ?

— N'essaie pas de me prendre par les sentiments. J'ignore si ce que nous sommes en train de faire est dégueulasse ou hilarant.

— Probablement les deux ! Sauf si ça fonctionne.

Lauren demanda l'addition au serveur.

— Où va-t-on ? reprit Arthur.

— Boucler nos valises et chercher un hôtel, je crains que demain il ne nous mette à la porte.

— Très bonne idée. Levons le camp dès ce soir, je t'emmène visiter la Normandie.

*

Paul trouva un peu cavalier qu'Arthur ait réservé sous son nom, et très agaçant d'être le premier arrivé. La serveuse l'installa à une table de quatre où seulement deux couverts étaient dressés. Il en fit la remarque à la jeune femme qui s'éclipsa.

Mia arriva presque à l'heure, elle salua Paul et s'assit sur la banquette en face de lui.

— Je croyais que tous les écrivains étaient vieux, dit-elle en souriant.

— Je suppose que ceux qui ne meurent pas jeunes finissent par le devenir.

— C'était une réplique de Holly Golightly.

— *Breakfast at Tiffany's*.

— Un de mes films préférés.

— Truman Capote, je le vénère et le déteste, lâcha Paul.

— Pourquoi cela ?

— Autant de talent pour un seul homme, il y a de quoi vous rendre jaloux. Il aurait pu partager un peu avec les autres, vous ne trouvez pas ?

— Si, peut-être.

— Je suis désolé, il n'est jamais en retard.

— Cinq minutes, ce n'est pas être en retard pour une femme, répondit Mia.

— Je ne parlais pas de vous, je ne me le serais pas permis. Je ne sais pas ce qu'ils font, ils devraient être là.

— Si vous le dites...

— Pardonnez-moi, je ne me suis pas présenté, Paul et vous vous devez être...

— Mia, forcément.

— Je préfère les attendre pour commencer les discussions, ce qui ne nous empêche pas de parler d'autre chose. Vous avez un accent, vous êtes anglaise ?

— C'est indéniable. Je vous l'avais écrit en post-scriptum.

— Ah, il ne me l'a pas dit ! Et moi, américain, mais nous pouvons continuer à converser dans la langue de Molière, les Français ont horreur qu'on parle anglais chez eux.

— Alors parlons français.

— Loin de moi l'idée de vous effrayer en disant cela, les Français adorent les restaurants étrangers. Et c'est une excellente idée d'en ouvrir un à Paris.

— Ma cuisine est plutôt provençale, répliqua Mia en chaussant les souliers de Daisy.

— Vous ne comptez pas rester fidèle à l'original ?

— Vous n'imaginez pas combien je suis attachée à la fidélité. Mais on peut être fidèle et originale à la fois.

— Je suppose que oui, répondit Paul, perplexe.

— Qu'est-ce que vous écrivez ?

— Il vous en a parlé ? Il n'aurait pas dû. Des romans, mais cela ne m'empêche pas de continuer d'exercer.

— L'architecture, c'est bien cela ?

— Sinon, que ferais-je ici ? répondit Paul, suscitant un certain trouble chez Mia. Qu'est-ce qu'il vous a raconté d'autre ?

— *Il parle de lui à la troisième personne, il fallait que ça tombe sur moi !*

— Vous disiez quelque chose, mais je n'ai pas entendu, reprit Paul.

— Rien, désolée, cela m'arrive parfois, je parle toute seule.

Paul lui adressa un large sourire.

— Je peux vous faire une confidence ?

— Si vous y tenez.

— Moi aussi, il paraît que je parle tout seul, ils me l'ont fait remarquer. De mon côté, je peux vous assurer que je ne manquerai pas de leur faire remarquer leur retard. Je suis vraiment confus.

— Pas autant que moi, affirma Mia.

— Quel manque de professionnalisme, je vous assure que cela ne leur ressemble pas.

— *Et il est fou en plus... mais qu'est-ce que je fais là ?*

— *Elle radote, c'est effrayant, je vais tuer Arthur et le découper en morceaux, je suis trop bon, ça me perdra. Mais qu'est-ce qu'ils font, bon sang ?*

— Vous aussi, vous venez de murmurer, dit Mia.

— Non, je ne crois pas, vous en revanche...

— Ce n'était peut-être pas une bonne idée, comme je vous l'ai dit, c'est la première fois et c'est bien plus gênant que je ne le pensais.

— C'est votre premier séjour à Paris ? Vous vous exprimez vraiment bien en français, où l'avez-vous appris ?

— Je ne parlais pas de ça. Ce n'est pas du tout mon premier séjour, ma meilleure amie est française, nous nous sommes connues enfants, elle venait dans ma famille apprendre l'anglais, et puis ce fut mon tour d'aller passer mes vacances chez elle, en Provence.

— D'où la cuisine provençale ?

— Voilà.

Un silence s'installa, quelques minutes à peine, mais qui leur semblèrent une éternité. La serveuse revint avec les menus.

— Si ça continue, nous allons commander sans eux, s'exclama Paul, ça leur apprendra.

— Je crois que je n'ai plus très faim, dit Mia en reposant la carte.

— C'est dommage, la cuisine est délicieuse, j'ai lu de très bonnes critiques sur cet endroit.

— Une daurade cuite au feu avec des herbes du bout du monde, vous me l'avez écrit.

— Quand vous ai-je écrit cela ? demanda Paul en écarquillant les yeux.

— Vous prenez des médicaments ?

— Non, pourquoi, et vous ?

— Je comprends, soupira Mia, c'est un numéro pour me faire rire ou essayer de me détendre, mais ne vous donnez pas cette peine, parce que cela ne marche pas et cela m'effraie plutôt. Maintenant que j'ai compris, ça va aller, mais s'il vous plaît, arrêtez.

— Je n'essayais pas de vous faire rire... En quoi vous ai-je fait peur ?

— *Bon, ce type est totalement barré. On ne va pas le contrarier, au pire je commande une entrée et dans un quart d'heure, je suis partie.* Vous avez raison, ne les attendons plus, ils n'avaient qu'à être là.

— Parfait ! Commandons, et ensuite, vous me parlerez de votre projet.

— Quel projet ?

— Votre restaurant !

— Je vous l'ai dit, cuisine du Sud, niçoise pour être précise.

— Ah, Nice, que j'aime cette ville, j'y ai été invité à l'occasion du Salon du livre en juin dernier, il faisait une chaleur terrible, mais les gens étaient très accueillants. Enfin, les quelques-uns à être venus me faire signer leurs livres, pas très nombreux pour être honnête.

— Vous avez écrit combien de romans ?

— Six, en comptant le premier, bien sûr.

— Pourquoi ne l'auriez-vous pas compté ?

— Pour rien, enfin si, je ne savais pas que j'étais en train de l'écrire en l'écrivant.

— *Il commence à me faire sérieusement chier avec sa conversation débile.* Vous pensiez être en train de faire quoi, alors, des pâtés sur la plage ?

— *Elle est totalement idiote ou elle me prend pour un imbécile ?* Non, ce que je voulais dire, c'est que je n'imaginais pas qu'il serait publié, je n'avais même pas en tête de l'envoyer à un éditeur.

— Mais il a été publié ?

— Oui, Lauren l'a envoyé à ma place, sans m'en demander la permission d'ailleurs, ce qui est un comble, mais bon, je ne peux pas le lui reprocher. Même si je l'ai plutôt mal vécu au début, c'est à elle que je dois de vivre ici.

— Je peux vous poser une question qui risque de vous paraître indiscrète ?

— Allez-y, je ne suis pas obligé de répondre.

— Vous vivez loin d'ici ?

— Dans le IIIe arrondissement.

— C'est à plus de cinq cents mètres de ce restaurant ?

— Nous sommes dans le Ier arrondissement, c'est en effet assez loin, pourquoi ?

— Pour rien.

— Et vous ?

— À Montmartre.

— C'est un très beau quartier. Bon, cette fois c'est décidé, on commande.

Paul appela la serveuse.

— Va pour la daurade ? proposa Paul en regardant Mia.

— C'est très long à cuire, une daurade ? s'enquit-elle auprès de la serveuse.

Celle-ci fit non de la tête et s'en alla. Paul se pencha vers Mia, l'air goguenard.

— Je ne veux pas me mêler de ce qui ne me concerne pas mais si vous comptez ouvrir un restaurant de poissons, vous devriez vous renseigner sur le temps de cuisson d'une daurade, reprit-il en ricanant.

Cette fois, le silence dura un peu plus longtemps. Paul observait Mia et Mia observait Paul.

— Ainsi, vous aimez San Francisco, vous y avez vécu ? questionna Paul.

— Non, je m'y suis rendue plusieurs fois dans le cadre de mon travail, c'est en effet une très belle ville, la lumière y est magnifique.

— Je crois avoir deviné ! Vous avez fait vos classes chez Simbad et vous avez décidé d'importer leur concept ici.

— Qui est ce Simbad ?

— *Je vais le tuer, je vais les tuer tous les deux*, marmonna Paul, cette fois hélas de façon suffisamment audible pour que Mia l'entende. Franchement, et pardon de vous dire ça à vous, mais il aurait pu au moins être précis.

— Ce double meurtre, c'était au sens figuré, n'est-ce pas ?

— *Elle est sotte à se buter. Qu'est-ce que je fais là, mais qu'est-ce que je fais là au lieu d'être chez moi ?* Je vous rassure, je n'ai l'intention d'assassiner personne, mais avouez que c'est un comble ! Je passe pour qui en face de vous ? Un incompétent qui ne connaît même pas son dossier ?

— Parce que je suis un dossier ?

— Vous le faites exprès ? Pas vous en tant que personne, mais ce qui nous amène ici tous les deux.

— Bien, dit Mia d'un ton ferme en posant ses deux mains sur la table, je pense que nous nous sommes dit l'essentiel et comme je n'ai pas faim... *je crève de faim...* vous pourrez déguster cette daurade sans moi.

— Je vous en prie, répondit Paul, confus. J'ai été maladroit, je vous présente encore mes excuses. À ma décharge, il y a si longtemps que je n'ai plus fait ce genre de choses, il faut croire que j'ai perdu la main. Je lui avais dit que je n'y arriverais pas, j'aurais dû refuser, et lui n'aurait jamais dû me laisser seul comme ça, ce n'est vraiment pas honnête de sa part, de leur part à tous les deux.

— Vous vivez avec des fantômes ou ces gens dont vous parlez existent vraiment ?

— *Une timbrée ! Je passe la soirée avec une Anglaise qui débloque, il n'y a qu'à moi qu'arrive ce genre de choses.*

— Vous murmuriez encore...

— Je pensais à mon ex-associé, Arthur, et à sa femme Lauren. Vous comptiez bien lui confier la conception de votre nouveau restaurant ?

— Je ne crois pas, répondit-elle d'un ton circonspect.

— Je peux le comprendre... Je voulais dire, avant ce rendez-vous catastrophique.

— Non plus.

— Mais alors, qu'est-ce que vous faites là ?

— Jusqu'à présent, j'avais encore un doute, mais maintenant, c'est une certitude, vous êtes fou. Daisy m'avait prévenue, j'aurais dû l'écouter.

— Charmant ! Je ne vois pas comment votre Daisy aurait pu penser que je suis fou, car je ne connais pas de Daisy, enfin si, une, mais c'était une ambulance[1]. Oubliez ce que je viens de dire, c'est une trop longue histoire. Qui est cette Daisy ?

Paul marqua une pause, Mia n'attendait plus que la serveuse pour partir. En sa présence, cet énergumène n'oserait pas la suivre. Une fois débarrassée de lui, elle rentrerait à Montmartre, se précipiterait sur l'ordinateur, effacerait son profil de ce site de malheur et tout rentrerait dans l'ordre. Ensuite, elle irait dîner à La Clamada, parce qu'elle mourait de faim.

---

1. Dans le roman *Et si c'était vrai...*, Arthur et Paul transportent Lauren inanimée de San Francisco à Carmel à bord d'une vieille ambulance baptisée Daisy.

— Pourquoi pensez-vous que je suis fou ? interrogea Paul.

— Écoutez, ça ne marchera pas, c'était un jeu, je le regrette.

Paul poussa un long soupir de soulagement.

— Évidemment ! J'aurais dû m'en douter. Vous me faites marcher depuis le début, vous étiez de mèche ! Alors là, bravo, dit-il en applaudissant. Je suis tombé dans le panneau. Ils sont cachés quelque part, c'est ça ? Bon, faites-leur signe, je sais être beau joueur, vous m'avez tous bien eu.

Paul fit un large sourire et se retourna pour scruter la salle à la recherche d'Arthur et de Lauren, tandis que Mia semblait consternée. Elle se demanda combien de temps elle devrait encore patienter avant que n'arrive ce satané poisson.

— Vous êtes vraiment écrivain ?

— Oui, dit-il en lui faisant à nouveau face.

— Ceci explique peut-être cela. Les personnages qui prennent possession de l'auteur et finissent par entrer dans sa vie. Je ne vous en blâme pas, il y a même un peu de poésie dans cette folie douce. D'ailleurs, ce que vous m'avez écrit était charmant. Maintenant, si vous le voulez bien, je vais vous laisser avec eux et rentrer chez moi.

— Qu'est-ce que je vous ai encore écrit ?

Mia sortit la feuille de papier de sa poche, la déplia et la tendit à Paul.

— Vous êtes bien l'auteur de ces lignes ?

Paul lut attentivement le texte et regarda Mia perplexe.

— Je reconnais avoir beaucoup de points communs avec lui, je pourrais même avoir rédigé à quelques mots près ce que je viens de lire, mais je pense que la plaisanterie a assez duré.

— Je ne plaisante pas et je ne connais ni votre Arthur ni sa femme !

— Je crains alors qu'il ne s'agisse d'une coïncidence troublante. Après tout, je ne suis pas le seul écrivain à Paris. Je suppose que votre rendez-vous se trouve quelque part dans cette salle, et moi, j'ai dû me tromper d'endroit, répondit Paul d'un ton sarcastique.

— Mais sur la fiche, c'était bien votre photo !

— Quelle fiche ?

— Ça suffit, je vous en prie, c'est assez pénible comme ça. Celle que vous avez publiée sur le site de rencontres.

— Je n'ai jamais été sur un site de rencontres, qu'est-ce que vous me racontez ? La seule explication possible est que nous ayons chacun rendez-vous avec quelqu'un d'autre.

— Regardez autour de vous, je ne vois pas votre sosie !

— Nous nous sommes peut-être tous les deux trompés d'adresse ? dit Paul en se rendant compte de l'absurdité de ce qu'il venait de suggérer.

— À moins que l'homme avec qui j'avais rendez-vous, ne m'ayant pas trouvée à son goût, se soit moqué de moi, en prétendant être quelqu'un d'autre ?

— Impossible, il faudrait être aveugle pour agir ainsi.

— Vous êtes courtois, j'avais aimé la franchise de vos mots, vos paroles auraient pu l'être aussi.

Mia se leva, Paul l'imita et lui attrapa la main.

— Rasseyez-vous, je vous en prie. Il doit y avoir une explication logique à tout cela. J'ignore les raisons de cet imbroglio... ou alors... non, je ne peux pas imaginer qu'ils aient monté un coup aussi tordu.

— Vos amis invisibles ?

— Vous ne sauriez pas si bien dire, Lauren a une sorte de don pour se rendre invisible, à moins que ce ne soit une fatalité qui la poursuive. Et croyez-le, ce n'est pas la première fois que j'en ferai les frais.

— Puisque vous le dites ! Maintenant, je vais partir et vous, promettez-moi de ne pas me suivre.

— Pourquoi vous suivrais-je ?

Mia haussa les épaules. Elle s'apprêtait à quitter la table quand la serveuse apparut. La daurade était sublime et l'estomac de Mia se mit à gargouiller si fort que la serveuse sourit en posant le plat devant eux.

— Il était temps que j'arrive ! Bon appétit, dit-elle en se retirant.

Paul prépara les filets et en disposa deux dans l'assiette de Mia. Son téléphone avait reçu un message, qu'il mit un petit moment à lire.

— Cette fois, je vous présente toutes mes excuses, et le plus sincèrement du monde, déclara-t-il en le posant sur la table.

— Je les accepte volontiers, mais aussitôt ce repas terminé, je m'en irai.

— Vous ne voulez pas savoir pourquoi je m'excuse ?

— Pas vraiment, mais si vous y tenez.

— Je reconnais vous avoir prise pour une folle, j'ai maintenant la preuve que vous ne l'êtes pas.

— Voilà qui me réjouit, bien qu'en ce qui vous concerne...

Paul tendit son téléphone à Mia.

> Mon Paul,
> Nous avons voulu provoquer un peu le destin et, tu l'auras deviné, nous t'avons joué un sacré tour. J'espère que tu passes néanmoins une bonne soirée. Je dois t'avouer que la nôtre fut un doux mélange de culpabilité et de fous rires. N'espère pas te venger en rentrant chez toi car nous sommes partis à Honfleur en fin d'après-midi. Je t'écris d'ailleurs du restaurant où nous dînons. Le poisson est excellent, le port un vrai décor de carte postale qui a enchanté Lauren, et l'auberge où nous dormons ce soir a l'air tout aussi charmante. Nous rentrerons dans deux jours, peut-être plus, selon le temps qu'il te faudra pour nous pardonner. Tu dois fulminer, mais dans quelques années, nous rirons de bon cœur ensemble en y repensant, et qui sait ? Si cette Mia devenait la femme de ta vie, tu nous serais éternellement reconnaissant.
> En souvenir de toutes les blagues que tu m'as faites, nous voilà quittes, enfin presque...
> Nous t'embrassons,
> Arthur et Lauren

Mia abandonna le téléphone sur la table, et but son verre de vin d'un trait, ce qui ne manqua pas d'étonner Paul, mais il n'en était plus à une surprise près.

— Bien, reprit-elle, le bon côté des choses, c'est qu'au moins, je ne dîne pas en compagnie d'un détraqué.

— Et le mauvais ? rétorqua Paul.

— Vos amis ont un humour des plus douteux, surtout pour les victimes collatérales de leurs plaisanteries, tout ça est assez humiliant pour moi.

— Si je peux me permettre, celui de nous deux qui passe pour un vrai crétin, c'est moi !

— Vous au moins, vous ne vous êtes pas inscrit sur un site de rencontres. Je me sens pathétique.

— J'y ai parfois songé, confia Paul. Je vous assure que c'est vrai, je ne dis pas cela par courtoisie, j'aurais très bien pu le faire.

— Mais vous ne l'avez pas fait.

— C'est l'intention qui compte, non ?

Paul remplit le verre de Mia et lui proposa de porter un toast.

— Et je peux savoir à quoi vous voulez trinquer ?

— À un dîner que ni vous ni moi ne pourrons jamais raconter. C'est en soi suffisamment original. J'ai une proposition à vous faire, en tout bien tout honneur.

— Si c'est un dessert, je ne suis pas contre, confidence pour confidence, je meurs de faim et ce poisson était assez léger.

— Un dessert aussi !

— Vous aviez autre chose en tête ?

— Pourriez-vous me remontrer la lettre que j'aurais pu vous écrire, j'aimerais en relire un passage.

Mia la lui confia.

— Voilà, c'est exactement cela ! Prouvons-nous que nous sommes plus courageux que des personnages de fiction, au moins ayons celui de ne pas quitter cette table en ayant le sentiment d'avoir été humiliés l'un et l'autre. Gommons ce qui vient de se passer, tout ce que nous nous sommes dit jusque-là. C'est facile, il suffit pour cela d'appuyer sur une touche du clavier et le texte s'efface. Récrivons la scène ensemble à partir du moment où vous êtes entrée dans ce restaurant.

Mia sourit à l'énoncé de la proposition de Paul.

— Vous êtes vraiment écrivain !

— Jolie phrase pour un début de chapitre, nous pourrions enchaîner avec votre citation de Truman Capote.

— Je croyais que tous les écrivains étaient vieux, répéta-t-elle.

— Je suppose que ceux qui ne meurent pas jeunes finissent par le devenir.

— C'était une réplique de Holly Golightly.

— *Breakfast at Tiffany's*.

— Un de mes films préférés.

— Truman Capote, je le vénère et le déteste.

— Pourquoi cela ?

— Autant de talent pour un seul homme, il y a de quoi vous rendre jaloux. Il aurait pu partager un peu avec les autres, non ?

— Si, peut-être.

— Vous avez aimé le courrier que je vous ai écrit ?

— Je lui ai trouvé des qualités, suffisamment pour être ici ce soir.

— J'ai passé des heures devant mon écran pour accoucher de ces quelques lignes.

— Et moi, sûrement tout autant pour vous répondre.

— J'aurai grand plaisir à relire le message que vous m'avez laissé. Ainsi, vous avez un restaurant de cuisine provençale ? C'est original pour une Anglaise.

— J'ai passé tous mes étés en Provence, les souvenirs d'enfance forment nos goûts et nos envies, enfin je le crois. Et vous, où avez-vous grandi ?

— À San Francisco.

— Comment un écrivain américain devient-il parisien ?

— C'est une longue histoire, je n'aime pas parler de moi, c'est ennuyeux.

— Moi non plus, je n'aime pas beaucoup parler de moi.

— Alors nous risquons d'être confrontés au syndrome de la page blanche.

— Vous voulez que nous décrivions les lieux ? Combien de pages cela pourrait donner.

— Deux-trois détails suffisent à planter le décor, l'ambiance à la rigueur, mais après le lecteur s'ennuie.

— Je croyais qu'il n'y avait aucune recette pour écrire ?

— Ce n'était pas l'écrivain mais le lecteur qui parlait. Vous aimez les longues descriptions, vous ?

— Non, je vous l'accorde, elles sont souvent fastidieuses. Alors qu'écrivons-nous ensuite ? Que font les deux protagonistes de ce dîner ?

— Ils commandent un dessert ?

— Un seul ?

— Deux, je vous rappelle que c'est un premier dîner, il faut maintenir entre eux une certaine réserve.

— En tant que coauteur, permettez-moi de souligner qu'elle aimerait beaucoup qu'il la resserve de vin.

— Très bonne idée, il aurait d'ailleurs dû s'en préoccuper avant qu'elle le suggère.

— Non, elle aurait pu penser qu'il désirait l'enivrer.

— J'oubliais qu'elle est anglaise.

— À part cela, qu'est-ce que vous ne supportez pas chez une femme ?

— Si je peux me permettre, pourquoi ne pas tourner la question de façon plus positive ; par exemple, qu'est-ce que vous appréciez chez une femme ?

— Je ne suis pas d'accord, ça n'est pas la même chose, et puis si la question était posée ainsi, on pourrait croire qu'elle est dans la séduction.

— Ça se discute, mais je vous l'accorde. Je répondrai : le mensonge. Mais si l'on avait employé ma formulation, j'aurais dit : la franchise.

Mia le regarda longuement avant de lâcher :

— Je n'ai pas envie de coucher avec vous.

— Je vous demande pardon ?

— C'était franc, non ?

— Brutal, mais franc. Et vous, qu'est-ce que vous appréciez chez un homme ?

— La sincérité.

— Je n'avais pas l'intention de coucher avec vous.

— Vous me trouvez moche ?

— Vous êtes ravissante, dois-je en déduire que vous me trouvez laid ?

— Non, vous êtes gauche, vous l'assumez, c'est assez rare et plutôt touchant. Je ne suis pas venue à ce dîner en rêvant à un nouveau départ dans la vie, mais plutôt pour tirer un trait sur le passé.

— Moi, c'est la peur de l'avion qui m'a amené ici.

— Je ne vois pas le rapport.

— C'était une ellipse, une sorte d'énigme que vous comprendrez dans un autre chapitre.

— Parce qu'il y aura d'autres chapitres ?

— Puisque nous savons l'un et l'autre que nous n'avons pas envie de partager le même lit, rien ne nous interdit d'essayer d'être amis.

— C'est très original. D'ordinaire, les personnages font ce genre de déclaration au moment de la rupture, « restons amis ».

— Je pense même que c'est formidablement original ! s'exclama Paul.

— Enlevez « formidablement ».

— Pourquoi cela ?

— Les adverbes sont inélégants. Je leur préfère les adjectifs, mais jamais plus d'un dans la même phrase. « C'est même très original », serait plus joli, non ? En anglais, nous dirions, c'est assez original, non ? Ce qui est encore plus délicat.

— Soit, je recommence... Puisque je ne suis pas votre genre d'homme, croyez-vous que je puisse être votre genre d'ami ?

— À la condition que votre vrai nom ne soit pas Gaspacho2000.

— Ne me dites pas que c'est le pseudonyme dont ils m'ont affublé ?

— Non, dit Mia en riant, je vous faisais marcher. C'est quelque chose que l'on peut se permettre entre amis, n'est-ce pas ?

— Je crois, répliqua Paul.

— Si je devais lire l'un de vos livres, lequel me conseilleriez-vous ?

— Celui d'un autre auteur.

— Répondez à ma question.

— Celui dont le résumé vous donnerait envie de rencontrer les personnages.

— Je commencerais par le premier.

— Surtout pas celui-là.

— Pourquoi ?

— Parce que c'est le premier. Voudriez-vous que les gens qui viennent dans votre restaurant vous jugent sur le tout premier plat que vous avez cuisiné ?

— On ne doit jamais juger un ami, on apprend juste à le connaître de mieux en mieux.

La serveuse leur apporta deux desserts.

— Éclair à la lucuma et au kalamansi, et tarte aux figues accompagnée d'une glace au fromage blanc. Cadeau du chef, annonça-t-elle.

Et elle s'éclipsa aussi vite qu'elle était arrivée.

— Vous avez une idée de ce que sont la lucuma et le kalamansi ?

— L'un est un fruit péruvien, expliqua Paul, l'autre un agrume, entre la tangerine et le kumquat.

— Là, vous m'impressionnez !

— C'est vous qui devriez le savoir, vous êtes chef, non ?

— Eh bien, je l'ignorais.

— Je l'ai lu en vous attendant tout à l'heure, c'est inscrit sur le menu.

Mia leva les yeux au ciel.

— Vous auriez pu être actrice, reprit Paul.

— Pourquoi dites-vous cela ?

— Parce que votre visage est très expressif quand vous parlez.

— Vous aimez le cinéma ?

— Oui, mais je n'y vais jamais. C'est terrible, je n'ai pas vu un film depuis que je suis à Paris. J'écris le soir, et puis le cinéma, seul, ce n'est pas agréable.

— Moi, j'aime aller seule au cinéma, me fondre au milieu des spectateurs, observer la salle.

— Vous êtes seule depuis longtemps ?

— Hier.

— En effet, c'est assez récent. Donc, vous n'étiez pas célibataire quand vous vous êtes inscrite sur ce site ?

— Je croyais que cette partie du texte avait été jetée à la corbeille ? Et puis je voulais dire, officiellement. J'étais seule depuis plusieurs mois. Et vous ?

— Non, enfin pas officiellement. La femme que j'aime vit à l'autre bout du monde, je ne sais d'ailleurs plus vraiment ce que nous partageons. Donc, pour répondre à votre question, je suis seul depuis sa dernière visite, il y a six mois.

— Vous ne lui rendez jamais visite ?

— J'ai peur de l'avion.

— L'amour donne des ailes, non ?

— Un peu convenu, si vous me le permettez.

— Que fait-elle dans la vie ?

— Elle est traductrice, elle est même ma traductrice, bien qu'en ce domaine je doute qu'elle me soit fidèle. Et votre compagnon, quel métier fait-il ?

— Chef, comme moi, enfin, en ce qui le concerne plutôt sous-chef.

— Vous travailliez ensemble ?

— Ça nous est arrivé. Très mauvaise idée.

— Pourquoi ?

— Il a fini par coucher avec la fille qui était à la plonge.

— Quel manque de tact !

— Vous avez toujours été fidèle à votre traductrice ?

La serveuse apporta l'addition. Paul s'en empara.

— Non, nous devons partager, protesta Mia, c'est un dîner d'amis.

— Vous avez eu votre compte d'indélicatesses, et ne m'en veuillez pas, je suis gauche et vieux jeu.

*

Paul accompagna Mia jusqu'à la station de taxis.

— J'espère que cette soirée n'aura pas été si pénible que cela.

— Je peux vous poser une question ? répondit Mia.

— Vous venez de le faire.

— Vous croyez qu'une femme et un homme peuvent devenir amis sans qu'il y ait entre eux la moindre ambiguïté ?

— Si l'une sort à peine d'une histoire et que le cœur de l'autre est pris, je pense que oui... En tout cas, raconter sa vie à une inconnue sans craindre d'être jugé est agréable.

Elle baissa les yeux et ajouta :

— Je crois qu'en ce moment, j'aurais bien besoin d'un ami.

— Je vous propose une chose, dit Paul. Si d'ici quelques jours nous avons envie de nous revoir, entre amis, contactons-nous. Mais seulement si l'envie est là. Aucune obligation.

— D'accord, lâcha Mia, en montant à bord du taxi. Vous voulez que je vous dépose quelque part ?

— Ma voiture est garée près d'ici, j'aurais pu vous proposer la même chose, mais je crois qu'il est trop tard.

— Alors, peut-être à bientôt, conclut Mia en refermant la portière.

*

— Rue Poulbot, à Montmartre, dit Mia au chauffeur.

Paul regarda le taxi s'éloigner. Il remonta la rue du 29-Juillet, la nuit était claire, son humeur joyeuse et sa voiture à la fourrière.

*

— *D'accord, la soirée s'est mieux terminée qu'elle n'avait commencé, mais tu te tiens à tes résolutions. Aussitôt rentrée chez Daisy, tu effaces ton profil et fini les rencontres avec des inconnus. Au moins, cela te servira de leçon.*

— Ça fait vingt ans que je fais ce métier, pas besoin de marmonner l'itinéraire, mademoiselle, dit le chauffeur.

— *D'accord, il n'était pas fou, mais il aurait très bien pu l'être. Qu'est-ce que tu aurais fait dans ce cas ? Et si quelqu'un t'avait reconnue dans ce restaurant ? Ne dramatise pas, personne n'aurait pu te reconnaître... Ne jamais raconter ce qui s'est passé ce soir, pas même à Daisy... surtout pas à Daisy, elle me tuerait... à personne... voilà, ce sera ton secret à toi, une histoire que tu révéleras à tes petits-enfants quand tu seras une vieille grand-mère, mais alors très vieille.*

*

— *Pourquoi n'y a-t-il jamais de taxi dans cette ville ?* ronchonnait Paul en parcourant la rue de

Rivoli. *Quel dîner ! J'ai vraiment pensé qu'elle était dingue, enfin, il fallait l'être un peu pour aller sur un site de rencontres... À ce sujet, il y en a deux qui ont dû franchement se marrer ce soir, et ils doivent encore rigoler dans leur auberge à Honfleur, mais attendez, à mon tour de rigoler à vos dépens. Si tu penses qu'on est quittes, mon vieux, c'est que tu me connais moins bien que tu ne le crois. Je sais que la vengeance est un plat qui se mange froid, moi, je vais la déguster tiède. Non mais de quoi je me mêle, parce que vous pensez que j'ai besoin de vous pour rencontrer quelqu'un ? Je rencontre qui je veux, quand je veux ! Vous m'avez pris pour qui ? Elle était quand même un peu timbrée, non ? Enfin, ne soyons pas injuste, je dis ça parce que je suis en colère, mais elle n'y est pour rien. De toute façon, elle ne me rappellera jamais et je ne la rappellerai pas. Après ce qui s'est passé, ce serait tellement gênant. Et ma voiture... les roues avant mordaient à peine sur le passage piéton. Ils nous font vraiment chier dans cette ville. Ah tout de même, il était temps...* Taxi ! hurla Paul en agitant le bras.

*

Elle se fit déposer à l'angle de la rue Poulbot, régla la course et entra dans l'immeuble.

— *De toute façon, je n'ai pas son numéro et il n'a pas le mien,* murmura-t-elle en montant l'escalier... *il ne manquerait plus que cela qu'il ait mon téléphone,* pensa Mia en cherchant ses clés dans son sac. Sa main rencontra un objet inconnu, elle le sortit : *Merde, j'ai son téléphone !*

En entrant dans l'appartement, elle trouva Daisy assise à la table de la cuisine, un stylo en main.

— Tu es déjà là ? demanda Mia.

— Il est quand même minuit et demi, répondit Daisy, les yeux rivés à un cahier. Il était drôlement long, ton film.

— Oui... enfin non, j'ai raté la séance de 20 heures, alors j'ai assisté à la suivante.

— C'était bien, au moins ?

— Un peu étrange au début, mieux ensuite.

— Qu'est-ce que ça racontait ?

— Un dîner avec des gens qui ne se connaissent pas.

— Tu es allée voir un film suédois ?

— Qu'est-ce que tu fais ?

— Mes comptes. Tu as l'air bizarre, poursuivit Daisy en relevant la tête.

Mia évita de croiser son regard, elle s'éclipsa en bâillant vers sa chambre.

*

Une fois chez lui, Paul s'installa à son bureau et alluma son ordinateur pour se mettre au travail. Il découvrit un post-it collé sur l'écran et reconnut l'écriture d'Arthur qui avait eu la délicatesse de lui communiquer l'identifiant et le mot de passe qu'il avait utilisés pour l'inscrire sur le site de rencontres.

8.

Après le petit déjeuner, Paul se rendit compte qu'il avait égaré son téléphone portable. Il retourna les poches de son veston, souleva les nombreux papiers qui encombraient son bureau, parcourut du regard les étagères de sa bibliothèque, vérifia qu'il n'était pas dans la salle de bains et tenta de se remémorer la dernière fois qu'il s'en était servi. Il se souvint d'avoir fait lire le message d'Arthur à Mia. Il en était maintenant certain, il l'avait oublié sur la table du restaurant. Furieux, il téléphona chez Uma et tomba sur le répondeur. L'établissement n'était pas encore ouvert.

Si la serveuse l'avait trouvé, elle l'avait peut-être emporté avec elle, après tout, il lui avait laissé un généreux pourboire... il composa son propre numéro, on n'était jamais à l'abri d'un coup de bol.

*

Mia prenait son petit déjeuner en compagnie de Daisy quand la voix de Gloria Gaynor entonna « I Will Survive » près de la baie vitrée.

L'une et l'autre prirent un air étonné.

— Je crois que ça vient du canapé, lâcha Daisy, d'un ton détaché.

— Tu as un canapé musical, comme c'est étrange ?

— On dirait plutôt que ton sac fait ses vocalises matinales.

Mia écarquilla les yeux et se précipita vers l'objet du délit. Elle plongeait la main à l'intérieur du sac quand la voix s'interrompit.

— Gloria a un coup de pompe ? ironisa nonchalamment Daisy depuis la cuisine.

La chanson reprit de plus belle.

— Ah non, enchaîna-t-elle, elle se réservait pour un bis. Sacrée Gloria, elle sait comment chauffer une salle !

Cette fois, Mia attrapa le téléphone à temps et décrocha.

— Oui, murmura-t-elle. Non, je ne suis pas la serveuse... oui, c'est moi, je ne pensais pas que vous rappelleriez si tôt... j'ai bien compris, je vous faisais marcher... Oui, je peux... où ça ?... Je n'en ai aucune idée... devant le palais Garnier à 13 heures... c'est entendu, à tout à l'heure... oui, au revoir... bien sûr, je vous en prie... au revoir.

Mia remit le téléphone dans son sac et retourna à table. Daisy lui resservit une tasse de thé et la fixa du regard.

— L'ouvreur aussi était suédois ?

— Quoi ?

— Gloria Gaynor, c'était qui ?

— Quelqu'un qui a oublié son téléphone au cinéma, je l'ai trouvé et il m'a appelée pour que je le lui rende.

— Vous êtes drôlement civilisés, les Anglais... tu vas aller au palais Garnier pour restituer son portable à un inconnu !

— Ce sont des choses qui se font, non ? Si c'était le mien, je serais heureuse que quelqu'un de courtois l'ait trouvé.

— Et la serveuse ?

— Quelle serveuse ?

— Passons, je préfère ne rien savoir plutôt que de penser que tu me prends pour une idiote.

— D'accord, concéda Mia qui cherchait comment se sortir de ce mauvais pas. Le film était ennuyeux, je suis sortie de la salle, mon voisin de fauteuil aussi, nous nous sommes croisés sur le trottoir et nous avons pris un verre à la terrasse d'un café. Il est parti en oubliant son téléphone, je l'ai récupéré et je vais le lui rendre. Tu sais tout maintenant, tu es contente ?

— Il était comment, ce voisin de fauteuil ?

— Rien, enfin je veux dire quelconque, sympathique.

— Quelconque et sympathique !

— Arrête, Daisy, nous avons pris un verre, rien de plus.

— C'est marrant que tu ne m'aies pas raconté ça en rentrant hier soir, la veille tu étais beaucoup plus bavarde.

— Je m'étais ennuyée à mourir, j'avais envie de prendre un verre, ne va rien imaginer de plus car il n'y a rien à imaginer. Je lui remets son portable et ça s'arrête là.

— Puisque tu le dis. Tu viendrais me donner un coup de main au restaurant, ce soir ?

— Oui, pourquoi pas ?

— Tu avais peut-être envie de retourner au cinéma.

Mia se leva, déposa son assiette dans le lave-vaisselle et partit se doucher, sans ajouter un mot.

*

Paul attendait sur le parvis du palais Garnier au milieu de la foule. Il reconnut son visage parmi ceux qui sortaient de la bouche de métro. Elle portait des lunettes de soleil, un foulard sur la tête et son sac à main à l'avant-bras.

Il lui fit un signe, elle lui répondit d'un sourire timide et vint vers lui.

— Ne me demandez pas pourquoi, je n'en sais rien, lâcha-t-elle en guise de bonjour.

— Pourquoi quoi ? répliqua Paul.

— Justement, je n'en sais rien, je suppose qu'il a dû glisser.

— Il est trop tôt pour imaginer que vous ayez bu.

— Attendez une seconde, poursuivit-elle en plongeant la main dans son sac.

Elle fouilla en vain, leva une jambe pour le poser sur son genou et continua ses recherches dans un équilibre précaire.

— Un flamant rose ?

Avec un air de reproche, elle sortit triomphalement le téléphone.

— Je ne suis pas une voleuse, j'ignore comment il a atterri dans mon sac.

— L'idée ne m'avait pas effleuré l'esprit.

— Nous sommes d'accord que ce rendez-vous ne compte pas.

— Ne compte pas pour quoi ?

— Vous ne m'avez pas appelée parce que vous en aviez envie et je ne suis pas venue vous rejoindre parce que j'en avais envie, votre téléphone est la seule raison de ce rendez-vous.

— D'accord, ça ne compte pas. Vous me le rendez maintenant ?

Elle lui tendit l'appareil.

— Pourquoi l'Opéra ?

Paul se retourna vers le palais Garnier.

— C'est le décor de mon prochain roman.

— Je vois.

— Je doute que vous voyiez grand-chose, l'histoire se déroule principalement à l'intérieur.

— Si, si, je vois.

— Ce que vous êtes têtue ! Vous y êtes déjà allée, au moins ?

— Et vous ?

— Des dizaines de fois, y compris quand il est fermé au public.

— Frimeur !

— Pas du tout, je me suis lié d'amitié avec le directeur.

— Et que se passe-t-il dans cet Opéra ?

— Vous voyez bien que vous ne voyez rien. Mon héroïne est une cantatrice qui a perdu la voix et vient hanter ce lieu.

— Ah !

— Quoi « Ah » ?

— Rien.

— Vous n'allez pas partir en me laissant ici avec un « Ah » et un « Rien » !

— Qu'est-ce que vous voulez que je fasse ?

— Aucune idée, mais il faut trouver quelque chose.

— On pourrait admirer la façade ensemble pendant quelques minutes ?

— Allez-y, moquez-vous ! C'est fragile, l'écriture, vous n'imaginez pas à quel point. Votre « Ah » peut me coller trois jours de page blanche.

— Mon « Ah » aurait un tel pouvoir ? Je vous assure que c'était un « Ah » très anodin.

— Vous croyez qu'une quatrième de couverture est anodine ? Elle a pouvoir de vie ou de mort sur le destin du livre.

— Qu'est-ce qu'une quatrième de couverture ?

— Le résumé imprimé au dos... de la couverture.

— Rassurez-moi, ce que vous m'avez raconté n'était pas le résumé ?

— De mieux en mieux, on est au moins à une semaine de page blanche maintenant !

— Il vaudrait mieux que je me taise, alors !

— Trop tard, le mal est fait.

— Vous me faites marcher.

— Pas du tout ! On pense que c'est un métier facile, et par certains côtés, il l'est. Pas de contraintes horaires, pas de supérieur hiérarchique, pas de structure, mais justement, travailler sans structure revient à naviguer sur une barque au milieu de l'océan. La moindre vague que l'on n'a pas vue venir et plouf, on dessale. Demandez à un acteur si quelqu'un qui tousse pendant une représentation risque de lui faire perdre le fil de son texte. Vous ne pouvez pas comprendre.

— Non, probablement pas, répondit Mia d'un ton cassant. Vous m'en voyez désolée, je ne voulais pas que mon « Ah » vous désarçonne à ce point.

— Pardon, je suis de mauvais poil. Je n'ai pas pondu une ligne en rentrant hier, et j'ai pourtant veillé jusque tard dans la nuit.

— À cause de notre dîner ?

— Ce n'est pas ce que je voulais sous-entendre.

Mia observa Paul attentivement.

— Il y a trop de monde ici, s'exclama-t-elle.

Et comme Paul semblait perplexe, elle le prit par la main et l'entraîna vers les marches du palais Garnier.

— Asseyez-vous là, ordonna-t-elle, avant de s'installer deux marches derrière lui. Qu'est-ce qui lui arrive, à votre héroïne ?

— Cela vous intéresse vraiment ?

— Puisque je vous le demande.

— Personne ne comprend d'où provient son infirmité, elle ne souffre d'aucune maladie. Ruinée par des traitements sans effets, elle vit recluse dans son appartement. Parce que l'Opéra était toute sa vie, et qu'elle n'a même plus les moyens d'y accéder en spectatrice, elle se fait embaucher comme ouvreuse. Ceux qui jadis payaient une fortune pour venir l'entendre chanter sont les mêmes à lui donner désormais un pourboire lorsqu'elle les installe à leur place. Un jour, un critique musical, troublé par son visage, est convaincu de l'avoir reconnue.

— Joli rôle. C'est prometteur. Et ensuite ?

— La suite, je ne l'ai pas encore écrite.

— Ça finit bien ?

— Comment voulez-vous que je le sache.

— Ah, soyons clairs, ça finit bien !

— Arrêtez avec vos « Ah », je n'ai encore rien décidé.

— Vous trouvez qu'il n'y a pas assez de drames dans la vraie vie, que les gens ne sont pas suffisamment accablés de malheurs, de mensonges, de lâchetés et de mesquineries, vous voulez en rajouter ? Perdre leur temps à leur raconter des histoires qui finissent mal ?

— Les romans se doivent de coller à une certaine réalité, au risque de paraître fleur bleue.

— Mais on leur dit merde, à ceux qui n'aiment pas les histoires heureuses, qu'ils aillent patauger dans leur sinistrose, ils nous font déjà assez suer comme ça, on ne va pas en plus leur laisser le mot de la fin.

— C’est un point de vue.

— Non, c’est une question de bon sens et de courage. À quoi cela sert de jouer, d’écrire, de peindre ou de sculpter, de prendre de tels risques si ce n’est pour apporter du bonheur aux autres ? À faire pleurer dans les chaumières, parce que c’est plus valorisant ? Vous savez ce qu’il faut pour décrocher un Oscar de nos jours ? Avoir perdu ses bras ou ses jambes, son père ou sa mère, les quatre serait encore mieux. Une bonne dose de misère, de sordide, de bassesses à vous arracher des larmes et on crie au génie, mais faire rire et rêver n’est pas considéré. J’en ai assez de l’hégémonie culturelle du marasme. Alors votre roman finira bien, un point c’est tout !

— C’est entendu, répondit Paul timidement.

Troublé de la voir émue, il ne voulait en aucun cas la contrarier.

— Et elle va retrouver sa voix, n’est-ce pas ? reprit Mia.

— Nous verrons.

— Il vaudrait mieux, sinon je ne l’achèterai pas.

— Je vous l’offrirai.

— Je ne le lirai pas.

— D’accord, je vais travailler dans ce sens-là.

— Je compte sur vous. Maintenant, allons prendre un café et vous me raconterez ce que va faire ce critique quand il l’aura reconnue. D’ailleurs, c’est un chic type ou un salaud ?

Et avant que Paul n’ait eu le temps de répondre, elle continua avec la même fougue.

— Ce qui serait formidable, c'est qu'il soit un salaud au début et qu'il devienne un type bien grâce à elle, et, elle retrouverait sa voix grâce à lui. Ce ne serait pas une merveilleuse idée ?

Paul tira un stylo de sa poche et le tendit à Mia.

— En route pour ce café, vous écrirez mon roman et, pendant ce temps, j'irai cuisiner une bouillabaisse.

— Vous n'auriez pas mauvais caractère, par hasard ?

— Je ne crois pas non.

— Parce que je n'ai pas du tout envie de prendre un café avec quelqu'un qui a mauvais caractère.

— Puisque je vous affirme que ce n'est pas le cas.

— D'accord, mais ça ne compte toujours pas.

— Ils doivent s'amuser, dans votre cuisine, avec un chef comme vous.

— C'était un compliment ou un sarcasme ?

— Attention, vous allez vous faire écraser, s'exclama-t-il en la retenant par le bras tandis qu'elle s'élançait sur la chaussée. On est à Paris ici, pas à Londres, les voitures viennent de l'autre côté.

Ils s'installèrent à la terrasse du Café de la Paix.

— J'ai faim, déclara Mia.

Paul lui tendit le menu.

— Votre restaurant est fermé à l'heure du déjeuner ?

— Non.

— Qui s'en occupe ?

— Mon associée, répondit Mia en baissant les yeux.

— C'est pratique d'avoir une associée, dans mon métier, hélas, ce serait difficile.

— Votre traductrice l'est un peu à sa façon.

— Elle n'écrit pas mes romans quand je m'absente. Pourquoi avoir quitté l'Angleterre et être venue en France ?

— Je n'ai eu qu'à traverser la Manche, pas un océan. Et vous ?

— J'ai posé la question en premier.

— Une envie d'ailleurs, je suppose, un besoin de changer de vie.

— À cause de votre ex-petit ami ? Votre arrivée ne date pas d'hier tout de même ?

— Je préférerais ne pas en parler, expliquez-moi plutôt pourquoi vous avez quitté San Francisco.

— Après avoir commandé. Moi aussi, j'ai faim, finalement.

Dès que le serveur les laissa, Paul lui fit le récit de l'épisode qui suivit la publication de son premier roman, il lui parla de cette petite notoriété qui l'avait mis à rude épreuve.

— Vous avez été terrassé par la célébrité ? questionna Mia, amusée.

— N'exagérons rien, un écrivain ne connaîtra jamais celle d'un chanteur de rock ou d'une star de cinéma, mais moi, je ne jouais pas un rôle, c'étaient mes tripes que j'avais couchées sur le papier, façon de parler bien sûr, et je suis d'une pudeur maladive, c'est ainsi. Au collège, je prenais ma douche en caleçon, c'est vous dire.

— Votre photo est en première page du journal et le lendemain, le même journal sert à emballer des Fish & Chips. Voilà à quoi peut se résumer la notoriété, dit Mia.

— Vous avez servi beaucoup de Fish & Chips ?

— C'est redevenu très à la mode, rétorqua-t-elle en souriant. C'est idiot, vous m'en avez donné envie.

— Le mal du pays ?

— Non, de ce côté-là, aucun mal.

— Il vous a fait souffrir à ce point ?

— Je suis tombée de haut, j'étais la seule à ne pas voir ce qui crevait l'écran.

— Quel écran ?

— C'est aussi une façon de parler.

— L'amour rend aveugle.

— Je suppose que, dans mon cas, cette banalité affligeante a du vrai. Qu'est-ce qui vous retient vraiment d'aller rejoindre votre traductrice ? Un écrivain peut travailler n'importe où, n'est-ce pas ?

— Je ne sais pas si elle le souhaite. Si elle en avait eu l'envie, elle m'aurait envoyé un signal.

— Pas sûr. Vous communiquez beaucoup ?

— Nous skypons une fois par week-end, et échangeons des mails de temps à autre. Je ne connais qu'un petit bout de son appartement, celui qui se dévoile dans l'écran de mon ordinateur, le reste, je l'imagine.

— À vingt ans, je m'étais amourachée d'un New-Yorkais, je crois que la distance décuplait mes sentiments pour lui. L'impossibilité de se voir, de se toucher, tout relevait du domaine de l'imaginaire. Un jour, j'ai rassemblé mes économies et j'ai pris l'avion. J'ai passé l'une des plus belles semaines de ma vie. Je suis rentrée enivrée par ce voyage, pleine d'espoir et décidée à trouver un moyen de retourner vivre là-bas.

— Vous avez réussi ?

— Non, dès que je l'ai informé de ce projet, tout a changé. Ses appels sont devenus plus distants, notre relation s'est étiolée à l'approche de l'hiver. J'ai mis un temps fou à l'oublier, mais je n'ai jamais regretté d'avoir vécu cette aventure.

— C'est peut-être pour cela que je reste ici... le temps fou à oublier.

— Donc la peur de l'avion n'y est pour rien ?

— Ah si, il faut un bon prétexte pour se voiler la face. Et vous, quel est le vôtre ?

Mia repoussa son assiette, but son verre d'eau d'un trait et le reposa.

— Quel prétexte pourrait-on trouver à notre prochaine rencontre ? demanda-t-elle, le sourire aux lèvres.

— Il en faut un ?

— Sauf si vous acceptez d'être le premier des deux à avoir envie d'appeler l'autre.

— Non, non, non, c'est trop facile. Aucune loi ne stipule qu'en amitié les hommes aient à faire le premier pas, je trouve d'ailleurs qu'au nom de l'égalité des sexes, cela devrait être aux femmes de s'en charger.

— Je ne partage pas du tout votre avis.

— Évidemment, puisque ça ne vous arrange pas.

Ils restèrent quelques instants silencieux, observant les passants.

— Ça vous amuserait de visiter l'Opéra pendant les heures de fermeture ? reprit Paul.

— C'est vrai qu'il y a un lac souterrain ?

— Et des ruches sur le toit.

— Je crois que j'aimerais beaucoup ça.

— Très bien, je m'en occupe, je vous appellerai pour vous dire quand ce sera possible.

— Il faudrait d'abord que je vous donne mon numéro.

Paul prit son stylo et ouvrit son carnet.

— Je vous écoute ?

— Vous ne me l'avez pas demandé. Et ne me regardez pas comme ça, c'est bien qu'en amitié on mette aussi les formes.

— Puis-je vous demander votre numéro de téléphone ? soupira Paul.

Mia s'empara de son stylo et griffonna sur une page du carnet. Paul s'étonna.

— Vous avez gardé votre ligne anglaise ?

— Oui, avoua-t-elle, confuse.

— Vous reconnaîtrez que vous êtes compliquées.

— Moi, ou les femmes en général ?

— Les femmes en général, grommela Paul.

— Vous vous ennuieriez tellement si nous ne l'étions pas. Cette fois, c'est moi qui paie et ne discutez pas.

— Ça m'étonnerait que le garçon accepte. Je déjeune ici un jour sur deux. Il est aux ordres avec moi, et puis pour peu que votre carte de crédit soit anglaise elle aussi...

Mia fut bien obligée d'accepter.

— Alors, à bientôt, lui dit-elle en lui tendant la main.

— À bientôt, répondit Paul.

Il la regarda disparaître dans la bouche de métro.

9.

Arthur attendait Paul sur le palier.

— J'ai peur d'avoir égaré ton double de clés, dit-il.

— De mieux en mieux, répondit Paul en ouvrant la porte. C'était bien, Honfleur ?

— Charmant.

Paul entra dans l'appartement sans ajouter un mot.

— Tu m'en veux à ce point ? Ce n'était qu'une plaisanterie.

— Où est ta femme ?

— Elle est allée rendre visite à un confrère qui fait un stage à l'Hôpital américain.

— Vous avez quelque chose de prévu, ce soir ? demanda Paul en préparant un café.

— Tu ne vas pas en parler, c'est ça ta vengeance ?

— Si tu crois que j'ai du temps à perdre, mon vieux, grandis un peu.

— C'était si catastrophique que ça ?

— Tu veux dire pendant la demi-heure où cette femme a cru dîner avec un fou ou quand j'ai pris conscience du ridicule dans lequel tu m'avais plongé ?

— Elle avait l'air sympathique, vous auriez pu passer une bonne soirée.

Paul se rapprocha d'Arthur et lui mit de force une tasse de café dans les mains.

— Comment aurait-elle pu passer une bonne soirée alors que le meilleur ami de l'homme avec qui elle dînait s'est moqué d'elle comme aucun homme n'a le droit de se moquer d'une femme.

— Elle t'a plu ! souffla Arthur. Mais oui, pour que tu prennes sa défense, c'est qu'elle t'a plu !

Il applaudit, se dirigea vers le bureau de Paul et s'installa sur sa chaise.

— Surtout, fais comme chez toi.

— Bon, tu te vengeras, je ne sais encore ni quand ni comment, mais je sais que je le paierai cher. Maintenant, mettons cela de côté et raconte-moi.

— Je n'ai rien à te raconter, la farce a duré dix minutes. Tu croyais qu'il faudrait combien de temps à deux personnes douées d'une intelligence normale pour comprendre qu'on leur avait joué un tour odieux ? Je me suis excusé en ton nom, je lui ai expliqué que mon meilleur ami était très gentil mais parfaitement idiot et nous nous sommes salués. Je ne me souviens même plus de son prénom.

— C'est tout ?

— Oui, c'est tout !

— Bon, rien de grave, en fait.

— Non, rien de grave, mais tu as raison sur un point, je me vengerai.

*

En sortant du métro, Mia se dirigea vers une librairie. Elle flâna le long des tables et, ne trouvant pas ce qu'elle cherchait, elle interrogea le libraire. Il pianota sur son ordinateur et s'approcha d'un rayonnage.

— Je crois en avoir un en stock, assura-t-il en se mettant sur la pointe des pieds. Tenez, le voilà, c'est le seul titre que j'ai de lui.

— Vous pourriez me commander les autres ?

— Oui, bien sûr. Mais j'ai aussi d'autres écrivains à vous proposer si vous aimez lire.

— Pourquoi ? Cet auteur n'est pas pour les gens qui aiment lire ?

— Si, mais disons qu'il y a plus littéraire.

— Vous avez déjà lu un de ses romans ?

— Hélas, je ne peux pas tout lire, dit le libraire.

— Comment pouvez-vous donc juger son écriture ?

Le libraire la toisa et retourna derrière son comptoir.

— Vous voulez que je vous en commande d'autres ? enchaîna-t-il en encaissant l'ouvrage qu'elle emportait.

— Non, répondit Mia, je vais commencer par celui-ci et commander les autres dans une librairie moins littéraire.

— Je ne voulais pas être désobligeant, c'est un auteur américain, c'est souvent moins bien quand c'est traduit.

— Je suis traductrice, dit Mia, poings sur les hanches.

Le libraire resta quelques secondes bouche bée.

— Bien, alors à ce niveau de maladresse, je vous fais une remise !

Mia marchait dans la rue en feuilletant le roman, elle le retourna pour lire le résumé et sourit en voyant la photo de Paul. C'était la première fois qu'elle tenait entre ses mains un livre écrit par quelqu'un qu'elle connaissait, même si elle le connaissait à peine. Elle repensa à son échange de mots avec le libraire et se demanda quelle mouche l'avait piquée pour qu'elle lui tienne tête de la sorte. Ça ne lui ressemblait pas, mais elle était heureuse d'avoir exprimé ce qu'elle pensait. Quelque chose en elle était en train de changer, elle aimait cette voix intérieure qui la poussait à s'affirmer. Elle héla un taxi et pria le chauffeur de la déposer rue de Rivoli, devant la librairie anglaise.

Elle en ressortit quelques minutes plus tard, avec le premier roman de Paul dans son édition originale américaine. Elle en commença la lecture durant le trajet vers Montmartre, la poursuivit en remontant la rue Lepic et s'installa sur un banc de la place du Tertre pour la poursuivre encore.

Le caricaturiste était derrière son chevalet, il lui adressa un sourire qu'elle ne vit pas.

*

Elle se présenta au restaurant en fin d'après-midi. Daisy était déjà à ses fourneaux. Elle confia ses casseroles à Robert, son cuistot, et entraîna Mia à l'écart, près du bar.

— Je sais que tu n'as pas le CV pour ce genre d'emploi, mais ma serveuse ne reviendra pas et il va me falloir quelques jours avant de la remplacer. Tu t'en es très bien sortie l'autre soir, je sais que c'est beaucoup te demander, mais...

— Oui, acquiesça Mia avant qu'elle n'ait fini sa phrase.

— Tu acceptes ?

— Je viens de te le dire.

— Et Cate Blanchett ne va pas râler ?

— Elle n'aura pas le droit à la parole, d'ailleurs, si j'étais elle, j'investirais dans un restaurant. Tu as des problèmes d'argent, moi pas, on pourrait rafraîchir la salle, embaucher une serveuse fiable que tu paierais assez pour qu'elle le reste...

— Ma salle est très bien comme elle est, interrompit Daisy. Pour l'instant, j'ai juste besoin d'un coup de main.

— Tu n'es pas obligée de répondre maintenant, réfléchis à ma proposition.

— C'était comment, l'Opéra ?

— Je lui ai rendu son téléphone et je suis repartie.

— Rien d'autre ?

— Rien.

— Il est homosexuel ?

— Je ne le lui ai pas demandé.

— Tu traverses Paris pour lui rendre son téléphone et il se contente d'un merci et d'un au revoir ? Il était peut-être vraiment suédois, mais alors très au nord de la Suède.

— Tu vois le mal partout.

— Qui t'a laissée entendre que je pensais à mal ?

Mia s'abstint de répondre, elle passa son tablier et commença à mettre le couvert.

*

Paul avait dîné en compagnie d'Arthur et de Lauren dans un bistrot de la rue de Bourgogne. Le vin avait coulé et la plaisanterie dont il avait été la victime remisée au rang des souvenirs. Le lendemain, ses amis partiraient visiter la Provence, et il souhaitait profiter de leur présence.

— Je crois qu'elle a raison, lâcha Paul tandis qu'ils arrivaient sur l'esplanade des Invalides.

— Qui ? demanda Lauren.

— Mon éditeur.

— Je croyais que c'était un homme ? objecta Arthur.

— Bien sûr que c'est un homme, poursuivit Paul.

— Et en quoi a-t-il raison ? reprit Lauren.

— Je dois me rendre en Corée et en avoir le cœur net. Cette peur de l'avion est ridicule.

— Tu pourrais surfer sur ce bel élan de courage pour rentrer à San Francisco, suggéra Arthur.

— Laisse-le tranquille, intervint Lauren, s'il veut aller à Séoul, on doit l'y encourager.

Arthur prit Paul par l'épaule.

— Si ton bonheur est là-bas, ce ne seront pas une dizaine de milliers de kilomètres en plus qui nous éloigneront.

— Loin de moi l'idée que tu sois nul en géographie, mais as-tu déjà songé que, par l'Ouest, nous nous rapprocherons. Ne le confie à personne, mais la Terre est ronde !

De retour à l'appartement, Paul s'installa sans inspiration à son ordinateur. Vers 1 heure du matin, il écrivit un courriel.

Kyong,
J'aurais dû te rejoindre depuis longtemps sans te demander ton avis. Je pense à toi en me levant, tout au long de la journée, tard le soir, sans que jamais ces pensées ne s'annoncent. Il me suffit de fermer les yeux pour te voir apparaître. Tu es là, penchée à mon bureau, tu me lis et me traduis en même temps en pensée, sans rien dire. Tu sais que je t'observe et ne laisse rien voir. Un écrivain et une traductrice qui enlacent le silence, on croirait une scène sortie d'un film des Marx Brothers.
Si seulement les maux du cœur étaient contagieux, tu m'aimerais autant que je t'aime.
Lorsque nos sentiments ne ressemblent à rien, on a l'espoir qu'ils prennent forme en grandissant. Les miens sont devenus adultes, mais ils s'acharnent à ne ressembler à rien. On peut tout faire avec des mots, y compris écrire de belles histoires, pourquoi est-ce si compliqué dans la vie ?

Je vais venir, pas pour ce Salon du livre, mais vers toi, et si tu le veux bien, nous ferons quelques pas ensemble, tu m'apprendras à connaître ta ville, tes amis, ou bien je me mettrai simplement à écrire et cette fois, ce sera toi qui me regarderas.
À très vite, même si quand on espère l'autre, le temps semble vieillir et marcher à pas lents.
Paul

En terminant cette lettre, il songea que Kyong était déjà levée. À quel moment de sa journée lirait-elle les mots qu'il venait de lui envoyer ? Cette question chassa le sommeil loin dans sa nuit.

*

Arthur avait posé l'ordinateur sur ses genoux. Il se connecta au site de rencontres, entra identifiant et mot de passe, et accéda à la fiche qu'il avait créée dans le seul but de l'effacer. Une petite enveloppe clignotait sous la photo de son meilleur ami. Arthur se tourna vers Lauren, elle dormait. Il hésita, deux secondes, peut-être un peu moins, et cliqua sur l'enveloppe.

Cher Paul
Nous avions parlé du téléphone, mais pas des mails, donc, ils ne comptent pas.
Vous trouverez néanmoins le mien à la fin de ce petit mot car si nous pouvions communiquer par un autre moyen que ce site, ce serait une agréable façon de ne pas avoir à se remémorer des minutes humiliantes.

Je voulais vous remercier pour ce déjeuner imprévu, vous dire de ne surtout pas vous soucier de mon « Ah ». J'ai repensé à votre histoire et vous m'avez donné envie d'en connaître la suite, alors oubliez les pages blanches, ou plutôt, noircissez-les au plus vite.
Je me réjouis à l'idée de visiter cet Opéra, surtout aux heures où il est interdit aux autres. Les interdits ont du piquant.
La soirée au restaurant fut éprouvante, beaucoup de monde, presque trop, mais c'est la rançon du succès, ma cuisine est irrésistible.
Je vous souhaite une bonne nuit.
À bientôt,
Mia

*

— Je peux récupérer mon ordinateur ? demanda Daisy en passant la tête par la porte de la chambre de Mia.

— Je viens de finir.

— À qui écrivais-tu ? Je t'ai entendue pianoter comme une forcenée.

— J'ai du mal avec vos claviers français, les lettres ne sont pas à la même place.

— À qui ? insista Daisy en s'asseyant au pied du lit.

— À Creston, je lui donnais de mes nouvelles.

— Et les nouvelles sont bonnes ?

— J'aime bien ma vie parisienne, et même mon boulot au restaurant.

— Il n'y avait pas grand monde, ce soir, si ça continue je vais être obligée de mettre la clé sous la porte.

Mia posa l'ordinateur pour accorder toute son attention à Daisy.

— C'est juste une mauvaise passe, les gens n'ont pas d'argent, la crise ne durera pas éternellement.

— Moi non plus, je n'ai pas d'argent, et à ce train, mon restaurant non plus ne durera pas éternellement.

— Si tu ne veux pas de moi comme associée, laisse-moi au moins t'en prêter.

— Merci mais non. Je suis sans le sou, mais j'ai ma dignité.

Daisy s'allongea à côté de Mia. Quelque chose sous l'oreiller la gênait, elle y passa la main et en sortit un livre. Elle le retourna pour lire le résumé.

— Pourquoi ce visage ne m'est-il pas étranger ? déclara-t-elle en regardant la photo de l'auteur.

— C'est un Américain très célèbre.

— Je n'ai jamais le temps de lire. Pourtant, sa tête ne m'est pas inconnue. Il est peut-être venu au restaurant.

— Qui sait ? répondit Mia en piquant un fard.

— Tu l'as acheté aujourd'hui ? Ça parle de quoi ?

— Je ne l'ai pas encore commencé.

— Tu l'as acheté sans savoir de quoi ça parle ?

— Le libraire me l'a recommandé.

— Bon, je te laisse à ta lecture, je vais me coucher, je suis anéantie.

Daisy se leva et se dirigea vers la porte.

— Le livre ? réclama timidement Mia.

Daisy l'avait gardé, elle regarda encore une fois la photo et le lança sur le lit.

— À demain.

Elle referma la porte pour la rouvrir presque aussitôt.

— Tu as l'air bizarre.

— Bizarre comment ?

— Je ne sais pas. C'est l'inconnu du téléphone qui t'a offert ce bouquin ?

— Tu vois bien que ce n'est pas écrit en suédois du nord de la Suède !

Daisy observa Mia avant de quitter sa chambre.

— Je t'assure que tu es bizarre, l'entendit-elle grommeler derrière la porte.

10.

Le réveille-matin retentit, Lauren s'étira de tout son long et se blottit contre Arthur.

— Bien dormi ? questionna-t-elle en l'embrassant.

— On ne peut mieux.

— Qu'est-ce qui te met de si bonne humeur ?

— Il faut que je te montre quelque chose, dit-il amusé en se redressant.

Il récupéra l'ordinateur sous le lit et l'ouvrit.

— Pour un dîner qui n'a duré que dix minutes, cela me semble plutôt pas mal comme lettre !

Lauren leva les yeux au ciel.

— Ils ont sympathisé, tant mieux, parce que ta blague était du plus mauvais goût. Ne va pas en tirer des conclusions hâtives.

— Je me contente de lire et de constater, c'est tout.

— Il est amoureux de sa traductrice coréenne et je doute que cette inconnue y change quoi que ce soit, ni même qu'elle en ait l'intention.

— En attendant, je vais imprimer ça et le placer en évidence sur son bureau.

— Pour quoi faire ?

— Lui montrer que je ne suis pas stupide.

Lauren relut le texte.

— Elle joue sur la corde de l'amitié.

— Qu'est-ce que tu en sais ?

— Parce que je suis une femme, et que c'est écrit noir sur blanc, *Les mails ne comptent pas*, traduit en langage féminin : *Je ne suis pas dans la séduction*. Ensuite, elle se réfère à ce dîner où elle s'était rendue pour rencontrer quelqu'un. La façon dont elle en parle montre que Paul n'est pas cet homme-là.

— Et, *Les interdits ont du piquant*, ce n'est pas aguicheur, ça ?

— Tu verrais l'été en décembre pour que Paul ne quitte pas Paris. Si tu veux mon avis, cette femme sort d'une histoire. Elle cherche vraiment un ami et rien de plus.

— Tu aurais dû choisir psycho au lieu de neurochirurgie !

— Je ne relèverai pas cette petite vanne à deux balles, mais imaginons qu'il y ait une once d'ambiguïté dans son message, si tu souhaites que Paul s'intéresse à elle, ne lui en parle pas.

— Tu crois ?

— Par moments, j'ai l'impression de connaître ton meilleur ami mieux que toi, en tout cas, la façon dont il fonctionne !

Sur ces mots, Lauren partit préparer un petit déjeuner.

En entrant dans le salon, elle aperçut Paul qui dormait sur le canapé. À sa vue, il bâilla et se releva.

— Tu n'as pas réussi à atteindre ton lit ?

— J'ai travaillé tard, je voulais faire une pause mais j'ai bien l'impression que ma nuit y est passée.

— Tu travailles toujours aussi tard, mon Paul ?

— Souvent, oui.

— Tu as une mine de papier mâché. Il faut que tu te ménages un peu.

— C'est la toubib qui parle ?

— C'est ton amie.

Pendant que Lauren lui servait un café, Paul consulta ses mails, même s'il savait que Kyong ne lui répondait jamais dans l'instant. L'air dépité, il retourna dans sa chambre.

Arthur entra dans la pièce. Lauren lui fit signe de s'approcher.

— Quoi ? chuchota-t-il.

— Nous devrions peut-être retarder notre départ.

— Qu'est-ce qu'il a ?

— Demande-moi plutôt ce qu'il n'a pas : le moral.

— Il avait l'air plutôt en forme, hier soir.

— C'était hier soir.

— Mon moral va très bien, cria Paul depuis sa chambre, et je vous entends aussi très bien, ajouta-t-il en les rejoignant. Arthur et Lauren restèrent un moment silencieux.

— Pourquoi ne viendrais-tu pas avec nous quelques jours dans le Sud ? proposa Arthur.

— Parce que j'écris un roman. Il me reste trois semaines avant mon départ. Je veux avoir au moins cent pages à donner à lire à Kyong, et surtout que ces pages lui plaisent, et que cette fois, elle en soit fière.

— Sors de tes bouquins et entre dans la vie, rencontre des gens, autres que tes copains écrivains.

— Je rencontre plein de lecteurs durant mes signatures.

— Et à part « Bonjour madame », « Merci monsieur », « Au revoir madame », tu leur dis quoi ? Tu leur téléphones quand tu te sens seul ? protesta Arthur.

— Non, pour ça, je t'ai, toi, même si le décalage horaire n'aide pas toujours. Cessez de vous inquiéter à mon sujet, à vous entendre, je finirais par croire que j'ai un problème. Je n'en ai pas. J'aime ma vie et mon travail, j'aime passer mes nuits dans mes histoires, je m'y sens bien, comme toi, Lauren, tu aimes parfois passer les tiennes au bloc opératoire.

— Moi, beaucoup moins, soupira Arthur.

— Mais c'est sa façon de vivre et tu n'essaies pas de l'en éloigner, parce que tu l'aimes telle qu'elle est, lui répondit Paul, nous ne sommes pas si différents. Profitez de ce voyage en amoureux, et si mon périple coréen me guérit de ma phobie des avions, je viendrai vous voir à l'automne à San Francisco. Tiens, ça serait un joli titre pour un roman « Un automne à San Francisco ».

— Encore plus beau si tu en étais le personnage principal.

Arthur et Lauren préparèrent leurs valises. Paul les accompagna à la gare et quand le train disparut du quai, quoi qu'il ait pu leur raconter, la solitude pesa sur ses épaules.

Il demeura quelques instants à l'endroit même où il avait dit au revoir à ses amis, puis il fit demi-tour, mains dans les poches.

Il récupéra sa voiture au parking et découvrit un petit mot sur le siège passager.

Si tu t'installes à Séoul, c'est moi qui viendrais te voir à l'automne, je te le promets.

Un Automne à Séoul *pourrait aussi devenir un joli titre.*

Tu vas me manquer, mon vieux.

Arthur.

Il relut le petit mot deux fois, le glissa dans son portefeuille.

Il chercha comment égayer sa matinée et décida d'aller à l'Opéra. Il avait un service à demander au directeur.

*

Mia était assise sur son banc, place du Tertre. Le caricaturiste l'observait. Quand il la vit ouvrir son sac pour prendre un mouchoir, il abandonna son chevalet et vint s'asseoir à côté d'elle.

— Un mauvais jour ? dit-il.

— Non, un bon livre.

— Il est si triste que cela ?

— Jusque-là, il était plutôt drôle, mais le personnage principal reçoit une lettre de sa mère après sa mort. Je suis ridicule, mais ses mots m'ont touchée.

— Il n'y a rien de ridicule à exprimer ce que l'on ressent. Vous avez perdu votre mère ?

— Elle est tout ce qu'il y a de plus vivante, mais j'aurais aimé qu'elle m'en écrive une comme celle-ci.

— Elle le fera peut-être un jour.

— Vu nos relations, ça m'étonnerait.

— Vous avez des enfants ?

— Non.

— Alors attendez d'être mère à votre tour, vous verrez votre enfance sous un autre angle et le regard que vous portez sur votre mère changera du tout au tout.

— Je ne vois vraiment pas comment.

— Les parents parfaits n'existent pas, les enfants parfaits non plus. Je dois vous quitter, un touriste rôde autour de mes dessins. Au fait, qu'a pensé votre amie de son portrait ?

— Je ne le lui ai pas encore donné, pardonnez-moi, j'ai oublié, je le ferai ce soir.

— Il est resté des mois dans mes cartons, rien ne presse.

Le caricaturiste retourna à son chevalet.

*

Paul se faufila par l'entrée des artistes. Des manutentionnaires charriaient des éléments de décor. Il les contourna, grimpa l'escalier et alla frapper à la porte du directeur.

— Nous avions rendez-vous ?

— Non, je n'en ai que pour une minute, juste une petite faveur à vous demander.

— Encore une ?

— Oui, mais cette fois vraiment toute petite.

Paul l'informa de sa requête, le directeur refusa. Il avait fait une exception pour lui et pour lui seul. L'Opéra servant de décor à son roman, il tenait à ce que les choses soient décrites telles qu'elles étaient et non comme on les imaginait. Les parties interdites au public devaient le rester.

— Je comprends, dit Paul, mais c'est mon assistante.

— L'était-elle quand vous êtes entré dans mon bureau ?

— Évidemment, je ne l'ai pas embauchée entre la porte et ce fauteuil.

— Vous aviez dit « une amie » !

— Une amie assistante, les deux ne sont pas incompatibles.

Le directeur regarda le plafond pour réfléchir.

— Non, je suis désolé, n'insistez pas.

— Ne venez pas me reprocher d'avoir mal décrit votre Opéra, je ne peux pas être sur tous les fronts.

— Vous n'avez qu'à prendre plus de temps pour vos recherches. Maintenant laissez-moi, j'ai du travail.

Paul repartit, bien décidé à ne pas en rester là. Une promesse était une promesse et il avait bravé dans sa vie des interdits beaucoup plus complexes. Il se rendit au guichet, acheta deux places pour la représentation du soir et s'en alla mûrir son plan.

Dès qu'il fut sur le parvis, il composa le numéro de Mia, se ravisa et choisit de lui envoyer un texto :

> Notre visite à l'Opéra aura lieu ce soir.
> Prenez un pull, un imperméable et, surtout, pas de chaussures à talons, bien que je ne vous aie pas vue en porter jusque-là. Vous comprendrez sur place, je ne vous en dis pas plus, c'est une surprise.
> 20 h 30 sur la cinquième marche.
> Paul
> *PS* : Les SMS ne comptent pas.

Le portable de Mia vibra, elle lut le message et sourit, puis elle se souvint de la promesse faite à Daisy et son sourire s'effaça.

*

Gaetano Cristoneli attendait Paul à la terrasse du café Bonaparte.

— Vous êtes en retard !

— Contrairement au vôtre, mon bureau n'est pas juste à côté, je me suis fait surprendre par les embouteillages.

— Ce qui aurait dû vous surprendre, c'est qu'il n'y en ait pas. Vous m'avez parlé de quelque chose d'urgent au téléphone, vous avez un problème ?

— C'est une mode, en ce moment, de penser que j'ai des problèmes ? Vous n'allez pas vous y mettre vous aussi.

— Alors, que vouliez-vous m'annoncer ?

— J'accepte de me rendre à ce Salon du livre au bout du monde.

— Voilà une excellente nouvelle. De toute façon, vous n'aviez pas d'autre choix.

— On a toujours le choix et je peux encore changer d'avis. À ce propos, j'ai quelque chose à vous demander d'assez personnel. Si je décidais de passer un an ou deux à Séoul, accepteriez-vous de me faire une petite avance, de quoi m'installer ? Je ne veux pas me séparer de mon appartement à Paris avant d'être sûr.

— Sûr de quoi ?

— De rester là-bas, justement.

— Pourquoi iriez-vous vous vivre en Corée, vous ne parlez même pas la langue ?

— C'est une difficulté à laquelle je n'avais pas songé. Je suppose qu'il me faudra l'apprendre.

— Vous allez vous mettre au coréen ?

— *Nan niga naie palkarakeul parajmdoultaiga nomou djoa ?*

— Qu'est-ce que c'est que ce charabia ?

— Ça signifie « J'aime bien quand tu me suces les orteils », en coréen.

— Ça y est, vous êtes devenu fou, vous débloquez complètement !

— Je ne vous demande pas une consultation psychanalytique, mais une avance sur mes droits d'auteur.

— Vous êtes sérieux ?

— Vous m'avez bien dit que mon succès là-bas rebondirait aux États-Unis, puis en Europe. Si je vous ai bien compris, je prends l'avion et nous faisons fortune. Alors, selon votre raisonnement, ce n'est pas une petite avance qui vous posera un problème.

— J'ai émis une hypothèse... l'avenir la confirmera ou pas.

Puis Cristoneli prit un air pensif, avant de poursuivre :

— En même temps, si vous annonciez aux médias coréens vouloir adopter leur pays, cela serait du plus bel effet. Si votre éditeur vous a sous la main, il sera plus enclin à mettre les bouchées doubles pour promouvoir vos ouvrages.

— Ceci et cela, soupira Paul. Alors, c'est d'accord ?

— À une condition ! Quoi qu'il arrive là-bas, je demeure votre éditeur principal, je ne veux pas entendre parler d'un contrat signé directement entre les Coréens et vous, nous sommes bien clairs ! C'est moi qui vous ai porté à bout de bras, jusque ici !

— Oui, enfin, on ne peut pas dire que vous m'ayez porté très haut.

— Quelle ingratitude ! Vous la voulez ou pas, cette avance ?

Paul s'en tint là. Il griffonna sur la serviette en papier la somme qu'il espérait soutirer à Cristoneli. Celui-ci leva les yeux au ciel, barra le nombre et le divisa en deux.

Ils se serrèrent la main, ce qui dans ce milieu valait bien un contrat.

— Je vous remettrai un chèque en vous accompagnant à l'aéroport, histoire de m'assurer que vous prenez l'avion.

Paul laissa le soin à Cristoneli de régler l'addition.

*

De retour chez elle après le service du déjeuner, Daisy découvrit Mia en peignoir de bain, allongée sur le canapé, une boîte de Kleenex en main et une serviette humide sur les yeux.

— Ça ne va pas ?

— Une migraine ophtalmique, j'ai la tête qui va exploser, répondit Mia.

— Tu veux que j'appelle un médecin ?

— Inutile, j'ai déjà connu ça, ça dure en général une dizaine d'heures et ça passe.

— Et ça t'a pris quand ?

— Au milieu de l'après-midi.

Daisy regarda tour à tour sa montre et son amie.

— Bon, tu ne peux pas travailler dans cet état. On oublie le restaurant pour ce soir, tu m'aideras demain.

— Mais non, protesta Mia, j'y arriverai.

Et ayant prononcé ces mots, elle prit sa tête entre ses mains et poussa un petit gémissement.

— Avec cette mine ? Tu ferais fuir les clients ! Va t'allonger dans ta chambre.

— Non, je vais venir, renchérit Mia toujours allongée, le bras ballant le long du canapé, je ne peux pas te laisser tomber.

— Robert se débrouillera en cuisine pendant que j'assurerai le service, ce ne sera pas la première fois. File te reposer, c'est un ordre.

Mia attrapa la boîte de Kleenex et partit, la serviette sur les yeux, à tâtons vers sa chambre.

Elle en ressortit dès que Daisy eut quitté l'appartement. Elle colla son oreille à la porte d'entrée pour entendre les bruits de pas s'amenuiser dans la cage d'escalier. Puis elle fonça à la baie vitrée, et la suivit du regard jusqu'à ce qu'elle disparaisse au coin de la rue.

Elle se précipita dans la salle de bains, lava son visage à l'eau fraîche pour le débarrasser du talc qu'elle s'était appliqué et fit de même avec le trait de crayon sur sa paupière inférieure. S'il y avait une chose utile qu'elle avait apprise dans son métier, c'était à se servir du maquillage pour soutenir son jeu. Elle s'étonna, en cherchant un imperméable dans la penderie de Daisy, de n'éprouver aucune culpabilité. Elle se sentait même d'une humeur joyeuse, et cela faisait trop longtemps qu'elle n'avait pas vécu cela pour ne pas en profiter pleinement.

Elle opta pour une paire de baskets et s'interrogea soudain sur les raisons d'un tel accoutrement pour une soirée à l'Opéra. En Angleterre, on y allait plutôt trop habillé que pas assez.

Elle se détailla dans le miroir, se trouva un petit côté Audrey Hepburn qui n'était pas pour lui déplaire, hésita à ajouter des lunettes de soleil à la panoplie, les jeta dans son sac et s'en alla.

Elle entrebâilla la porte cochère, s'assura que la voie était libre et marcha d'un pas pressé vers le taxi garé sur le trottoir d'en face.

*

Paul attendait sur la cinquième marche du palais Garnier.

— On dirait l'inspecteur Clouzot, dit-il en accueillant Mia qui avançait vers lui.

— Un vrai gentleman ! Vous m'aviez dit de porter un imperméable et des chaussures plates.

Paul l'examina.

— Vous êtes ravissante, suivez-moi.

Ils se joignirent au public qui entrait dans l'Opéra. Après avoir traversé une enfilade de vestibules, Mia s'arrêta en admiration devant le grand escalier. Elle insista pour s'approcher du bassin de la Pythie.

— Qu'est-ce qu'elle est belle ! s'exclama-t-elle.

— Charmante, mais dépêchons-nous maintenant, supplia Paul.

— J'ai l'air grotesque vêtue ainsi au milieu de tant de beauté, j'aurai dû mettre une robe.

— Surtout pas ! Allons-y.

— Je ne comprends pas, vous deviez me faire visiter cet endroit pendant les heures de fermeture... nous allons assister à la représentation ?

— Vous comprendrez plus tard.

Arrivés à l'entresol, ils empruntèrent la galerie de l'orchestre.

— Qu'est-ce qu'on joue ce soir ? s'enquit Mia tandis qu'ils approchaient de l'entrée de la salle.

— Aucune idée. Bonjour, dit-il en passant devant deux statues.

— Qui saluez-vous ? chuchota Mia.

— Bach et Haydn, je les écoute en écrivant, c'est la moindre des choses, non ?

— Je peux savoir où nous allons ? reprit Mia alors que Paul continuait d'avancer.

— Nous asseoir à nos places.

En guise de places, l'ouvreuse les installa sur des strapontins. Paul offrit le premier à Mia et se posa sur celui derrière elle.

L'assise était dure, on ne voyait que le côté droit de la scène. Voilà qui détonnait avec les soirs d'avant-première où Mia siégeait au meilleur rang.

Pourtant, il n'avait pas l'air radin, pensa-t-elle alors que le rideau se levait.

Paul laissa passer les dix premières minutes. Mia se tortillait sur son fauteuil, en quête d'un semblant de confort. Il lui tapota l'épaule.

— Je suis désolée si je bouge tout le temps, mais j'ai mal aux fesses, chuchota-t-elle.

Paul se retint de rire et se pencha à son oreille.

— Vous présenterez mes sincères excuses à votre postérieur, suivez-moi, on y va.

Il marcha courbé jusqu'à la sortie de secours qui se situait juste devant eux. Mia le regarda interloquée.

Ou il est vraiment fou...

— Vous venez ! murmura Paul, toujours plié en deux devant la porte.

Mia obéit, se courbant elle aussi pour rejoindre Paul.

Il poussa doucement la porte et l'entraîna dans un couloir.

— On va rester longtemps à jouer aux canards ? demanda Mia.

— Jouez à ce que vous voulez, mais en silence.

Paul s'engagea dans le corridor, saisissant Mia par la main. Et plus ils progressaient dans ce dédale, plus elle s'interrogeait.

Au bout d'une autre coursive, ils gagnèrent un escalier en colimaçon. Paul invita Mia à s'y engager la première, au cas où elle trébucherait, tout en lui suggérant d'éviter de le faire.

— Où sommes-nous ? souffla Mia qui commençait à se prendre au jeu.

— Nous allons emprunter cette passerelle devant vous. Je vous en supplie, pas de bruit, nous allons passer au-dessus de la scène. Cette fois, j'ouvre la marche.

Paul se signa et, comme Mia s'en étonnait, il lui confia dans le creux de l'oreille qu'il avait le vertige.

Quand Paul arriva de l'autre côté, il se retourna et la vit, arrêtée au milieu de la passerelle, les yeux rivés sur la salle. Il lui sembla entrevoir son visage d'enfant ; même son imperméable semblait soudain trop grand. Elle n'était plus la femme qu'il avait retrouvée sur les marches du palais Garnier, mais une petite fille suspendue dans les airs, émerveillée par un spectacle féerique.

Il attendit quelques instants et se risqua à émettre un petit toussotement pour attirer son attention.

Mia lui fit un grand sourire et le rejoignit.

— C'était incroyable, chuchota-t-elle.

— Je sais, et vous n'avez encore rien vu.

Il lui reprit la main et l'emmena vers une porte qui s'ouvrait sur un autre escalier.

— Nous allons voir le lac ?

— Vous êtes quand même bizarres en Angleterre. Vous croyez qu'ils ont mis le lac au dernier étage ?

— Nous aurions très bien pu redescendre ces marches !

— Eh bien non, nous allons les monter. Le lac n'existe pas, ce n'est qu'un réservoir d'eau dans un cuvelage en béton, sinon j'aurais emporté mes palmes et mon tuba.

— L'imperméable, c'était pour quoi, alors ? demanda Mia, agacée.

— Vous verrez !

Alors qu'ils montaient un vieil escalier en bois, ils entendirent un roulement terrifiant. Mia s'arrêta, tétanisée.

— Ce sont les mécanismes du décor, ne vous inquiétez pas, la rassura Paul.

Ils avaient atteint le dernier palier quand Paul appuya sur la barre d'ouverture d'une porte en fer et invita Mia à la franchir.

Elle avança sur le zinc des toits de l'Opéra Garnier, découvrant une vue magistrale de Paris.

Elle jura en anglais et se tourna vers Paul.

— Vous pouvez y aller, c'est sans danger, lui assura-t-il.

— Vous ne venez pas ?

— Si, si, j'arrive.

— Pourquoi m'avoir conduite ici si vous avez le vertige ?

— Parce que vous, vous n'en souffrez pas. Ce panorama est unique au monde. Continuez, je vous attends là. Emplissez vos yeux, ceux qui ont eu la chance de découvrir ainsi la Ville des lumières se comptent sur les doigts d'une main, disons de quelques mains. Avancez, ne ratez rien du spectacle. Un soir d'hiver, devant la cheminée d'un vieux manoir anglais, vous raconterez à vos arrière-petits-lords l'histoire d'un autre soir où vous admiriez Paris depuis les toits de l'Opéra. Vous serez si âgée que vous aurez oublié mon prénom, mais vous vous souviendrez d'avoir eu un ami à Paris.

Mia observa Paul qui se cramponnait à la poignée de la porte. Elle avança sur les toits. Depuis sa position, elle distinguait l'église de la Madeleine, la tour Eiffel dont le faisceau sillonnait le ciel, un ciel que Mia observait avec les yeux d'une enfant qui compte les étoiles, convaincue qu'elle réussira à les dénombrer. Puis son regard se porta vers les tours du quartier de Beaugrenelle. Combien de gens dînaient, riaient ou pleuraient derrière ces fenêtres à peine plus grandes que les étoiles scintillant dans le firmament ? Se retournant, elle aperçut le Sacré-Cœur perché sur la colline de Montmartre et elle eut une pensée pour Daisy. Paris tout entier s'offrait à elle et elle n'avait jamais rien vu d'aussi beau.

— Vous ne pouvez pas rater ça.

— Je ne peux vraiment pas.

Elle revint vers lui, enleva son foulard et le lui noua sur les yeux. Puis, le prenant par la main, elle le guida sur le zinc. Paul progressait comme un équilibriste, mais il se laissa faire.

— C'est égoïste, dit-elle en lui rendant la vue, mais comment pourrais-je raconter ce moment à mes petits-lords sans l'avoir partagé avec mon ami parisien.

Paul et Mia s'assirent sur le faîtage, et admirèrent la ville.

Une pluie fine se mit à tomber. Mia ôta son imperméable et le posa sur leurs épaules.

— Vous pensez toujours à tout ?

— Ça m'arrive. Vous me ramenez maintenant ? dit-il en lui montrant son foulard.

*

Au bas de l'escalier, ils furent accueillis par deux agents de sécurité qui les escortèrent jusqu'au bureau du directeur où trois gardiens de la paix les attendaient.

— Je sais, j'ai enfreint votre interdiction, mais nous n'avons fait de mal à personne, dit Paul au directeur.

— Vous connaissez ce monsieur ? interrogea l'agent Moulard.

— Non, plus maintenant, vous pouvez les embarquer.

L'agent Moulard fit signe à ses collègues qui sortirent deux paires de menottes.

— Ce n'est peut-être pas nécessaire de pousser le bouchon jusque-là, protesta Paul.

— Je crois que si, ajouta le directeur, ces individus m'ont tout l'air d'être incontrôlables.

Mia tendit ses poignets au policier, elle jeta un coup d'œil à sa montre, et prit peur en voyant l'heure.

*

L'inspecteur de police recueillit leur déposition. Paul reconnut les faits qui lui étaient reprochés, en s'en attribuant l'entière responsabilité et en minimisant leur gravité. Il promit sur tous les saints de ne plus recommencer si on les laissait sortir. Ils n'allaient quand même pas passer la nuit au poste ?

L'inspecteur soupira.

— Vous êtes des ressortissants étrangers. Tant que je n'aurai pas pu joindre vos consulats respectifs et vérifier vos identités, il m'est impossible de vous laisser sortir.

— J'ai une carte de séjour, je l'ai oubliée chez moi, mais je suis résident français, jura Paul.

— Ça, c'est vous qui le dites.

— Mon associée va me tuer, murmura Mia.

— Quelqu'un vous menace, mademoiselle ? questionna l'inspecteur.

— Non, c'était une façon de parler.

— Alors, surveillez votre vocabulaire, nous sommes dans un commissariat.

— Pourquoi vous tuerait-elle ? demanda Paul en se penchant vers Mia.

— Qu'est-ce que je viens de dire ? reprit l'inspecteur.

— C'est bon, on n'est pas à l'école ! Apparemment, cette situation plonge mon amie dans un embarras professionnel inextricable, vous pourriez faire preuve d'un peu de souplesse.

— Il fallait y songer avant de commettre une effraction dans un bâtiment public.

— Ah mais nous n'avons commis aucune effraction, toutes les portes étaient ouvertes, y compris celle donnant sur le toit.

— Parce que selon vous, vous y promener n'en est pas une ? Vous trouveriez normal que je vienne faire la même chose dans votre pays ?

— Si le cœur vous en dit, inspecteur, moi, ça ne me dérange absolument pas. Je peux même vous recommander deux-trois endroits où la vue est sublime.

— Bon, soupira le policier, mettez-moi ces deux zozos en cellule et faites passer le comique en premier.

— Attendez ! supplia Paul. Si un citoyen français venait témoigner de mon identité, vous en apportait la preuve, vous nous permettriez de partir ?

— S'il vient dans l'heure, je peux y réfléchir, au-delà, je termine mon service et vous devrez attendre demain matin.

— Je peux téléphoner ?

L'inspecteur retourna l'appareil posé sur son bureau et l'avança vers Paul.

*

— Vous n'êtes pas sérieux ?

— Ben si.

— À cette heure ?

— On ne choisit pas le moment dans ce genre de circonstances.

— Et je peux savoir pourquoi ?

— Écoutez-moi, Cristoneli, parce que le temps presse. Vous foncez à votre bureau, vous y prenez une copie de tous mes papiers et vous arrivez au commissariat du IXe dans moins d'une heure, sinon, je signe mon prochain livre avec Tchiung Chan Voo.

— Qui est ce Tchiung Chan Voo ?

— Je n'en ai aucune idée, mais il doit bien y en avoir qui s'appelle comme ça chez mon éditeur coréen ! hurla Paul.

Cristoneli lui raccrocha au nez.

— Il va venir ? demanda Mia d'une voix suppliante.

— Tout est possible avec lui, répondit Paul circonspect en reposant le combiné sur son socle.

— Bien, reprit l'inspecteur en se levant, si ce monsieur sur lequel vous hurliez est assez stupide pour vous rendre service, vous dormirez chez vous, dans le cas contraire, nous avons des couvertures. La France est un pays civilisé.

Paul et Mia furent escortés vers les cellules. Par courtoisie, on leur évita celle où deux pochards dégrisaient.

La porte se referma sur eux. Mia s'assit sur le banc et prit sa tête entre ses mains.

— Elle ne me le pardonnera jamais.

— Nous n'avons quand même pas écrasé une petite vieille. Pourquoi vous inquiéter ? Elle n'a aucun moyen d'apprendre que nous sommes ici.

— Nous partageons le même appartement, quand elle rentrera du restaurant, elle verra bien que je n'y suis pas, et demain matin non plus.

— À votre âge, vous avez le droit de découcher, non ? Elle est juste votre associée ou... ?

— Ou quoi ?

— Non, rien.

— Je me suis inventé une migraine pour ne pas travailler ce soir alors qu'elle avait besoin de moi.

— Je reconnais que c'est moche.

— Merci de remuer le couteau dans la plaie.

Paul s'assit à côté d'elle et garda le silence.

— Une idée, mais ce n'est qu'une idée, finit-il par déclarer. L'interpellation, les menottes et le commissariat, ce n'est peut-être pas la peine de raconter ça à vos petits-lords.

— Vous plaisantez, c'est sans aucun doute la partie de la soirée qu'ils préféreront. Granny qui a passé la nuit au poste !

Ils entendirent un tour de clé dans la serrure. La porte de leur cellule s'ouvrit et un policier leur ordonna de sortir. Il les conduisit jusqu'au bureau de l'inspecteur où Cristoneli, après avoir présenté une photocopie de la carte de séjour de Paul, signait un chèque pour régler l'amende.

— Parfait, dit l'inspecteur. Vous pouvez repartir avec lui.

Se retournant, Cristoneli découvrit la présence de Mia et fustigea Paul du regard.

— Comment ça, reprit-il outré à l'inspecteur, pour ce prix-là, je ne peux pas avoir les deux ?

— Madame n'a pas ses papiers !

— Madame est ma nièce ! assura Cristoneli, je l'affirme sur l'honneur.

— Vous êtes italien et votre nièce anglaise ? Dites-moi, c'est l'internationale chez vous !

— Je suis naturalisé français, monsieur l'inspecteur ! riposta Cristoneli, et en effet, dans ma famille, nous sommes européens depuis trois générations, métèques ou avant-gardistes, selon votre ouverture d'esprit.

— Fichez-moi tous le camp, et vous, mademoiselle, je veux vous revoir demain après-midi avec votre passeport, c'est clair ?

Mia acquiesça de la tête.

*

À l'extérieur du commissariat, Mia remercia Cristoneli qui la salua respectueusement.

— C'était un plaisir, mademoiselle. C'est étrange, mais j'ai l'impression que nous nous sommes déjà rencontrés, votre visage m'est familier.

— J'en doute, répondit Mia en rougissant. Peut-être quelqu'un qui me ressemble ?

— Probablement, pourtant, j'aurais juré...

— Pathétique ! souffla Paul.

— Qu'est-ce que vous avez, vous ? dit Cristoneli en lui faisant face.

— C'est avec ces vieux trucs éculés que vous abordez les femmes ? « Je suis sûr que nous nous sommes déjà vus quelque part », répéta-t-il en esquissant une mimique disgracieuse. Lamentable !

— Vous êtes totalement abruti, mon cher, j'étais parfaitement sincère, je suis certain d'avoir déjà croisé mademoiselle.

— Eh bien, on s'en fiche, nous sommes pressés, le carrosse de Mademoiselle va bientôt se transformer en citrouille, nous échangerons des civilités un autre soir.

— Merci quand même ! grommela Cristoneli.

— Cela va de soi, merci beaucoup, et maintenant au revoir.

— Il va également de soi que cette amende sera déduite de votre avance...

*

— Vous avez l'air de former un vieux couple, lâcha Mia, amusée, lorsque Cristoneli remonta à bord de son coupé.

— C'est surtout lui qui est vieux. Dépêchons-nous. À quelle heure votre associée rentre du restaurant ?

— En général entre 23 h 30 et minuit.

— Cela nous laisse vingt minutes au pire et cinquante au mieux, venez !

Il entraîna Mia dans une course folle jusqu'à sa voiture.

Après lui avoir ouvert la portière et ordonné de boucler sa ceinture, il démarra en trombe.

— Où habitez-vous ?

— Rue Poulbot, à Montmartre.

Et la Saab traversa Paris à vive allure. Paul emprunta les couloirs de bus, zigzagua entre les taxis, se fit copieusement insulter par un motard qu'il avait frôlé place de Clichy, par des piétons pour être passé à l'orange plus que foncé rue Caulaincourt et bifurqua rue Joseph-de-Maistre sur les chapeaux de roues.

— Nous avons eu notre compte avec la police ce soir, vous devriez lever le pied, suggéra Mia.

— Et si nous arrivons après le retour de votre associée ?

— OK... foncez !

La voiture s'élança dans la rue Lepic. Rue Norvins, Mia se tassa sur son siège.

— Le restaurant est là ?

— Nous venons de passer devant, chuchota-t-elle.

Dernier virage rue Poulbot. Mia montra un immeuble du doigt. Paul pila.

— Dépêchez-vous, dit-il, on se dira au revoir une autre fois.

Ils échangèrent un regard et Mia se précipita vers la porte cochère. Paul attendit qu'elle soit entrée, il attendit même un peu plus longtemps, observa la façade de l'immeuble et sourit en voyant les fenêtres du dernier étage s'allumer brièvement avant de s'éteindre. Il était sur le point de démarrer quand il aperçut une femme remonter la rue et entrer dans l'immeuble. Il klaxonna à trois reprises, et se remit en route.

*

Daisy entra dans l'appartement, éreintée, le salon était plongé dans l'obscurité. Elle alluma la lumière et se vautra directement sur son canapé. Son regard se porta vers la table basse, puis sur un livre. Elle s'en empara et examina à nouveau la photo de l'auteur.

Elle alla gratter à la porte de la chambre de Mia et l'entrouvrit.

Mia fit semblant de se réveiller.
— Comment te sens-tu ?
— Mieux, je serai d'attaque demain.
— Tu m'en vois ravie.
— Ce n'était pas trop dur au restaurant ce soir ?
— Il y a eu du monde, malgré la pluie.
— Il a beaucoup plu ?
— Il faut croire. Et dans l'appartement, il a plu aussi ?
— Mais non, quelle idée, pourquoi ?
— Pour rien.
Daisy referma la porte sans autre commentaire.

*

Paul gara sa voiture et monta chez lui. Il s'installa à son bureau pour attaquer un nouveau chapitre où sa cantatrice muette s'aventurait sur les toits de l'Opéra, quand l'écran de son portable s'illumina.

Mes petits Lords se joignent à moi pour vous dire que leur future grand-mère a passé une merveilleuse soirée.

Vous êtes rentrée à temps ?

À deux minutes près, j'étais cuite.

J'ai klaxonné pour vous prévenir.

J'ai entendu.

Votre roommate n'a rien suspecté ?

Je crois qu'elle a vu mon imperméable qui dépassait de la couette.

Vous dormez en imperméable ?

Pas eu le temps de l'enlever.

Je suis vraiment désolé pour le commissariat...

On partage l'amende ? J'y tiens.

Non, vous êtes mon invitée.

Vous m'emmenez visiter les catacombes la semaine prochaine ?

Ça compte ou ça ne compte pas ?

Ça ne compte pas.

Je ne vois pas pourquoi.

Parce que !

En effet, c'est une très bonne raison.

Alors, c'est d'accord ?

Vous ne préféreriez pas une expo au Grand Palais, il y a moins de morts.

Quelle expo ?

Attendez je regarde.

J'attends.

Les Tudors.

Je n'en peux plus des Tudors...

Le musée d'Orsay ?

Le jardin du Luxembourg ?

D'accord.

Vous travaillez ?

J'essaie.

Alors, je vous laisse. Après-demain, quinze heures ?

Devant l'entrée, rue Guynemer.

L'écran s'éteignit et Paul retourna à l'écriture de son roman. La cantatrice avançait sur le toit quand l'écran s'illumina à nouveau.

Je meurs de faim.

Moi aussi.

Mais moi, je suis coincée dans ma chambre.

Enlevez votre imper et tentez une descente en douce dans le frigo.

Bonne idée... Maintenant, je vous laisse vraiment travailler.

Merci.

Paul posa le téléphone sur son bureau. Son regard ne cessait de se détourner de l'écran pour y revenir. Déçu, il le rangea dans un tiroir qu'il garda néanmoins entrouvert.

*

Mia se déshabilla sans bruit, elle enfila un peignoir de bain et entrebâilla la porte de sa chambre. Daisy, allongée sur le canapé du salon, lisait le roman de Paul. Mia regagna son lit et passa l'heure suivante à écouter son estomac gargouiller.

11.

Il se sentait coupable de ne pas avoir écrit suffisamment ces derniers jours. Et la soirée n'avait rien arrangé. Il voulait retravailler ses premiers chapitres, qu'ils plaisent à Kyong, même si elle ne lui avait toujours pas répondu, ce qui le préoccupait beaucoup.

Il tira les rideaux pour plonger la pièce dans le noir, alluma sa lampe de bureau et s'assit derrière son écran.

La journée fut prolifique, dix pages, cinq cafés, deux litres d'eau et trois paquets de chips en sept heures.

Maintenant, il avait faim, une faim de loup et il pensa qu'il était temps d'abandonner son travail pour se rendre au café en bas de chez lui. Ce n'était pas la meilleure table de l'arrondissement mais au moins il ne dînerait pas seul. Lorsqu'il s'installait au comptoir, le cafetier lui faisait toujours la conversation. C'était lui qui l'informait des nouvelles du quartier. Quel voisin était mort ou avait divorcé, quel autre avait emménagé, quel commerce avait ouvert ou fermé, les changements de temps, mais aussi les scandales politiques, tous les bruissements de la ville et de la vie lui parvenaient par la voix de Moustache, puisque c'est ainsi que Paul appelait son cafetier.

De retour chez lui, il ouvrit ses rideaux pour voir tomber le soir et ralluma son écran. Il consulta sa boîte mail, n'y découvrit aucune nouvelle de Kyong mais un autre message.

Cher Paul,
J'espère que tout va bien. Notre séjour dans le Sud était magique, je me demande encore pourquoi j'ai vécu quatre ans à Paris au lieu de m'installer en Provence. Entre la gentillesse des gens, la beauté des paysages, les marchés à ciel ouvert et le temps qu'il fait... bref, tu devrais peut-être y songer. Le bonheur se trouve souvent plus près de nous qu'on ne l'imagine.
Tu nous as beaucoup manqué. Nous sommes pour quelques jours en Italie, où nous venons d'arriver. Portofino est l'une des plus jolies villes que je connaisse, toute la Ligurie est ravissante.
Nous avons décidé de nous rendre ensuite à Rome et de là nous rentrerons directement à San Francisco.
Je t'appellerai dès notre retour à la maison. Donne-moi de tes nouvelles, quoi de neuf dans ta vie ?
Lauren t'embrasse, moi aussi.
Arthur

Le mail avait été envoyé quelques minutes auparavant, il supposa qu'Arthur était encore connecté et répondit sans attendre.

Chère vieille branche,
Ravi que votre séjour se déroule au mieux. Vous devriez le prolonger, surtout que je suis tombé par le plus grand des hasards sur un site de locations immobilières de courtes durées. J'ai voulu le tester car on m'en avait dit le plus grand bien, et votre appartement y a fait sensation.
Je me suis occupé de tout. Vos locataires, que j'ai triés sur le volet, un couple charmant avec leurs quatre enfants, y resteront jusqu'à la fin du mois. Le loyer sera versé directement sur le compte de l'agence, il te suffira de passer chercher le chèque. Voilà qui, je l'espère, contribuera à financer votre voyage en Italie. Et maintenant, nous sommes quittes !
Sinon, rien de particulier dans ma vie, puisque cela t'intéresse, sauf que j'écris beaucoup et que la date de mon départ pour Séoul se rapproche à grands pas.
Embrasse Lauren pour moi.
Paul

Apparut aussitôt à l'écran :

Tu n'as pas fait ça ?!!!

Savourant sa vengeance, Paul hésita à faire mariner Arthur, mais sachant que celui-ci le harcèlerait, il préféra lui répondre avant de se remettre au travail.

Arthur,
Si je n'avais pas eu peur que mon filleul passe plus de temps qu'il n'en faut chez sa marraine, j'aurais osé sans hésiter, mais je suis trop bon, ça me perdra.

Cela étant, tu ne perds rien pour attendre.
Je t'embrasse.
Paul

Sur ce, il se laissa happer par la nuit qu'il consacra tout entière à l'écriture d'un nouveau chapitre.

*

— Comment l'as-tu rencontré ?

— Qui ?

— Lui, répondit Daisy en faisant glisser le livre sur le comptoir du bar.

— Tu ne me croirais pas.

— Quand tu as débarqué chez moi avec ton baluchon, quand tu m'as demandé de t'héberger, quand tu as pleuré toute une nuit dans mes bras sur le sort que David t'avait réservé, en lui donnant tous les torts, est-ce que je t'ai crue ?

— Sur ton site de rencontres, avoua Mia en baissant les yeux.

— Je savais bien que j'avais vu son visage quelque part, pesta Daisy. Tu as vraiment un de ces culots !

— Ce n'est pas ce que tu crois, je te le jure.

— Je t'en prie, ne jure pas, c'est sacré.

Daisy passa devant Mia et alla préparer la salle à manger.

— Laisse, dit Mia en la rejoignant, c'est à moi de m'occuper de ça, tu as assez de travail en cuisine.

— Je vais surtout faire ce que je veux dans mon restaurant.

— Je suis virée ?

— Tu es amoureuse ?

— Mais pas du tout, protesta Mia, véhémente, c'est juste un ami.

— Un ami comment ?

— Quelqu'un avec qui je parle, sans la moindre ambiguïté.

— De ton côté ou du sien ?

— Des deux, nous nous sommes mis d'accord dès le premier dîner.

— Parce que vous avez dîné ensemble ? Quand ? Le soir où tu dormais avec ton imperméable parce que tu avais une migraine ophtalmique ?

— Non, ce soir-là, nous étions à l'Opéra.

— De mieux en mieux !

— Quand je t'ai raconté que j'étais au cinéma.

— Le Suédois ! Et durant tout ce temps, tu m'as menti ?

— C'est toi qui as dit qu'il était suédois.

— Et le portable ?

— Ça, c'était vrai, il l'avait oublié.

— Et ta migraine ?

— Passagère...

— Je vois !

— Ce n'est qu'un ami, Daisy, que je pourrais d'ailleurs te présenter, je suis certaine que vous vous plairiez.

— Et puis quoi encore !

— Il travaille la nuit, comme toi, il est un peu gauche mais très drôle, comme toi, il est américain, il vit à Paris et il est seul, comme toi.

— Et il ne te plaît pas à toi ?

— Presque seul.

— Oublie-moi, veux-tu, j'ai eu mon compte de plans foireux avec des faux célibataires. Bon, tu mets le couvert ou tu repeins le plafond ?

Mia ne se fit pas prier et s'empara d'une pile d'assiettes qu'elle disposa sur les tables. Daisy entra dans sa cuisine et commença d'éplucher des légumes.

— Tu devrais au moins le rencontrer, dit Mia.

— Non !

— Mais pourquoi ?

— D'abord parce que ça ne marche jamais comme ça, ensuite parce qu'il est « presque » seul, et surtout parce qu'il te plaît plus que tu ne l'avoues.

Mia se retourna vers Daisy, mains campées sur les hanches.

— Je sais quand même ce que je ressens !

— Ah oui ? Depuis quand ? Tu traverses Paris pour lui rendre son téléphone, tu mens comme une collégienne, tu vas à l'Opéra...

— Non, pas à l'Opéra, sur l'Opéra !

— Pardon ?

— Nous n'avons pas assisté à une représentation, il m'a emmenée sur les toits, voir Paris de nuit.

— Soit tu es vraiment ingénue, soit tu te mens à toi-même, dans les deux cas, garde ton écrivain et fiche-moi la paix.

Mia fronça les sourcils et demeura songeuse.

— Au boulot, les clients ne vont plus tarder ! cria Daisy.

*

À 2 heures du matin, Paul trébuchait encore sur la dernière ligne de son paragraphe. Il était préférable d'en rester là pour ce soir. Il consulta encore une fois sa boîte mail et trouva enfin une réponse de Kyong qu'il imprima. Il aimait découvrir ses mots couchés sur du papier, cela la rendait moins virtuelle. Il attrapa la feuille dans le bac de l'imprimante et attendit d'être sous ses draps pour la lire.

Quelques instants plus tard, il éteignit et enserra son oreiller.

*

À 3 heures du matin, Mia fut réveillée par les vibrations de son téléphone. Elle l'attrapa sur la table de nuit. Le prénom de David clignotait sur l'écran.

Son cœur se mit à battre la chamade. Elle le reposa en bonne place, se rallongea et enserra son oreiller.

12.

Mia se présenta en retard devant les grilles du Luxembourg. Elle chercha Paul et prit son téléphone pour lui envoyer un message.

Où êtes-vous ?

Sur un banc.

Quel banc ?

J'ai mis un ciré jaune pour que vous me reconnaissiez.

Pour de vrai ?

Non !

Paul se leva en la voyant arriver et lui fit un signe de la main.

— Tiens, aujourd'hui, c'est vous qui avez mis un imperméable, dit-elle, pourtant il ne pleut pas.

— Ça reste à voir, répondit-il en se mettant à marcher, mains dans le dos.

Mia le suivit.

— La nuit était toute en pages blanches ?

— Non, j'ai même fini un chapitre, j'en commencerai un autre ce soir.

— Vous voulez faire une partie ? proposa-t-elle en désignant les joueurs de pétanque.

— Vous savez jouer ?

— Ça ne doit pas être très compliqué.

— Si, c'est très compliqué, tout est compliqué dans la vie.

— Vous êtes de mauvaise humeur ?

— Si je gagne, vous me préparez à dîner !

— Et si vous perdez ?

— Ce serait malhonnête de vous le laisser espérer... je suis devenu professionnel à ce jeu idiot.

— Je vais quand même tenter ma chance, répliqua Mia en avançant vers le boulodrome.

Elle demanda à deux joueurs qui conversaient sur des chaises s'ils accepteraient de leur prêter leur matériel et, devant leur réticence, elle se pencha vers le plus âgé pour lui chuchoter quelques mots à l'oreille. L'homme se mit à sourire et lui montra le terrain où dormaient boules et cochonnet.

— On y va ? dit-elle à Paul.

Paul commença la première mène et lança le cochonnet. Il attendit qu'il s'immobilise, se pencha en balançant le bras et tira. Sa boule décrivit un arc de cercle en l'air avant de rouler sur le terrain et de s'arrêter contre le but.

— Difficile de faire plus près, siffla-t-il. À vous.

Mia se mit en position sous l'œil amusé des deux grands-pères qui s'intéressaient à la partie. Sa boule s'éleva moins haut que celle de Paul et vint se placer quelques centimètres derrière elle.

— Pas mal, mais insuffisant, se réjouit Paul.

Il appuya son deuxième lancer d'un léger mouvement de rotation du poignet. La boule contourna lentement les deux qui se trouvaient sur la piste et vint se coller au but.

— Et voilà, exulta Paul, triomphal.

Mia se mit en position, plissa les yeux, et pointa. Les deux boules de Paul furent propulsées au loin, tandis que celles de Mia semblaient épouser les formes du cochonnet.

— Oh le putain de carreau ! cria l'un des deux papys tandis que l'autre éclatait de rire.

— Et voilà, déclara Mia.

Paul la regarda, abasourdi, et s'éloigna.

Mia salua les deux hommes qui l'applaudissaient et courut vers Paul.

— C'est pas beau d'être mauvais joueur ! dit-elle en le rejoignant.

— Parce que vous allez me faire croire que c'était la première fois que vous jouiez ?

— Tous mes étés en Provence... vous n'écoutez jamais les femmes quand elles vous parlent.

— Si, je vous écoutais, protesta Paul. J'avais la tête un peu à l'envers ce soir-là, au risque de vous rappeler les circonstances de notre rencontre.

— Qu'est-ce qui ne va pas ?

Paul sortit une feuille de papier et la lui tendit.

— Je l'ai reçu hier soir, grommela-t-il.

Mia s'arrêta pour lire.

Cher Paul,

Je suis heureuse que tu viennes à Séoul, même si nous n'aurons pas le loisir de profiter l'un de l'autre autant que je l'aurais souhaité. Le Salon du livre me contraint à des obligations professionnelles auxquelles je ne peux déroger. Tu seras agréablement surpris de l'accueil que te réserveront tes lecteurs et bien plus sollicité que moi. Tu es célèbre ici, les gens t'attendent impatiemment. Prépare-toi à donner beaucoup de ta personne. De mon côté, je me libérerai autant que possible et te ferai visiter ma ville... si ton éditeur nous en accorde le temps.

J'aurais aimé te recevoir chez moi, mais cela est impossible. Ma famille vit dans mon immeuble et mon père est très strict. Qu'un homme dorme chez sa fille serait un manquement aux règles de bienséance qu'il ne tolérerait pas. Je devine ta déception et la partage, mais tu dois comprendre que les mœurs et usages ne sont pas chez nous les mêmes qu'à Paris.

Je me réjouis de te voir bientôt.

Fais bon voyage.

Ta traductrice préférée.

Kyong

— C'est un peu froid, concéda Mia en lui rendant la feuille de papier.

— Glacial, oui !

— Il ne faut rien exagérer et savoir lire entre les lignes. Je vois beaucoup de pudeur dans son message.

— Quand elle vient à Paris, ce n'est pas la pudeur qui la caractérise.

— Mais là, vous serez chez elle, ce n'est pas la même chose.

— Vous qui êtes une femme, vous devez savoir mieux que moi lire entre les lignes. Elle m'aime ou elle ne m'aime pas ?

— Je suis sûre qu'elle vous aime.

— Pourquoi ne l'écrit-elle pas, c'est si difficile à avouer ?

— Quand on est pudique, oui.

— Quand vous aimez un homme, vous ne le lui dites pas ?

— Pas forcément.

— Qu'est-ce qui vous en empêche ?

— La peur, répondit Mia.

— La peur de quoi ?

— La peur de faire peur.

— Qu'est-ce que c'est compliqué tout ça ! Alors que faut-il faire, dire ou ne pas dire, quand on aime quelqu'un.

— Il faut attendre un peu.

— Attendre quoi, qu'il soit trop tard ?

— Qu'il ne soit pas trop tôt.

— Et comment sait-on que le moment est venu de révéler la vérité ?

— Quand on se sent rassuré, je suppose.

— Vous vous êtes déjà sentie rassurée ?

— Oui, ça m'est arrivé.
— Et vous lui avez confié que vous l'aimiez.
— Aussi.
— Et lui, il vous a dit qu'il vous aimait ?
— Oui.
Le visage de Mia s'assombrit et Paul s'en aperçut.
— Vous venez de vous séparer et moi je viens remuer votre chagrin avec mes gros sabots, c'était égoïste de ma part.
— Non, c'était plutôt touchant. Si tous les hommes avaient le courage de montrer qu'eux aussi savent être fragiles, cela changerait tellement de choses.
— Vous croyez que je dois lui répondre ?
— Je crois que vous allez bientôt la revoir et quand vous serez avec elle, elle succombera à votre charme.
— Vous vous moquez de moi, n'est-ce pas ? Je sais, je suis ridicule.
— Pas le moins du monde, vous êtes sincère, ne changez surtout pas.
— Une gaufre au Nutella, ça vous plairait ?
— Pourquoi pas, soupira Mia.
Paul l'entraîna vers la buvette. Il y acheta deux gaufres et offrit la première à Mia.
— S'il revenait, dit-il la bouche pleine, s'il vous demandait pardon, vous lui donneriez une seconde chance ?
— Je n'en sais rien.
— Il ne vous a pas rappelée depuis...
— Non, l'interrompit Mia.

— Bon, là-bas, le bassin où les enfants font naviguer des petits voiliers mais nous n'avons pas d'enfant, de ce côté-ci, les promenades à dos d'âne... ça ne vous tente pas ?

— Pas vraiment, non.

— Parfait, des ânes j'en vois assez comme ça. Dans cette direction, les tennis, nous ne jouons pas au tennis, je crois qu'on a fait le tour ! Allons-y, j'en ai marre de ce jardin et de ces couples qui se bécotent.

Mia suivit Paul vers la porte de Vaugirard. Ils descendirent la rue Bonaparte, longèrent la place Saint-Sulpice où se tenait une brocante.

Ils en sillonnèrent les allées et s'arrêtèrent devant un stand.

— Elle est jolie, reprit Mia, en regardant une montre ancienne.

— Oui, mais je suis trop superstitieux pour porter un objet ayant appartenu à quelqu'un. Ou alors, il faudrait que je sache si cette personne était heureuse. Ne vous fichez pas de moi, mais je crois à la mémoire des objets. Ils émettent de bonnes ou de mauvaises ondes.

— Vraiment ?

— Il y a quelques années, j'avais acheté dans une brocante comme celle-ci un presse-papiers en cristal. Le vendeur m'avait assuré qu'il datait du XIXe siècle. Je ne l'ai pas cru un instant, mais il y avait un visage de femme gravé à l'intérieur que je trouvais joli. Du jour où j'en ai fait l'acquisition, je n'ai eu que des emmerdes.

— Quel genre d'emmerdes ?

— Ça vous va bien de dire des gros mots de temps en temps.

— Comment ça ?

— Je ne sais pas, avec votre accent, ça vous donne un petit côté sexy. Où en étais-je ?

— À vos emmerdes.

— Franchement, ça vous va bien ! Ça a commencé par une fuite d'eau, le lendemain mon ordinateur est tombé en panne, le surlendemain ma voiture était à la fourrière, le week-end une grippe carabinée, le lundi, mon voisin du dessous a fait un infarctus, et puis dès que je posais une tasse sur mon bureau près du presse-papiers, je la renversais. Un jour, l'anse s'est même cassée, j'ai bien failli m'ébouillanter les cuisses. C'est d'ailleurs là que j'ai commencé à suspecter ses pouvoirs maléfiques. Moi qui vous parlais du syndrome de la page blanche, ce fut blanc, du blanc et rien que du blanc, comme si j'écrivais sur les flancs du Kilimandjaro. Je me suis aussi pris les pieds dans le tapis, cassé le nez en atterrissant ventre à terre, vous m'auriez vu, pissant le sang, la tête en arrière, hurlant dans mon appartement. Après, je me suis évanoui. Heureusement, l'un de mes collègues écrivains a des dons de voyance. Toutes les deux semaines, je dîne avec des confrères dans un bistrot, on se raconte nos histoires. Je vais cesser d'y aller d'ailleurs, ces dîners sont sinistres. Me découvrant avec mon pansement sur le nez, il s'est inquiété de mon sort, je lui ai raconté ce qui m'arrivait depuis que j'avais acheté ce presse-papiers. Il a fermé les yeux et m'a demandé si un visage était incrusté dans le verre.

— Vous ne le lui aviez pas précisé ?

— Peut-être, je ne m'en souviens pas. Bref, il m'a suggéré de m'en débarrasser au plus vite, mais en veillant à ne surtout pas le casser, pour ne pas libérer les puissances maléfiques, ce qui coulait de source, évidemment.

— Vous l'avez mis à la poubelle ? questionna Mia en serrant les lèvres.

— Mieux que ça. Je l'ai emballé dans un gros chiffon et bien ficelé. J'ai repris ma voiture, j'ai roulé jusqu'au pont de l'Alma et plouf, dans la Seine.

Mia ne put se contenir plus longtemps et éclata de rire.

— Surtout ne changez pas, dit-elle, les yeux humides. Je vous adore.

Paul la regarda, interloqué, et se remit en marche.

— C'est une manie, chez vous, de vous moquer de moi.

— Je vous jure que non... Et vos ennuis ont cessé quand vous avez noyé ce presse-papiers ?

— Eh bien oui, figurez-vous. Tout est rentré dans l'ordre.

Mia rit de plus belle et s'accrocha à son bras quand Paul accéléra le pas.

Ils passèrent devant une librairie spécialisée en manuscrits anciens. Dans la vitrine trônaient une lettre de Victor Hugo et un poème de Rimbaud griffonné sur une feuille de cahier.

Mia les regarda, émue.

— Un poème ou une belle lettre ne peuvent pas porter malheur, n'est-ce pas ?

— Non, je ne pense pas, reprit Paul.

Elle poussa la porte du magasin.

— C'est si beau de tenir entre ses mains une lettre d'un écrivain illustre, c'est un peu comme entrer dans son intimité, devenir son confident. Dans un siècle, des gens comme nous s'émerveilleront en découvrant celles que vous adressiez à votre traductrice. Elle sera devenue votre femme et ces lettres auront marqué le début d'une correspondance précieuse.

— Je ne suis pas un écrivain illustre, je ne le serai jamais.

— Je ne partage pas votre avis.

— Vous avez lu un de mes romans ?

— Deux. Et les lettres de la mère dans le premier m'ont fait pleurer.

— C'est vrai ?

— Je ne peux pas cracher ici, ce serait du plus mauvais effet, il va falloir me croire sur parole.

— Je suis désolé de vous avoir fait pleurer.

— Vous n'en avez pas l'air, c'est la première fois que je vous vois sourire aujourd'hui.

— J'avoue être content, pas que vous ayez pleuré... si, un peu quand même. Pour fêter ça, je vous emmène déguster une pâtisserie chez Ladurée. C'est à deux pas et si vous n'avez jamais goûté leurs macarons vous n'avez pas encore connu la volupté absolue. Enfin, peut-être que vous si, puisque vous êtes chef.

— D'accord, mais ensuite il faudra que je retourne au restaurant, ma cuisine ne saurait être voluptueuse si je ne suis pas à mes fourneaux.

Ils prirent place à une table d'angle et commandèrent un chocolat chaud pour Mia, un café pour Paul et un assortiment de macarons. La serveuse, en préparant leur plateau, ne les quittait pas des yeux ; Paul et Mia la surprirent en train de chuchoter avec sa collègue tout en les regardant.

Merde, elle m'a reconnue. Où sont les toilettes ? Non, pas les toilettes, elle va lui parler en mon absence. Si elle raconte à qui que ce soit m'avoir vue ici en compagnie d'un homme, Creston me tue. Lui affirmer qu'elle me confond avec quelqu'un d'autre, et être convaincante, c'est la seule chose à faire.

La serveuse revint quelques instant plus tard et, disposant les tasses, demanda d'une voix timide :

— Excusez-moi, mais c'est fou ce que vous ressemblez à...

— Je ne ressemble à personne, rétorqua Paul d'un ton autoritaire, je ne suis personne !

Fort gênée, la jeune femme s'éloigna après s'être excusée.

Mia, dont le visage s'était empourpré, mit ses lunettes de soleil et se retourna vers Paul.

— Je suis désolé, s'excusa-t-il, cela m'arrive de temps à autre.

— Je comprends, répondit Mia dont le cœur battait à cent à l'heure. Il n'y a pas qu'à Séoul que vous êtes célèbre.

— Dans ce quartier, peut-être un peu, mais pas au-delà. Croyez-moi, je peux passer deux heures dans une Fnac sans qu'un libraire me reconnaisse, et tant mieux d'ailleurs. C'est une lectrice, je n'aurais pas dû réagir ainsi, je suis timide, je vous l'ai dit, non ?

— *Ton ego vient de me sauver la vie !* Ce n'est pas grave. La prochaine fois, apportez-lui un de vos livres dédicacés, ça lui fera sûrement plaisir.

— C'est une excellente idée.

— Au fait, où en est votre cantatrice ?

— Le critique l'a suivie en bas de chez elle. Il l'a abordée, sans lui révéler ses soupçons. Il se présente comme écrivain, prétend qu'elle ressemble au personnage de son roman. Je crois qu'il commence à éprouver des sentiments qui le troublent.

— Et elle ?

— Je l'ignore, il est trop tôt pour le dire. Elle ne lui avoue pas qu'elle a remarqué sa présence depuis longtemps, elle a peur, et en même temps, elle se sent moins seule.

— Qu'est-ce qu'elle va décider ?

— De fuir je pense, pour préserver son secret. Elle ne peut être sincère avec lui et lui mentir sur sa véritable identité. J'imaginais faire intervenir son ancien imprésario. Qu'en pensez-vous ?

— Je ne sais pas, il faudrait d'abord que je lise avant de vous donner un avis.

— Ça vous plairait de découvrir mes premiers chapitres ?

— Si vous le souhaitez, j'en serais très heureuse.

— Je n'ai jamais donné à lire un de mes manuscrits avant qu'il ne soit terminé, sauf à Kyong. Mais votre opinion pourrait beaucoup compter.

— Parfait, quand vous vous sentirez prêt, je serai votre première lectrice, et je vous promets d'être franche avec vous.

— De mon côté, j'aimerais venir un soir goûter à votre cuisine.

— Non, je n'y tiens pas. Un chef n'est jamais très fréquentable en plein service. Beaucoup d'agitation, de sueur... ne m'en voulez pas, mais vraiment je ne préfère pas.

— Je comprends, dit Paul.

Ils se séparèrent devant la station de métro Saint-Germain-des-Prés. Paul passa en bas de chez son éditeur et crut l'apercevoir à la fenêtre de son bureau. Il continua son chemin et rentra chez lui.

Il consacra la soirée à son manuscrit, tentant d'imaginer ce qu'allait devenir sa cantatrice déchue. Plus il avançait dans son histoire et plus elle empruntait les expressions de Mia, sa façon de marcher, de répondre à une question par une autre question, son sourire fragile quand elle était émue, ses éclats de rire, ses regards absents, son élégance discrète. Il se mit au lit alors que le jour se levait.

*

Paul fut réveillé par un appel de son éditeur en début d'après-midi. Cristoneli l'attendait à son bureau. En chemin, il s'arrêta pour s'acheter un croissant, le mangea au volant de sa Saab et arriva avec seulement une demi-heure de retard.

Cristoneli l'accueillit à bras ouverts et Paul redouta un coup fourré.

— J'ai deux bonnes nouvelles, s'exclama l'éditeur, tout à fait rapatantes.

— Commencez par la mauvaise !

Cristoneli l'observa, étonné.

— J'ai reçu un message des Coréens, vous êtes invité au journal du soir qui sera suivi d'une grande émission littéraire.

— Et la bonne ?

— Mais enfin, je viens de vous la donner !

— J'ai un trac à défaillir quand je fais une signature où il y a plus de vingt personnes, comment voulez-vous que je passe à la télé ? Vous avez envie que je tourne de l'œil en direct ?

— Vous ne serez que tous les deux sur le plateau, aucune raison d'avoir le trac.

— Tous les deux ?

— Murakami est l'invité principal. Vous rendez-vous compte de la chance que vous avez ?

— De mieux en mieux, je serai à l'antenne avec Murakami. Avant de m'évanouir, je vais peut-être vomir sur les chaussures du présentateur, ce sera du plus bel effet.

— Très bonne idée, cela ferait probablement vendre des tonnes de livres dès le lendemain.

— Vous entendez ce que je vous dis ? Je suis incapable de passer à la télé, je vais suffoquer, je suffoque déjà, je vais mourir en Corée devant des millions de téléspectateurs, vous aurez été complice d'un meurtre.

— Arrêtez votre cinéma, vous n'aurez qu'à prendre un bon cognac avant d'entrer en scène et tout ira bien.

— Bourré à l'antenne, je vais être rapatant !

— Fumez un petit truc.

— J'ai fumé un petit truc une fois dans ma vie et pendant deux jours, j'ai vu des nids de vaches au plafond de ma chambre.

— Écoutez, mon cher Paul, vous prendrez sur vous et tout se déroulera à merveille.

— Vous aviez dit deux nouvelles, quelle était l'autre ?

— En raison de ce programme de presse qui ne cesse de se remplir, votre départ est avancé.

Paul partit sans saluer son éditeur. Avant de quitter les lieux, il emporta un exemplaire de son dernier roman qui traînait sur une table dans l'entrée.

Il descendit la rue Bonaparte et s'arrêta devant la vitrine de la librairie de livres anciens. Il entra à l'intérieur et en ressortit un quart d'heure plus tard après avoir âprement négocié un petit bristol rédigé de la main de Jane Austen, payable en trois mensualités.

Poursuivant son chemin, il fit halte dans la pâtisserie, repéra la serveuse et lui demanda son prénom.

— Isabelle, répondit-elle, étonnée.

Paul ouvrit l'exemplaire de son roman et écrivit sur la première page.

À Isabelle, fidèle lectrice, avec mes remerciements et mes excuses pour hier.

Bien amicalement.

Paul Barton

Il lui tendit l'ouvrage, elle lut la dédicace sans rien y comprendre.

La politesse prenant le dessus, elle le remercia, abandonna le livre sur le comptoir et reprit son travail.

*

Il eut envie d'appeler Arthur, mais il ne savait plus si son ami était encore à Rome ou déjà dans l'avion qui le ramenait en Californie.

Rue Jacob, il aurait aimé trouver un magasin où pouvoir acheter un frère ou une sœur, à défaut en louer un quelques heures. Il se voyait déjà seul dans son appartement, en proie à une crise de panique. Il récupéra sa voiture qu'il avait garée devant l'hôtel Bel Ami, rit jaune en regardant le frontispice, et fonça vers Montmartre.

*

— *Pour une fois que j'ai de la chance*, marmonna-t-il en dénichant une place de stationnement rue Norvins.

Il se gara et remonta la rue à pied.

— Elle m'a interdit de venir dîner dans son restaurant mais pas de lui rendre visite. C'est délicat ou indélicat ? Je risque de la déranger, en même temps, je n'en ai pas pour longtemps, je lui donne son petit cadeau, les premiers chapitres de mon roman, et je m'en vais. Non, pas les pages du roman avec le cadeau, elle pourrait croire que les deux intentions sont liées. J'entre, je le lui offre et je ressors. Oui, c'est bien comme ça, c'est même parfait comme ça.

Paul rebroussa chemin, rangea son manuscrit dans le coffre de la Saab et garda sur lui la belle enveloppe enrubannée qui contenait le petit mot de Jane Austen.

Quelques instants plus tard, il passa devant La Clamada, jeta un œil à travers la vitrine et s'immobilisa net.

Mia, vêtue d'un grand tablier parme, dressait le couvert.

Daisy, que l'on apercevait dans sa cuisine au fond de la salle, semblait lui donner des ordres.

Paul observa la scène et pressa le pas, dissimulant son visage derrière sa main. Dès qu'il eut dépassé le restaurant, il accéléra encore, jusqu'à la place du Tertre.

— Pourquoi ce mensonge, quelle importance qu'elle soit serveuse ou patronne d'un restaurant ? Et on raille l'ego des hommes... alors là ! Qu'est-ce qu'elle pensait ? Que je ne voudrais pas être ami avec une serveuse ? Elle m'a pris pour qui ? D'accord, je n'ai pas été très aimable avec celle de Ladurée, mais son bobard avait commencé bien avant. Je t'en ficherais des « ma cuisine est voluptueuse » ! En même temps, ce n'est pas très très grave. En d'autres circonstances, je me suis aussi fait passer pour un autre. Réfléchissons, soit je la confonds... ce serait jouissif mais méchant, soit je ne dis rien et je lui tends une perche pour qu'elle avoue la vérité. Ce serait plus élégant.

Il s'installa sur un banc, prit son portable et envoya un texto à Mia.

Tout va bien ?

Mia sentit vibrer son téléphone dans la poche de son tablier. La nuit dernière, David lui avait adressé trois messages, la suppliant de le rappeler. Jusque-là, elle avait tenu bon, elle n'allait pas craquer maintenant. Elle arrangea les serviettes, en lorgnant dans la poche kangourou de son tablier.

— Tu regardes si ton nombril est toujours là ? demanda Daisy.

— Non !

— David insiste encore ?

— Je pense.

— Coupe ce portable ou lis son message, tu vas me casser de la vaisselle.

Mia sortit son téléphone et, souriant, pianota sur le clavier.

Oui, et vous ?

Vous auriez un petit moment à me consacrer ?

Je suis en cuisine.

Je n'en aurai pas pour longtemps.

Je veux bien vous appeler, mais puisque c'est vous qui me le demandez, n'espérez pas que ça compte !

Je suis sur un banc, place du Tertre, sans mon ciré cette fois.

Tout va bien ?

Oui. Vous venez ?

Donnez-moi cinq minutes.

Daisy, une louche à la main, observait Mia.

— Tu m'excuses, lança Mia. J'ai une course à faire. Tu n'as besoin de rien ?

— Si ce n'est de quelqu'un pour s'occuper de la salle, non !

— Le couvert est mis et la salle est vide. Je reviens dans un quart d'heure, répondit Mia en ôtant son tablier.

Elle se regarda dans le miroir au-dessus du bar, arrangea sa coiffure, prit son sac et chaussa ses lunettes de soleil.

— Tu me rapportes des Krisprolls, dit Daisy.

Mia haussa les épaules.

— Je vais juste faire une petite course.

Elle accéléra le pas, passa devant le caricaturiste sans le saluer et chercha le banc où Paul était assis.

— Qu'est-ce que vous faites ici ? s'enquit-elle en s'asseyant près de lui.

— J'étais venu vous apporter mes premiers chapitres et comme je suis un idiot fini, je les ai oubliés chez moi. J'aurais trouvé bête de repartir sans vous voir.

— C'est gentil.

— Vous n'avez pas l'air dans votre assiette... sans mauvais jeu de mots.

— Je n'ai pas beaucoup dormi. J'ai fait un cauchemar, cette nuit.

— Un cauchemar, c'est un rêve qui a mal vieilli.

Mia le regarda longuement.

— Pourquoi me fixez-vous comme ça ? reprit Paul.

— *Pour avoir dit cela, j'aurais envie de vous embrasser maintenant*... Pour rien.

–Un ange passa.

— Puisque vous avez oublié vos chapitres, donnez-moi au moins des nouvelles de notre cantatrice.

— Elle va bien. En fait non, elle a un problème.

— Grave ?

— Elle aimerait se lier d'amitié avec le critique. Il est vrai qu'il redouble d'attentions à son égard.

— Qu'est-ce qui l'en empêche ?

— Peut-être le fait de ne pas lui avoir révélé la vérité à son sujet. Peut-être qu'elle n'assume pas le fait d'être une simple ouvreuse.

— Quelle importance ?

— Je me le demande, justement.

— Ce genre de préjugé est dépassé.

— Depuis quand ?

— S'il en est encore là, il ne la mérite pas.

— Je suis bien d'accord avec vous.

— Non, ça ne tient pas la route. Vous devez lui trouver un autre problème.

— Le critique n'a plus de doute sur sa véritable identité.

— Mais elle l'ignore.

— Certes, mais comment peut-elle être sincère avec lui, si elle lui ment ?

Mia fixa Paul du regard et fit glisser ses lunettes de soleil sur le bout de son nez.

— Vous veniez d'où quand vous m'avez appelée ?

— De Saint-Germain, pourquoi ?

— Vous avez offert votre livre à la serveuse d'hier ?

— C'est drôle que vous me posiez cette question, parce que la réponse est oui.

Mia sentit son cœur s'emballer.

— Que vous a-t-elle dit ?

— À peine un merci du bout des lèvres. Elle doit être rancunière.

— Rien d'autre ?

— Non, il y avait beaucoup de monde, elle a repris son travail, et je suis reparti de mon côté.

Mia remit ses lunettes, soulagée.

— Je ne vais pas pouvoir rester longtemps, dit-elle. Vous vouliez me dire quelque chose de particulier ? Vous non plus, vous n'avez pas l'air dans votre assiette.

— Je me suis rendu à Saint-Germain parce que mon éditeur m'avait convoqué. Mon voyage en Corée est avancé.

— C'est une excellente nouvelle, vous reverrez votre amie plus tôt.

— La mauvaise nouvelle c'est ce qui m'amène à avancer ce voyage. Je suis invité à une émission de télévision.

— C'est formidable !

— Ce qui est formidable, c'est que je fais de la tachycardie depuis qu'il me l'a appris. Qu'est-ce que je vais bien pouvoir dire ou raconter dans cette émission, c'est terrifiant !

— Face aux caméras, ce ne sont pas les mots qui comptent mais leur musique. Vos propos n'auront que peu d'importance du moment que vous souriez ; et si vous avez le trac, les téléspectateurs trouveront cela charmant.

— Vous y connaissez quoi, en caméras ? Vous n'avez jamais été sur un plateau de télé. Bon, alors !

— Non, en effet, répliqua Mia en toussotant, et si cela m'arrivait je serais aussi terrorisée que vous. Je parlais en tant que spectatrice.

— Tenez, dit Paul en sortant de sa poche l'enveloppe enrubannée, c'est pour vous.

— Qu'est-ce que c'est ?

— Ouvrez, vous verrez. Attention, c'est fragile.

Mia prit le petit mot contenu dans l'enveloppe et le lut.

— « Trois livres de carottes, une livre de farine, un paquet de sucre, une douzaine d'œufs, une pinte de lait... », récita Mia. C'est très gentil de m'offrir cela, vous voulez que je fasse vos courses ?

— Regardez la signature en bas, soupira Paul.

— Jane Austen ! s'exclama Mia.

— En personne ! Je reconnais que ce n'est pas sa prose la plus illustre, mais vous vouliez quelque chose d'intime. Les gens illustres doivent se nourrir, eux aussi.

Sans réfléchir, Mia posa un baiser sur la joue de Paul.

— C'est si délicat de votre part, je ne sais pas quoi dire.

— Ne dites rien.

Mia tenait la petite fiche entre ses mains, caressant l'encre du bout de l'index.

— On ne sait jamais, reprit Paul, cette note vous inspirera peut-être une recette. J'ai imaginé que vous pourriez l'encadrer et l'accrocher dans votre cuisine. D'une certaine façon, Jane Austen sera auprès de vous quand vous êtes à vos fourneaux.

— On ne m'avait jamais rien offert de pareil.

— Ce n'est qu'un petit morceau de Bristol.

— Rédigé et signé de la main d'une des plus grandes écrivaines anglaises.

— Cela vous plaît vraiment ?

— Je ne m'en séparerai jamais !

— J'en suis heureux. Filez, vous avez probablement quelque chose sur le feu, je ne voudrais pas que le plat du jour soit trop cuit à cause de moi.

— Vous m'avez fait une merveilleuse surprise.

— Nous sommes d'accord que cette visite était imprévue ?

— Oui, pourquoi ?

— Donc, ça ne compte pas !

— Non, ça ne compte pas.

Mia se leva et embrassa à nouveau Paul sur la joue avant de repartir.

Le caricaturiste n'avait rien perdu de la scène.

Paul et lui la virent descendre la rue.

*

Quand elle arriva devant La Clamada, son téléphone vibra encore.

Votre restaurant est fermé le dimanche ?

Oui.

Vous savez ce qui me ferait plaisir ?

Non.

Découvrir votre cuisine.

Mia se mordit la lèvre.

Nous pourrions déjeuner chez vous, en tout bien tout honneur.

Mia regarda Daisy à travers la vitrine.

Ma colocataire sera là.

Vous cuisinerez pour trois.

Elle poussa la porte du restaurant.

Alors à dimanche, vous connaissez l'adresse, c'est au dernier étage.

À dimanche.

Merci, signé Mia Austen ☺

— Tu as trouvé ce que tu cherchais ? questionna Daisy en sortant de sa cuisine.

— Il faut que je te parle.

— Enfin !

*

Daisy refusa catégoriquement de participer au projet de Mia.

— Tu ne peux pas me laisser tomber, et moi je ne peux pas le recevoir seule chez toi.

— Et pourquoi pas ?

— Ce serait ambigu.

— Parce que là, ça ne l'est pas ?

— Non, il n'a rien dit ou fait qui puisse prêter à confusion.

— Je ne parlais pas de lui mais de toi.

— Je te le répète, entre nous, c'est le début d'une amitié. Je ne suis pas guérie de David.

— Tu n'avais pas besoin de me le préciser, il suffit de regarder ta tête quand ton portable vibre. Il n'empêche que tu joues à un jeu dangereux.

— Je ne joue pas, je vis. Il est drôle, il ne cherche pas à me séduire. Il a quelqu'un, elle est loin, nous ne faisons rien de mal, nous luttons chacun contre notre solitude.

— Eh bien, demain midi, vous allez continuer de lutter sans moi.

— Je ne sais même pas préparer une omelette !

— Il suffit de casser des œufs et de battre avec un peu de crème.

— Pas la peine d'être méchante, je te demandais un service, rien de plus.

— Je ne suis pas méchante, je ne veux pas être complice d'un fiasco.

— Pourquoi tu vois toujours tout en noir ?

— Je ne peux pas croire que ce soit toi qui me dises ça. Tu comptes lui révéler un jour la vérité à ton ami ? Tu t'identifies à ton rôle de serveuse au point d'oublier qui tu es ? Que feras-tu quand ton film sortira en salle, quand tu seras en promotion ?

— Paul part bientôt en Corée, il va probablement s'y installer. Le moment venu, je lui écrirai et lui avouerai la vérité. Entre-temps, il aura retrouvé sa traductrice et il sera heureux.

— Tu vois la vie comme un scénario.

— Très bien, je vais annuler.

— Tu ne vas rien annuler, ce serait grossier. Tu vas jouer ton rôle jusqu'au bout, au risque de t'en mordre les doigts.

— Pourquoi tu me fais ça ?

— Parce que ! râla Daisy avant d'aller accueillir des clients qui venaient d'entrer.

13.

Mia venait de jeter à la poubelle sa troisième omelette. La première avait brûlé, la deuxième était pâteuse, la troisième ressemblait vaguement à des œufs brouillés.

La table, elle, était plaisante. Trois couverts étaient dressés – Mia préférant annoncer un faux bond de Daisy à la dernière minute que de devoir expliquer son absence –, un bouquet de fleurs disposé au centre ainsi qu'une corbeille de viennoiseries. Au moins, il y aurait quelque chose de comestible. Son portable vibra, elle se lava les mains et les avant-bras maculés de jaunes d'œufs, rouvrit le réfrigérateur pour la dixième fois et pria pour que Paul lui annonce qu'il ne pouvait pas venir.

Je suis en bas.

Montez.

Elle jeta un ultime coup d'œil à la pièce et courut ouvrir la fenêtre. Le manche en bakélite d'une casserole où elle avait voulu tiédir une compote de pommes achetée à l'épicerie avait pris un coup de chaud, dégageant une odeur âcre.

On sonna.

Paul entra, un petit paquet à la main.

— C'est adorable, qu'est-ce que c'est ? questionna Mia.

— Une bougie parfumée.

— On va l'allumer immédiatement, dit-elle, avec une pensée venimeuse pour Daisy.

— Bonne idée. *Ça ne sera pas du luxe, on dirait qu'elle a cuisiné un gratin de pneus.*

— Vous disiez quelque chose ?

— Non, je trouvais l'appartement charmant et quelle vue sublime. *Elle est mal à l'aise, je n'aurais pas dû m'inviter. Je pourrais lui proposer d'aller s'installer à la terrasse d'un restaurant, il fait un temps magnifique. Non, elle s'est donné un mal de chien, ce serait encore pire.*

— On va commencer par les croissants. *Voilà, très bonne idée, je vais le bourrer de croissants et de petits pains au chocolat jusqu'à ce qu'il explose, et après je passerai l'aspirateur.*

— C'est votre seul jour de congé et je vous force à faire la cuisine, c'est maladroit, je n'aurais pas dû m'imposer ainsi. Que diriez-vous d'une terrasse au soleil ?

— Si ça vous tente... *Dieu existe ! Pardon,*

Seigneur, d'avoir parfois douté de toi, demain, c'est promis, j'irai allumer un cierge à l'église.

— Enfin, je vous propose ça mais vous vous êtes donné du mal et je ne voudrais pas paraître indélicat, c'était même pour ne pas l'être que je vous offrais de sortir.

— *Dix cierges ! Vingt, si tu veux !*

— Vraiment, soyez à l'aise, c'est comme vous voulez.

— C'est vrai qu'il fait beau aujourd'hui, j'aurais dû installer la table sur le balcon... *Mais tu es conne ou quoi de proposer ça ?*

— Vous voulez que je mette le couvert dehors ?

— À quelle terrasse de café pensiez-vous ? s'enquit Mia d'une voix fébrile.

— Aucune en particulier. Je meurs de faim.

— *Tu attrapes ton sac avant qu'il ne change d'avis, tu lui dis que c'est une idée géniale et tu cours dans l'escalier.*

La porte de l'appartement s'ouvrit. Ils se retournèrent tous deux. Daisy entra avec deux grands cabas.

— Tu aurais pu au moins en prendre un, dit-elle en les posant sur le comptoir.

Elle sortit trois grands plats recouverts de papier aluminium.

— Bonjour, je suis Daisy, l'associée de Mia, et vous, vous êtes l'écrivain suédois ?

— Oui, mais non... américain.

— C'est ce que je voulais dire.

— Qu'est-ce que c'est ? demanda Paul en lorgnant le comptoir.

— Le brunch ! Mon associée est un cordon-bleu, mais pour le service, c'est toujours moi qui m'y colle, même le dimanche, je trouve cela détestable.

— Tu charries, protesta Mia, ce n'était pas tout à fait cuit, il fallait bien que quelqu'un mette la table.

Daisy passa devant Mia en lui marchant sur les pieds.

— Voyons ce que tu nous as préparé, reprit Daisy en ôtant les feuilles d'aluminium. Une pissaladière, une tourte de blettes, et des petits farcis. Si on a faim après cela, il n'y aura plus qu'à changer de cuisinière !

— Ça sent très bon, complimenta Paul en s'adressant à Mia.

Daisy se mit à renifler, une fois, deux fois, à la troisième elle avança vers la table, repéra la bougie parfumée, fit une grimace en soufflant sur la flamme, et alla la jeter directement dans la poubelle, sans manquer de sourire en voyant son contenu.

— Eh bien ça, c'est fait, déclara Paul, un peu surpris.

D'un geste complice, Mia lui laissa entendre que son associée avait parfois des comportements bizarres. Échange qui n'échappa pas à Daisy.

— On passe à table ! ordonna-t-elle avec un ton pince-sans-rire.

*

Paul souhaitait savoir comment elles étaient devenues amies. Mia se mit à raconter le premier voyage en Angleterre de Daisy. Daisy l'interrompit pour raconter celui de Mia en Provence, la peur qu'elle avait des cigales. Elle décrivit leurs escapades nocturnes, leurs mille et un coups pendables. Paul l'écouta d'une oreille distante, pensant sans cesse à son adolescence avec Arthur, à la pension où ils s'étaient connus, à la maison de Carmel.

Au moment du café, Paul dut répondre à son tour aux multiples questions de Daisy. Pourquoi vivait-il à Paris, qu'est-ce qui lui avait donné envie d'écrire, quels étaient ses maîtres à penser et sources d'inspiration, sa façon de travailler. Paul se prêta au jeu et lui répondit de bonne grâce. Le déjeuner fila sans le moindre silence, sauf pour Mia qui se taisait et les observait.

Elle se leva pour débarrasser les assiettes et passa derrière le comptoir. Un peu plus tard, Paul chercha à attirer son attention, mais elle demeura concentrée sur la vaisselle.

En début d'après-midi, il tira sa révérence, les remercia toutes deux de l'avoir accueilli et félicita Mia pour cet excellent repas. Il ne s'était pas régalé ainsi depuis longtemps. En partant, il promit à Daisy de mettre la Provence à l'honneur dans l'un de ses chapitres. C'est elle qui le raccompagna jusqu'au palier. Mia essuyait les plats, elle le salua de la main. Il leva les yeux au ciel, et partit.

Daisy referma la porte et attendit un instant.

— Il est beaucoup mieux en vrai que sur la photo du livre, dit-elle en bâillant. Je vais faire une sieste, je suis crevée. C'était bon, n'est-ce pas ? En tout cas, il a eu l'air d'apprécier ma cuisine... enfin, ta cuisine.

Sur ces mots, Daisy entra dans sa chambre, Mia dans la sienne et les deux amies ne se parlèrent plus de la journée.

*

Allongée sur son lit, Mia prit son portable et relut tous les messages de David.

En début de soirée, elle enfila un jean, un pull-over léger et claqua la porte en sortant.

*

Le taxi la déposa place de l'Alma. Elle s'installa à la terrasse d'une brasserie, commanda une coupe de champagne rosé qu'elle but d'un trait, un œil sur son portable. Elle demandait au garçon de lui en servir une autre quand l'écran s'illumina. Cette fois pas de texto mais un appel. Elle hésita avant de décrocher.

— Qu'est-ce que c'était que ce déjeuner ? questionna Paul.

— Un brunch niçois !

— D'accord, jouons aux imbéciles.

— Je me demande qui était l'imbécile !

— Où êtes-vous ?

— À l'Alma.

— Que faites-vous à l'Alma ?

— Je contemple le pont.

— Ah bon ? Mais pourquoi ?

— Parce que je l'aime, j'ai le droit ?

— Et d'où le contemplez-vous ?

— Depuis la terrasse de Chez Francis.

— J'arrive.

Paul arriva quatre coupes de champagne plus tard. Il abandonna sa voiture en double file et rejoignit Mia.

— Vous avez bien digéré ? questionna-t-elle.

— Je me moque que vous ne sachiez pas cuisiner et encore plus que vous soyez serveuse ou patronne, mais ce que je n'accepte pas, c'est que vous ayez monté ce stratagème pour me présenter votre amie.

Mia accusa le coup.

— Elle t'a plu, ou pas ?

— On se tutoie, maintenant ?

— Non, on se vouvoie, c'est plus approprié, n'est-ce pas ?

— Daisy est ravissante, pétillante et fin cordon-bleu, concéda Paul en élevant la voix, mais c'est à moi seul de décider qui je veux ou ne veux pas rencontrer. J'interdis à mes vieux amis d'interférer dans ma vie privée, alors toi, enfin vous.

— Vous voulez la revoir ? renchérit Mia en parlant encore plus fort que Paul.

Et tandis qu'ils se disputaient, leurs visages se rapprochaient peu à peu, tant et si bien que leurs lèvres se frôlèrent.

Ils en restèrent tous deux muets, stupéfaits avant de se reprendre.

— J'ai détesté ce moment chez vous, dit Paul d'une voix calme.

— Moi aussi.

— Nous étions loin.

— Oui, nous l'étions.

— Cette nuit, j'écrirai une scène de dispute et de réconciliation. J'ai matière à noircir des pages et des pages.

— Alors ce déjeuner n'était pas totalement inutile. Si vous voulez mon avis, ce serait bien qu'il s'excuse et lui dise qu'il avait tort.

Paul s'empara du verre de Mia et le vida d'un trait.

— Vous avez assez bu comme ça et j'avais soif. Ne me regardez pas avec cet air de sainte-nitouche, vos yeux brillent et vous trahissent. Je vous reconduis.

— Non, je vais rentrer en taxi.

Paul prit l'addition sur la table.

— Ah oui, six coupes tout de même !

— Même pas bourrée !

— Cessez de me contredire tout le temps. Je vous raccompagne, c'est un ordre.

Il entraîna Mia vers la voiture. Elle chancela un peu sur le trottoir, il l'installa dans la Saab avant de se mettre au volant.

Ils roulèrent en silence jusqu'à la rue Poulbot. Paul se rangea devant l'immeuble et descendit.

— Ça va aller ? s'inquiéta-t-il en lui ouvrant la portière.

— C'est un peu tendu là-haut, mais nous avons déjà eu des mots, ça passera.

— Je parlais de la montée d'escalier.

— J'ai bu un peu de champagne, je ne suis pas une ivrogne !

— Je quitte Paris à la fin de la semaine, annonça-t-il en baissant les yeux.

— Déjà ?

— Je vous avais dit que mon départ était avancé, vous n'écoutez jamais les hommes quand ils vous parlent.

Mia lui balança un coup de coude.

— On ne peut pas en rester à ce déjeuner, reprit Paul.

— Quand, à la fin de la semaine ?

— Vendredi matin.

— À quelle heure ?

— Mon avion décolle à 13 h 30. Nous aurions pu dîner ensemble avant, mais vous travaillez...

— La veille du départ, ce serait un peu triste. Mercredi, alors ?

— Oui, mercredi, ce serait bien. Quel restaurant vous ferait plaisir ?

— Chez vous, 20 heures.

Mia embrassa Paul sur la joue, poussa la porte cochère, se retourna, lui sourit et disparut dans l'immeuble.

*

L'appartement était plongé dans le noir. Mia jura en se cognant contre un fauteuil, évita la table basse de justesse, entra dans un placard pour en ressortir aussitôt et réussit enfin à gagner sa chambre. Elle se glissa dans ses draps et s'endormit.

Paul aussi, en rentrant chez lui, ouvrit un placard. Il hésita entre deux valises, choisit la plus petite et la posa au pied de son lit. Durant une grande partie de la nuit, il chercha ses mots devant son ordinateur. Vers 3 heures du matin, il envoya un mail à Kyong, lui rappelant le numéro de son vol et son heure d'arrivée. Puis, il alla se coucher.

*

Daisy était assise à la table du petit déjeuner. Quand Mia sortit de sa chambre, elle lui servit un thé et l'encouragea à venir s'asseoir en face d'elle.

— Qu'est-ce qui t'a pris, hier ?

— J'allais te poser la même question.

— Tu veux savoir pourquoi je suis venue à ton secours, pourquoi j'ai cuisiné tout mon dimanche matin pour que tu puisses être, une fois de plus, la merveilleuse, l'extraordinaire Mia, celle qui réussit tout ?

— Je t'en prie, ne sois pas hypocrite, tu faisais un numéro de séduction comme je t'ai rarement vue en jouer.

— Venant d'une actrice aussi talentueuse, je prends cela pour un compliment. Et puis tu ne voulais pas me le présenter ?

— Si, mais pas pour que tu fasses ton aguicheuse. J'avais vraiment l'impression d'être de trop.

— Je me demande si à force de tourner dans des films, tu ne finis pas par croire que c'est le monde qui tourne autour de toi.

— C'est ça, prends-le sur ce ton. Tu as raison, de toute façon tu as toujours raison.

— Au moins, j'avais raison sur une chose. Tu es loin d'être aussi innocente que tu le prétends dans ce petit jeu. Et tu y as pris goût.

— Tu m'emmerdes, Daisy.

— Toi aussi, tu m'emmerdes, Mia.

— D'accord, on s'emmerde mutuellement, je vais boucler mon sac, j'irai dormir à l'hôtel.

— Quand vas-tu te décider à grandir ?

— Lorsque je serai aussi vieille que toi !

— David m'a téléphoné.

— Quoi ?

— Je suis plus vieille que toi de trois mois, mais c'est toi qui es sourde.

— Il t'a appelée quand ?

— Hier matin pendant que je préparais une tourte aux blettes pour ton Suédois.

— Arrête avec ça ! Qu'est-ce qu'il te voulait ?

— Que je te convainque de répondre à ses messages et de lui donner une chance.

— Qu'est-ce que tu lui as répondu ?

— Que je n'étais pas le facteur. Qu'il t'avait fait beaucoup de mal, et qu'il faudrait qu'il soit très créatif pour te reconquérir.

— Pourquoi devrais-je lui donner une autre chance ?

— Parce qu'il est ton mari. « Je ne suis pas guérie de David », ce sont bien tes mots lorsque tu t'épanchais sur mon épaule l'autre soir, n'est-ce pas ? D'accord, David a eu une aventure, une passade, mais c'est toi qu'il aime. Mia, tu dois remettre de l'ordre dans tes idées. Le jour où tu as débarqué chez moi, tu prétendais vouloir un présent rien qu'à toi. Tu l'as eu ce présent. Seulement, dans quelques jours, ton ami américain partira retrouver sa copine en Corée et toi, tu feras quoi ? Serveuse dans un bistrot à Montmartre pour continuer de fuir ta vie ? Combien de temps ?

— Je ne veux pas rentrer à Londres, pas maintenant, je ne me sens pas prête.

— Soit, mais réfléchis bien. Si tu veux sauver ton couple, n'attends pas que David tourne la page. Prends garde, la solitude et toi n'avez jamais fait bon ménage. Je te connais depuis trop longtemps pour que tu me prétendes le contraire. Que tu souffres par la faute d'un autre, ça je n'y peux rien, mais je ne veux pas te voir souffrir par ta faute à toi. Je suis ton amie et si je me taisais, je m'en sentirais responsable.

— Allons ouvrir le restaurant, tu t'installeras en cuisine et moi je mettrai la salle en ordre. Nous parlerons de nos vacances, on pourrait partir quelques jours en Grèce, toutes les deux, en septembre...

— Septembre est encore loin, en attendant, profitons de ces deux dernières journées sans se disputer.

— Ces deux dernières journées ?

— J'ai embauché une serveuse, elle commence mercredi.

— Pourquoi tu as fait ça ?

— Pour toi.

14.

L'avant-veille de son départ, Paul s'était couché vers minuit et avait mis son réveil. À 9 heures, il sortit de chez lui, s'arrêta prendre un café, salua Moustache et partit faire son marché. Première escale chez le primeur dont l'étalage rayonnait de couleurs. Il fila ensuite chez son boucher, fit halte à la poissonnerie, puis chez le fromager, pour terminer son périple à la pâtisserie. Parvenu en bas de son immeuble, il fit demi-tour, direction le caviste. Il y choisit deux bouteilles d'un grand bordeaux, vérifia sa liste de courses et rentra enfin chez lui.

Il consacra le reste de son temps en cuisine, mit le couvert vers 16 heures, prit un bain à 17, s'habilla à 18 et s'installa dans son canapé, essayant de relire d'un œil ses derniers chapitres, l'autre étant occupé à surveiller sa montre.

*

Mia s'était octroyé une grasse matinée. La veille, elle avait fêté son dernier service en salle avec Daisy d'un souper copieusement arrosé. Fort éméchées, les deux amies étaient parties chercher le grand air place du Tertre pour tenter de se dégriser. Assises sur un banc, elles y avaient refait le monde sans arriver nulle part. Mia avait néanmoins réussi à arracher à Daisy la promesse qu'elle fermerait La Clamada aux derniers jours de septembre, pour les passer avec elle en Grèce.

À midi, Mia alla se promener, remonta place du Tertre et salua le caricaturiste. Elle petit-déjeuna à la terrasse d'un café, et se rendit chez le coiffeur. Puis elle s'arrêta dans un magasin et en ressortit avec une jolie robe printanière. Elle rentra à l'appartement vers 17 heures et se fit couler un grand bain.

*

À 19 h 30, Paul vérifia la température du four, fit rissoler les écrevisses, hacha le bouquet d'herbes fraîches avant de les mélanger à sa salade, para ses côtes d'agneau d'une croûte de parmesan, retourna vérifier qu'il ne manquait rien sur la table, déboucha le vin pour le laisser s'aérer, retourna lire au salon, revint quinze minutes plus tard en cuisine pour enfourner le carré d'agneau, repartit vers le salon, jeta un œil à la fenêtre, se regarda dans le miroir, remit les pans de sa chemise dans son pantalon, les ressortit aussitôt, abaissa la température du four, jeta un nouveau coup d'œil à la fenêtre, se penchant cette fois pour mieux voir la rue, décida d'aérer la pièce, sortit le carré d'agneau du four, se rassit dans le canapé, vérifia l'heure à sa montre, envoya un premier SMS, reprit sa lecture, envoya un deuxième SMS à 21 heures, souffla les bougies du chandelier à 21 h 30 et envoya un troisième SMS à 22 heures.

*

— Pourquoi surveilles-tu sans arrêt ton portable ?

— Pour rien, c'est une habitude.

— Mia, regarde-moi dans les yeux, j'ai traversé la Manche pour te retrouver.

— Je te regarde dans les yeux, David.

— Où allais-tu quand j'ai sonné chez Daisy ?

— Nulle part.

— Tu étais maquillée, coiffée, d'ailleurs, qu'est-ce qui t'a pris de te couper les cheveux comme ça ?

— L'envie de changer de tête.

— Tu ne m'as pas répondu, tu avais rendez-vous avec quelqu'un ?

— J'allais sauter mon amant, si c'est ce que tu veux m'entendre dire. Et là, nous serions quittes.

— Je suis venu pour qu'on se réconcilie.

— Tu l'as revue ?

— Non, je te le répète, je suis seul à Londres depuis ton départ et je n'ai pensé qu'à toi. Je t'ai envoyé des dizaines de messages, tu ne m'as jamais répondu, alors me voilà... Je t'aime, j'ai fait une connerie, je ne me le pardonne pas.

— Mais tu voudrais que moi, je te pardonne.

— Je voudrais que tu donnes une seconde chance à notre mariage, que tu comprennes que cet écart était sans conséquence.

— Pour toi, peut-être.

— J'étais mal dans ma peau, ce tournage nous avait mis à rude épreuve, tu étais inaccessible. J'ai été faible et je serais prêt à tout pour que tu me pardonnes. Je ne te ferai plus jamais souffrir, tu as ma parole. Si tu acceptais de tirer un trait sur cette erreur, d'oublier son existence...

— Poser le doigt sur la touche d'un clavier et regarder le passé s'effacer comme les pages d'un manuscrit..., murmura Mia.

— Qu'est-ce que tu racontes ?

— Rien.

David saisit la main de Mia et l'embrassa. Elle l'observa, la gorge nouée.

Pourquoi me fais-tu cet effet, pourquoi ne suis-je plus moi-même en ta présence ?

— À quoi penses-tu ?

— À nous.

— Tu veux bien nous donner cette chance. Tu te souviens de cet hôtel ? Nous y avions dormi lors de notre première escapade à Paris, on venait de se rencontrer.

Mia examina la suite réservée par David. Le secrétaire Louis XVI, sa chaise Lyre et la bergère qui meublaient le petit salon, et dans la chambre, le grand lit à la polonaise surmonté de son dais.

— À l'époque, nous dormions dans une petite chambre.

— Nous avons fait du chemin depuis, poursuivit David en la prenant dans ses bras. Demain, nous pourrions à nouveau jouer les touristes, nous remonterions la Seine en bateau-mouche, nous irions même manger des glaces sur l'île de la Cité, je ne me souviens plus du nom de cet endroit, mais tu avais adoré.

— C'était sur l'île Saint-Louis.

— Alors va pour l'île Saint-Louis. Je t'en prie, Mia, reste avec moi ce soir.

— Je n'ai pris aucunes affaires.

David entraîna Mia vers la penderie. Sur les cintres, pendaient trois robes, deux jupes, deux hauts, deux pantalons de toile, deux pull-overs en V. Il ouvrit les tiroirs où étaient rangées quatre parures de lingerie. Puis il l'emmena vers la salle de bains aux marbres rutilants. Sur la vasque étaient posées une trousse de maquillage et une brosse à dents.

— Je suis arrivé ce matin par le premier avion et j'ai consacré ma journée à faire du shopping en pensant à toi.

— Je suis fatiguée, allons nous coucher, dit-elle.

— Tu n'as pas touché ton assiette au restaurant, tu veux que je te commande quelque chose auprès du room service ?

— Non, je n'ai pas faim, je veux juste dormir, et réfléchir.

— C'est tout réfléchi, conclut David en la prenant dans ses bras. Nous restons ensemble cette nuit et demain nous repartons de zéro.

Mia le repoussa doucement vers la chambre et referma à clé la porte de la salle de bains.

Elle ouvrit les robinets, prit son portable et fit défiler les messages qu'elle avait reçus au cours de la soirée.

Tout est prêt, dépêche-toi.

Qu'est-ce que tu fais ? ça va être trop cuit.

Si tu es retenue au restaurant, ce n'est pas grave, je comprends. Dis-moi juste que tout va bien.

Elle relisait pour la troisième fois ce dernier message de Paul quand l'appareil vibra dans le creux de sa main.

Je vais écrire. Je coupe mon portable.
On se parlera demain, ou pas.

Il était presque minuit, Mia éteignit son téléphone, ôta ses vêtements et entra dans la douche.

*

Paul dévala les escaliers, poussa la porte cochère et inspira l'air du soir à pleins poumons. Moustache baissait le rideau de fer de son café. Il entendit des pas et se retourna.

— Qu'est-ce que vous faites là, monsieur Paul, à traîner sur le trottoir comme une âme en peine ?

— Je promène mon chien.
— Vous avez un chien, maintenant ? Il est où, il est parti courir la gueuse ?
— Vous avez faim, Moustache ?
— J'ai toujours un petit creux, mais là, ma cuisine est fermée.
— Pas la mienne. Venez.

En entrant dans l'appartement de Paul, Moustache s'étonna d'y découvrir une table nappée d'un coton blanc, où trônait un chandelier au centre d'un couvert élégamment dressé.
— Salade printanière aux écrevisses, carré d'agneau en croûte de parmesan et un saint-honoré en dessert... ah, j'oubliais, un très beau plateau de fromages et un Sarget de Gruaud-Larose 2009 pour accompagner le tout, ça vous ira ? demanda Paul.
— Faudrait être difficile, mais ôtez-moi d'un doute, ce dîner aux chandelles, c'est pas pour moi que vous l'avez préparé, monsieur Paul ? Parce que...
— Non, Moustache, ce n'était pas pour vous, d'ailleurs le carré d'agneau sera trop cuit.
— Je comprends, répondit Moustache en dépliant sa serviette.
Les deux hommes soupèrent jusque tard dans la nuit. Moustache parla de son Auvergne natale qu'il avait quittée à vingt ans pour devenir louchébem. Il raconta son mariage, son divorce, l'acquisition de son premier café à la Bastille avant que les Bobos n'envahissent l'arrondissement – il n'aurait jamais dû le vendre –, puis du suivant à Belleville avant que les

mêmes Bobos ne s'y installent, et son déménagement dans un quartier dont le devenir ne faisait aucun doute.

Paul ne raconta rien, il écouta son invité, perdu dans ses pensées.

À 2 heures du matin, Moustache tira sa révérence en félicitant Paul pour la qualité de sa cuisine.

Sur le pas de la porte, il lui tapota l'épaule et soupira.

— Vous êtes un chic type, monsieur Paul. J'ai jamais lu vos livres, la lecture, c'est pas mon truc, mais les gens du quartier m'en ont dit le plus grand bien. Quand vous reviendrez de là-bas, je vous emmènerai dîner dans un endroit où se retrouvent les travailleurs de la nuit. Ce listrobem n'est pas dans les guides, mais son latronpuche est un sacré cuistot, vous m'en direz des nouvelles.

Paul lui confia un double de ses clés en lui avouant qu'il ne savait pas quand il reviendrait. Moustache glissa le trousseau dans sa poche et sortit sans un mot.

15.

Il faisait frais ce jeudi-là. Naviguant sur la Seine, David évoqua quelques anecdotes de leur premier séjour à Paris. Mais revenir sur la grève ne fait pas pour autant remonter la marée. Ils partagèrent une glace sur l'île Saint-Louis, et retournèrent à l'hôtel. Ils y firent l'amour et traînèrent un peu au lit.

En milieu d'après-midi, David appela le concierge afin qu'il réserve deux places pour la meilleure pièce de théâtre du moment, ainsi que deux billets d'avion pour Londres le lendemain. En raccrochant, il annonça à Mia que le moment était venu de rentrer chez eux. Il lui proposa de l'accompagner pour récupérer ses affaires à Montmartre.

Mia répondit qu'elle préférerait préparer sa valise seule. Elle irait embrasser Daisy avant de le rejoindre. Elle lui promit d'être à l'heure et quitta la suite.

La voiture de maître la déposa rue Poulbot. Mia pria le chauffeur de bien vouloir l'attendre. Elle monta à l'appartement, laissant sa main glisser lentement sur la rambarde de l'escalier.

Sa valise bouclée, elle sortit du placard le portrait de Daisy, avant de quitter l'appartement.

*

Paul imprima ses chapitres, rangea les feuillets dans un dossier qu'il glissa dans sa valise.

Il vida le contenu du réfrigérateur, ferma les volets et vérifia les robinets. Enfin, il fit le tour de son appartement, descendit les poubelles et partit rejoindre son éditeur.

*

En quittant Montmartre, Mia demanda au chauffeur de la conduire rue de Bretagne.

— Vous pouvez vous arrêter là un instant ? dit-elle devant le numéro 38.

Elle baissa la vitre et y passa la tête. Les volets du quatrième étage étaient clos.

Quand la voiture redémarra, elle prit son portable pour relire le message qu'elle avait reçu en fin de matinée.

Mia,
Je suis en colère mais je ne veux pas que tu le saches.
Cette nuit, j'ai poussé ma cantatrice sous un bus, elle n'avait qu'à faire attention en traversant.
J'ai appelé le restaurant, Daisy m'a dit qu'il ne t'était rien arrivé de grave, c'est l'essentiel.
Je comprends ton silence, c'est peut-être mieux ainsi, les au revoir n'ont aucun sens.
Merci pour ces moments précieux.
Prends soin de toi, même si cette phrase n'a aucun sens.
Paul

En arrivant à l'hôtel, Mia s'inventa une migraine. David prévint le concierge de libérer les places de théâtre et fit monter leur repas dans la suite.

*

À 23 heures, Daisy salua ses derniers clients. En rentrant dans son appartement elle découvrit un portrait d'elle accompagné d'un petit mot sur le comptoir de la cuisine.

Ma Daisy,
Je repars en Angleterre. Je n'ai pas eu le courage de passer au restaurant. Je suis jalouse de ta nouvelle serveuse. La vérité, c'est qu'en te voyant, j'aurais probablement changé d'avis. Ces journées que tu m'as

offertes à Paris m'ont dessiné une nouvelle vie, une vie que je m'étais mise à aimer. Mais j'ai entendu tes conseils, alors, je retourne à la mienne et te laisse à la tienne.
Je te téléphonerai de Londres d'ici quelques jours, quand j'aurai repris mes marques. J'ignore si tu savais que David allait venir me chercher, tu as bien fait de ne pas m'en avertir.
Je ne saurai jamais comment te remercier d'être mon amie, d'être toujours là quand j'ai besoin de toi, de me tenir tête, de prendre le risque que l'on se fâche ne serait-ce qu'un soir, pour ne jamais me mentir. Moi, je t'ai menti, tu sais à quel sujet, et je m'en excuse.
Ce dessin de toi, c'est un caricaturiste de la place qui l'a réalisé. Tu le reconnaîtras facilement, il est assez bel homme, presque aussi beau que le regard qu'il porte sur toi.
Tu me manques déjà.
Ton amie qui t'aime comme une sœur.
Mia
PS : *N'oublie pas ta promesse. Fin septembre, la Grèce sera à nous et à nous seules. Je m'occupe de tout.*

Daisy se précipita sur son téléphone. N'arrivant pas à joindre Mia, elle lui texta un message.

J'espère que je vais te manquer autant que tu me manques. Ma nouvelle serveuse est une cruche, elle a du poil sous les bras et a cassé deux assiettes. Tu as intérêt à me téléphoner très vite.
Sois folle, mais pas au point d'écouter mes conseils. Je t'en supplie, ne le fais jamais.
Sauf en cuisine, ta meilleure amie est nulle en tout et particulièrement en ce qui concerne la vie.
Moi aussi je t'aime comme une sœur.

*

Le chauffeur emprunta la bretelle qui menait vers l'aéroport. Il se rangea le long du trottoir. David ouvrit la portière, et tendit la main à Mia. Elle allait sortir de la voiture quand les portes du terminal s'ouvrirent. Mia avait suffisamment de métier pour reconnaître des paparazzi, surtout quand ces derniers ne prenaient même pas la peine de se cacher. Elle en repéra deux plantés devant les bornes d'enregistrement.

Salaud ! Qui d'autre que toi pouvait les avoir prévenus ? Ta visite à Paris, ton numéro de charme, c'était pour qu'on nous voie ensemble. Sur le bateau-mouche, tu te serais trahi, mais à l'aéroport, c'est le hasard, bien sûr. Et moi, comme une conne, je t'ai cru...

— Tu viens ? s'impatienta David.

— Attends-moi à l'intérieur, je voudrais appeler Daisy, un truc de fille à lui dire.

— Je m'occupe des valises ?

— Non, vas-y, le chauffeur s'en chargera, on te rejoint dans cinq minutes.

— D'accord, je vais acheter des journaux, mais ne tarde pas.

Dès que David s'éloigna, Mia referma la portière et se pencha vers le chauffeur.

— Quel est votre prénom ?

— Maurice, madame.

— Maurice, vous connaissez bien cet aéroport ?

— J'y conduis des passagers en moyenne quatre à six fois par jour.

— Vous savez d'où partent les vols pour l'Asie ?

— Du terminal 2E.

— Alors Maurice, le vol de Séoul décolle dans quarante-cinq minutes, si vous m'y amenez dans les cinq minutes, vous aurez un énorme pourboire, promit-elle en fouillant son sac.

Le chauffeur démarra sur les chapeaux de roues.

— Vous acceptez les cartes de crédit ? reprit Mia confuse. Je n'ai pas de liquide sur moi.

— Vous allez le prendre, cet avion ?

— Je vais essayer.

— Oubliez le pourboire, dit-il en slalomant entre un taxi et un bus. Je trouve ce type imbuvable.

La voiture roula à toute berzingue et, trois minutes plus tard, elle se rangea devant le terminal 2E.

Le chauffeur se précipita pour ouvrir le coffre, en sortit la valise de Mia et la posa sur le trottoir.

— Qu'est-ce que je fais de la sienne ?

— Vous venez d'hériter d'une collection de pulls en cachemire, et de chemises en soie. Merci, Maurice.

Mia attrapa son bagage et se hâta vers la zone d'enregistrement.

Il ne restait qu'une seule hôtesse derrière les comptoirs.

— Bonjour, je dois partir à Séoul, c'est urgent.

L'hôtesse esquissa une moue dubitative.

— J'étais en train de fermer le vol et je crains que tout soit complet.

— Je suis prête à voyager dans les toilettes s'il le faut.

— Pendant onze heures ? renchérit l'hôtesse en relevant la tête. Je peux vous mettre sur le vol de demain.

— S'il vous plaît, implora Mia en ôtant ses lunettes.

L'hôtesse l'observa et son visage s'éclaira.

— Vous êtes... ?

— Oui, je suis ! Vous pouvez m'obtenir un siège ?

— Vous auriez dû me le dire plus tôt, il m'en reste un en première, mais c'est du plein tarif.

Mia posa sa carte de crédit sur le comptoir.

— Quelle date pour le retour ? s'enquit l'hôtesse.

— Je n'en ai aucune idée.

— Il m'en faut une.

— Dans huit jours, ou dans dix, ou quinze...

— Huit, dix ou quinze ?

— Quinze ! S'il vous plaît, dépêchez-vous.

L'hôtesse se mit à taper à toute vitesse sur son clavier.

— Votre valise ! Il est trop tard pour l'enregistrer...

Mia s'agenouilla pour ouvrir son bagage, prit sa trousse de toilette et quelques affaires qu'elle fourra dans son sac.

— Je vous offre le reste !

— Mais non, je ne peux pas, dit l'hôtesse en se penchant par-dessus son comptoir.

— Mais si, vous pouvez.

— Dans quel hôtel descendez-vous ?

— Je n'en sais rien.

L'hôtesse, qui n'en était plus à une surprise près, tendit à Mia sa carte d'embarquement.

— Maintenant courez, je préviens le chef de passerelle de retarder la fermeture des portes.

Mia prit son billet, ôta ses escarpins et se précipita vers la sécurité, ses chaussures à la main.

Elle arriva hors d'haleine dans la coursive, repéra la porte, hurla pour qu'on l'attende et ne ralentit le pas qu'une fois la passerelle gagnée.

Avant d'entrer dans l'avion, elle essaya de retrouver un semblant de contenance et tendit sa carte d'embarquement au steward qui l'accueillit avec un grand sourire.

— C'était moins une, vous êtes assise au 2A, dit-il en lui désignant son siège.

Mia passa devant le fauteuil sans s'y arrêter et remonta la travée.

Le steward eut beau l'appeler, elle poursuivit son chemin.

Elle s'arrêta devant une rangée, tendit sa carte d'embarquement à un passager et lui annonça qu'il venait d'être surclassé en première. L'homme ne se le fit pas dire deux fois et céda sa place.

Mia ouvrit le compartiment à bagages, réussit à y loger son sac entre deux valises cabines et s'abandonna sur son siège en poussant un grand soupir.

Paul ne releva pas la tête du journal qu'il feuilletait.

Le steward annonça au micro la fermeture des portes. Les passagers étaient priés de boucler leur ceinture et de couper leurs appareils électroniques.

Paul rangea son magazine dans la pochette devant lui et ferma les yeux.

— On en parle ou on se fait la gueule pendant onze heures ? lâcha Mia.

— Pour l'instant, on se tait et on meurt. Un suppositoire de trois cents tonnes va essayer de quitter le plancher des vaches, et quoi qu'on dise, c'est contre nature. Alors jusqu'à ce qu'il soit en haut, on respire, on se calme, et on ne fait rien d'autre.

— D'accord, répondit Mia.

— Le billet en première, ça vous a coûté combien ?

— Je croyais qu'on se taisait ?

— Vous n'auriez pas un anesthésiant sur vous ?

— Non.

— Un Valium ?

— Non plus.

— Une batte de baseball, alors ? Si vous pouviez avoir l'obligeance de m'assommer et de ne me ranimer qu'une fois arrivés.

— Calmez-vous, tout va bien se passer.

— Vous êtes pilote ?

— Donnez-moi votre main.

— Je ne préfère pas, elle est moite.

Mia posa la sienne sur le poignet de Paul.

— Qu'est-ce que vous aviez préparé à dîner ?

— Vous pouvez toujours courir pour le savoir !

— Vous ne me demandez pas pourquoi je ne suis pas venue ?

— Non. C'est normal, ce bruit ?

— Ce sont les réacteurs.

— Et c'est normal qu'ils fassent autant de bruit ?

— Si vous voulez qu'on décolle, oui.

— Alors, est-ce qu'ils font assez de bruit ?

— Ils font exactement le bruit qu'il faut.

— Le boum-boum que j'entends, c'est quoi ?

— Votre cœur.

*

L'avion s'éleva dans les airs. Peu après le décollage quelques turbulences secouèrent la carlingue. Paul serra les dents, son front ruisselait.

— Vous n'avez aucune raison d'avoir peur, le rassura Mia.

— Il n'est pas nécessaire d'avoir des raisons pour avoir peur, répondit Paul.

Il regrettait de ne pas avoir goûté au petit cadeau que Cristoneli lui avait offert en l'accompagnant à l'aéroport. Un tabac à priser de sa composition qui l'aurait, selon lui, soulagé de toute inquiétude pendant quelques heures. Paul, hypocondriaque au point d'hésiter à prendre de l'aspirine quand il avait une migraine de crainte de faire une hémorragie, avait choisi de ne pas rajouter d'angoisse à ses angoisses.

L'appareil atteignit son altitude de croisière et le personnel navigant commença à circuler dans les allées.

— Ils se sont détachés, c'est bon signe ! S'ils se lèvent, c'est que tout va bien, non ?

— Tout va bien depuis le décollage et tout ira bien jusqu'à l'atterrissage, mais si vous restez cramponné aux accoudoirs pendant onze heures, je crains qu'il ne faille utiliser des forceps à l'arrivée pour vous libérer.

Paul examina ses mains blanchies et desserra les doigts.

L'hôtesse leur proposa des boissons, Mia s'étonna que Paul se contente d'un verre d'eau.

— J'ai entendu dire que l'alcool ne faisait pas bon ménage avec l'altitude.

Mia opta pour une double rasade de gin.

— Ce n'est peut-être pas vrai pour les Anglais, remarqua Paul en la regardant vider son verre d'un trait.

Mia ferma les yeux et inspira profondément. Paul l'observait en silence.

— Je croyais que nous avions décidé de ne pas en parler, enchaîna-t-elle, les yeux toujours clos.

Paul reprit la lecture de son magazine.

— J'ai beaucoup travaillé ces deux dernières nuits. Ma cantatrice a vécu plein d'aventures. Figurez-vous que son ex a refait surface et elle, évidemment, a replongé. Maintenant, reste à savoir si là, ça compte ou pas, poursuivit-il en tournant nonchalamment une page. D'ailleurs, je ne veux pas le savoir, ça ne me regarde pas, j'avais juste envie de poser la question, c'est fait, maintenant, parlons d'autre chose.

— Qu'est-ce qui vous a inspiré une telle idée ?

— Je suis romancier, que voulez-vous, je gamberge.

Paul referma son magazine.

— C'est de la voir malheureuse qui me chagrine. Je ne sais pas pourquoi, pourtant c'est ainsi.

Le steward les interrompit pour leur proposer un plateau-repas. Paul refusa le sien et annonça que Mia n'avait pas faim. Elle voulut protester, mais le steward avançait déjà vers le rang suivant.

— Enfin, de quoi je me mêle, je suis affamée ! s'écria-t-elle.

— Ah, mais moi aussi je meurs de faim. Seulement, ces petites barquettes ne sont pas faites pour nous nourrir mais pour nous distraire, le jeu consiste à essayer de deviner ce qu'elles contiennent.

Paul défit sa ceinture pour attraper son sac dans le compartiment à bagages. Aussitôt revenu à sa place, il en sortit dix petites boîtes hermétiques, et les posa sur la tablette de Mia.

— Qu'est-ce que c'est ? demanda-t-elle.

— Ça vous intéresse de savoir ce que j'ai préparé, cette fois ?

Mia souleva les couvercles et découvrit quatre petits sandwichs de pain de mie au saumon fumé, deux tranches de terrine de légumes, deux petits blocs de foie gras, deux salades de pommes de terre aux truffes noires et, dans les dernières boîtes, deux éclairs au café. Elle regarda Paul, étonnée.

— Eh bien oui, pendant que je faisais ma valise, j'ai songé que quitte à mourir en l'air autant que ce soit en beauté.

— Et vous mangez toujours pour deux ?

— Je n'allais pas festoyer pendant que mon voisin de siège lorgnerait sur son plateau-repas au bord du suicide, ça m'aurait gâché le plaisir.

— Vous pensez vraiment à tout.

— Seulement à l'essentiel, mais ça m'occupe déjà beaucoup.

— Votre traductrice vous attend à l'aéroport ?

— Je l'espère, répondit Paul, pourquoi ?

— Pour rien, enfin si... nous n'aurons qu'à prétendre que je suis votre accompagnatrice, détachée par votre maison d'édition.

— Non, nous n'aurons qu'à dire que nous sommes amis.

— Si vous voulez.

— Et puisque nous sommes amis, si vous m'expliquiez ce que vous faites à bord de cet avion au lieu d'être dans votre restaurant.

— Il est drôlement bon, ce foie gras, vous l'avez acheté où ?

— Je vous prierais de ne pas me piquer mes répliques.

— J'avais besoin de m'éloigner.

— De quoi ?

— De moi.

— Il est donc revenu ?

— Disons qu'elle a plongé, mais elle a très vite manqué d'air, répondit Mia.

— Je suis content que vous soyez là.

— C'est vrai ?

— Non, je disais ça pour être poli.

— Moi aussi, je suis contente d'être là. Depuis le temps que je rêvais de découvrir Séoul.

— Vraiment ?

— Non, je disais ça pour être polie.

À la fin du repas, Paul rangea les barquettes dans le sac et se leva.

— Vous allez où ?

— Faire la vaisselle.

— Vous plaisantez ?

— Absolument pas, je ne vais pas leur laisser mes Tupperware, j'en aurai besoin au retour.

— Vous ne comptez plus vous installer en Corée ?

— Nous verrons bien.

Ils consultèrent le programme des divertissements. Mia opta pour une comédie romantique et Paul pour un thriller. Dix minutes plus tard, Paul suivait le film qui défilait sur l'écran de Mia et Mia celui sur l'écran de Paul. Ils échangèrent d'abord un regard, puis leurs écouteurs, et enfin leur siège.

*

Paul finit par s'endormir et Mia veilla à ce qu'on ne le réveille pas durant la descente. Il rouvrit les yeux lorsque les roues de l'appareil touchèrent le sol et se raidit tandis que le pilote inversait la poussée des réacteurs. Mia le rassura, son cauchemar touchait à sa fin, dans quelques instants ils débarqueraient.

*

Après le contrôle des passeports, Paul récupéra sa valise sur le tapis à bagages et la posa sur un chariot.

— La vôtre n'est pas encore sortie ? s'inquiéta-t-il.

— Je n'ai que ça, dit-elle en montrant la besace qu'elle portait à l'épaule.

Paul s'abstint de tout commentaire. Il contemplait les portes coulissantes devant lui, essayant de réfléchir à la façon dont il se comporterait en les franchissant.

Un groupe d'une trentaine de lecteurs avait déployé une banderole où était inscrit : « Bienvenue Paul Barton ».

Mia mit ses lunettes noires.

— Aller jusqu'à recruter des figurants, je dois reconnaître qu'ils ont l'art et la manière de recevoir, siffla Paul à Mia en scrutant ces visages, à la recherche de Kyong.

Il jeta un œil par-dessus son épaule, Mia avait disparu. Il crut la voir franchir le portillon et se fondre dans la foule qui attendait les passagers.

Le groupe se précipita vers lui, carnets et stylos en main, le suppliant de signer des autographes. D'abord gêné, Paul se plia de bonne grâce au jeu des signatures jusqu'à ce que son éditeur coréen vienne dissiper ce petit monde et lui tende une main chaleureuse.

— Bienvenue à Séoul, monsieur Barton, c'est un honneur de vous recevoir.

— Tout l'honneur est pour moi, répliqua Paul en continuant de scruter la foule. Il ne fallait pas.

— Il ne fallait pas quoi ? questionna l'éditeur.

— Ces gens...

— Nous avons essayé de les contenir, mais vous êtes très populaire ici et vous étiez attendu. Ils patientent depuis plus de trois heures, vous savez.

— Mais pourquoi ?

— Pour vous voir, bien sûr, précisa l'éditeur. Allons-y, une voiture va nous conduire jusqu'à votre hôtel, vous devez être épuisé après ce long voyage.

Mia les rejoignit à l'extérieur du terminal.

— Madame est avec vous ? s'enquit l'éditeur.

Mia se présenta.

— Mademoiselle Grinberg, je suis l'assistante de M. Barton.

— Enchanté, mademoiselle, répondit l'éditeur, M. Cristoneli ne nous avait pas informé de votre présence.

— Le bureau de M. Barton s'est occupé directement de mon voyage, ceci explique cela.

Paul en resta coi. L'éditeur les invita à prendre place dans la berline. Il s'installa à l'avant, Mia et Paul à l'arrière, après qu'il eut jeté un dernier regard vers le trottoir.

La voiture démarra et se dirigea vers le centre-ville.

Paul, l'air absent, observait le paysage de banlieue défiler derrière la vitre.

— Ce soir, nous dînerons en petit comité, déclara l'éditeur. Quelques collaborateurs de la maison, dont notre directeur du marketing, Mlle Bak, votre attachée de presse, le directeur de la librairie, où vous ferez vos signatures, se joindront à nous. Ne vous inquiétez pas, cela ne durera pas trop longtemps. Vous aurez besoin de repos, les journées à venir seront chargées. Voici votre programme, annonça-t-il en tendant une enveloppe à Mia. Mademoiselle Grinberg, vous êtes logée dans le même établissement que M. Barton ?

— Absolument, répondit Mia en regardant Paul.

Paul ne prêtait aucune attention à la conversation. Kyong n'était pas venue à l'aéroport. Il pensa que la présence de son patron l'en avait probablement empêchée.

Mia lui tapota le genou pour le rappeler à l'ordre.

— Paul, intervint-elle, votre éditeur vous demande si vous avez fait bon voyage.

— Je suppose. Je suis resté entre les ailes et tout s'est bien passé.

— Nous comptons beaucoup sur cette émission de télévision à laquelle vous participerez demain. Autre événement considérable, l'ambassadeur organise une réception lundi en votre honneur. Y ont été conviés quelques journalistes ainsi que des membres éminents de la faculté de Séoul. Je préviendrai le secrétariat de l'ambassadeur de la présence de votre collaboratrice.

— N'en faites rien, dit Mia, M. Barton peut s'y rendre sans moi.

— C'est hors de question, nous serons ravis de vous compter parmi nous, n'est-ce pas, monsieur Barton ?

Paul, le visage collé à la vitre, ne répondit pas. Comment Kyong se comporterait-elle au dîner ? Devait-il adopter une certaine réserve à son égard pour ne pas l'indisposer devant son employeur ?

Mia lui donna un coup de coude discret.

— Oui ? questionna Paul.

Devinant la fatigue qui semblait accabler son auteur, l'éditeur garda le silence jusqu'à l'hôtel.

La voiture se rangea sous l'auvent. Une jeune femme vint à leur rencontre.

— Mlle Bak vous assistera pour vos formalités d'enregistrement et vous accompagnera au restaurant où je vous retrouverai ce soir. De mon côté, j'ai encore beaucoup à faire avant l'inauguration du Salon. D'ici là, reprenez des forces, je vous salue et vous dis à tout à l'heure.

L'éditeur remonta à bord de la voiture qui s'éloigna.

Mlle Bak pria Paul et Mia de bien vouloir lui remettre leurs passeports et de la suivre jusqu'à la réception. Un chasseur s'empara du bagage de Paul.

Le réceptionniste rougit en voyant Paul.

— C'est un grand honneur, monsieur Barton. J'ai lu tous vos livres, chuchota-t-il.

— C'est très gentil à vous, répondit Paul.

— Mademoiselle Grinberg, je ne trouve pas votre réservation, reprit-il, l'air contrit, auriez-vous votre confirmation ?

— Non, je ne l'ai pas, dit Mia.

Le réceptionniste se remit à chercher dans l'ordinateur, plus gêné encore lorsque Mlle Bak lui fit remarquer que M. Barton avait effectué un long voyage et qu'il leur faisait perdre du temps.

Paul recouvra ses esprits et se pencha sur le comptoir.

— Il y a probablement une erreur, dit-il, cela arrive à tout le monde ; donnez-nous une autre chambre.

— Mais monsieur Barton, l'hôtel est plein, je peux essayer auprès d'un autre établissement, hélas avec le Salon du livre, je crains fort que tous n'affichent complet.

Mia regardait ailleurs.

— Bien, reprit Paul sur un ton jovial, ce n'est pas grave. Mlle Grinberg et moi travaillons ensemble depuis tant d'années, une chambre à deux lits fera l'affaire.

— Je n'en ai plus aucune, nous vous avions surclassé dans une suite, mais elle ne comprend qu'un lit, très grand du reste, un King Size !

Mlle Bak était à deux doigts de défaillir. Paul l'attira à l'écart.

— Vous avez déjà pris l'avion, mademoiselle Bak ?

— Non, jamais monsieur Barton, pourquoi ?

— Parce que moi si, et croyez-moi, après avoir passé onze heures à dix mille mètres d'altitude, séparé des nuages par une simple cloison et un petit hublot, plus rien en ce bas monde ne peut m'inquiéter. Nous allons partager cette suite, vous n'en direz rien à votre patron, ni à personne d'ailleurs, vous veillerez à ce que ce jeune homme oublie jusqu'à la présence de Mlle Grinberg, et ceci restera notre petit secret.

Mlle Bak déglutit et son visage sembla retrouver ses couleurs.

— Deux clés, dit Paul au réceptionniste en revenant vers lui. On y va, mademoiselle Grinberg ? ordonna Paul, ironique, en se tournant vers Mia.

Pas un mot ne fut échangé dans l'ascenseur, ni dans le long couloir qui menait à la chambre, et toujours rien jusqu'à ce que le chasseur ait déposé la valise de Paul et se soit retiré.

— Je suis désolée, dit Mia, je n'avais pas pensé une seconde...

Paul s'allongea sur le canapé, ses jambes dépassaient de l'accoudoir à partir des genoux.

— Ça ne va pas être possible, soupira-t-il en se redressant.

Il prit un coussin, le posa sur la moquette et s'allongea.

— Ça non plus, enchaîna-t-il, en se frottant le bas du dos.

Il ouvrit la penderie, se hissa sur la pointe des pieds, attrapa deux polochons et les juxtaposa pour séparer le lit en deux.

— Gauche ou droite ? demanda-t-il.

— Il doit bien y avoir dans tout Séoul un Bed and Breakfast qui ait une chambre libre ? s'exclama Mia.

— Bien sûr, et vous allez faire les petites annonces en coréen ? Nous allons juste établir quelques règles. Vous prendrez la salle de bains en premier le matin et moi en premier le soir. Pour le choix des programmes de télévision, je vous laisse la télécommande, mais pas de sport. Avant de dormir, vous mettrez des bouchons dans vos oreilles, je ne ronfle pas, mais au cas où, je tiens à ma dignité. Si d'aventure je parlais dans mon sommeil, rien de ce qui sera dit ne pourra être retenu contre moi. Sous ces conditions, je crois que nous pourrons nous accommoder de cette situation. J'ai assez de motifs de stress comme ça pour ne pas en rajouter. Et puis quelle idée vous a pris de raconter que vous étiez mon assistante ? Franchement, j'ai une tête à avoir une assistante ?

— Je ne crois pas qu'il y ait de tête particulière pour avoir une assistante.

— Vous en avez déjà eu ? Non ? Bon ! Vous avez au moins une brosse à dents dans votre sac parce que ça, je ne partage pas. Le dentifrice je veux bien, mais pas la brosse, grommela Paul en arpentant la chambre.

— Ne soyez pas si nerveux, vous la verrez au dîner.

— Devant quinze personnes ! Ce voyage commence sous les meilleurs auspices. Je vais devoir appeler une amie par son nom de famille et la femme que j'aime en lui servant du Mlle Kyong. Rapatant comme dirait mon merveilleux éditeur.

— Merci, rétorqua Mia en s'allongeant sur le lit.

— De quoi ?

— Votre amie... cela me touche beaucoup.

Elle avait placé ses mains sous sa nuque et fixait le plafond. Paul l'observa.

— Vous avez choisi de dormir côté gauche ?

Mia enjamba les coussins, sauta à plusieurs reprises sur la partie droite du lit avant de revenir de l'autre côté.

— Finalement, je préfère à gauche.

— Vous n'étiez pas obligée de défoncer tout le lit.

— Non, mais ça me faisait plaisir. Puisque c'est l'après-midi, on tire la salle de bains à la courte paille ?

Paul haussa les épaules, pour lui signifier qu'elle pouvait en disposer. Il en profita pour défaire sa valise et ranger ses vêtements dans la penderie, cachant caleçons et chaussettes sous une pile de chemises.

Mia réapparut une demi-heure plus tard, en peignoir, une serviette nouée autour de la tête.

— Vous comptiez les carrelages de la douche ? ironisa Paul.

En entrant dans son bain, il entendit Mia lui parler depuis la chambre.

— Départ de l'hôtel à 11 heures, inauguration à midi, signature dédicace à 13 heures, pause déjeuner de 14 h 15 à 14 h 30, signature dédicace de 14 h 30 à 17 heures, retour à l'hôtel, redépart pour les studios de télévision à 18 h 30, maquillage à 19 heures, en plateau à 19 h 30, fin de l'émission à 21 heures, dîner et fin... *Quand je pense que je me plains de mes plannings quand je fais la promotion d'un film.*

— Qu'est-ce que vous racontez ? cria Paul.

— En bonne assistante, je vous lisais votre emploi du temps de demain.

Paul bondit hors de la salle de bains, emmitouflé dans des serviettes.

Mia éclata de rire.

— Je ne vois pas ce qu'il y a de drôle !

— Vous avez l'air d'un fakir.

— Ai-je entendu un quart d'heure pour déjeuner ? Ils m'ont pris pour qui ?

— Pour une célébrité. L'accueil à l'aéroport était impressionnant, sans parler du réceptionniste, je suis très fière de vous.

— Il y avait plus de monde qui m'attendait à la sortie de cet avion que lorsque je fais des signatures en librairie ; je suis certain que ces gens étaient payés pour être là.

— Ne soyez pas si modeste et, je vous en supplie, allez vous habiller, le pagne ne vous avantage pas.

Paul ouvrit la porte du dressing et se regarda dans le miroir.

— Je ne suis pas d'accord, ça me va plutôt bien, je devrais peut-être faire l'émission dans cette tenue. Ça y est, j'ai le trac.

Mia s'approcha de Paul, détailla le contenu de la penderie, décrocha un pantalon gris, une veste noire et prit une chemise blanche sur l'étagère.

— Tenez, dit-elle en les lui tendant, vous serez très bien comme ça.

— Vous êtes sûre que la bleue ne serait pas mieux ?

— Non, pas avec votre mine, il est préférable que la chemise soit plus pâle que votre visage ; après une ou deux nuits de repos nous verrons si le bleu vous convient.

Elle ouvrit son sac et constata que le peu de tenues qu'elle avait emportées étaient froissées.

— Je vais rester là et commander un repas dans la chambre, soupira-t-elle, abandonnant tout par terre.

— De combien de temps disposons-nous, mademoiselle Grinberg, avant ce dîner ? interrogea Paul en empruntant un ton précieux.

— Deux heures, monsieur Barton, et ne prenez pas goût à ce petit jeu car vous pourriez avoir ma démission avant de l'avoir commencé.

— Habillez-vous et je vous prierais d'être un peu plus respectueuse envers votre employeur.

— Où allons-nous ?

— Visiter Séoul, c'est la seule chose qui me vienne à l'esprit pour nous tenir éveillés jusqu'à ce foutu dîner.

Ils redescendirent dans le hall. En les voyant sortir de l'ascenseur, Mlle Bak bondit et se mit au garde-à-vous.

Paul lui expliqua à l'oreille ce qu'il avait en tête. Elle s'inclina et ouvrit le chemin.

Mia s'étonna de devoir parcourir à pied un boulevard qui ne présentait aucun attrait touristique et son étonnement redoubla quand Mlle Bak entra dans un centre commercial. Paul, docile, suivait le guide et s'engagea sur les escalators.

— Je peux savoir ce qu'on fait ici ? demanda Mia.

— Non, répondit Paul.

Au troisième étage, Mlle Bak désigna une vitrine. Elle resta à l'entrée du magasin et pria Paul de faire appel à elle s'il avait besoin de ses services. Paul s'aventura à l'intérieur, Mia lui emboîta le pas.

— Offrir une robe à Kyong est une attention délicate, mais elle aurait certainement préféré qu'elle vienne de Paris.

— Je sais, je n'y avais pas pensé !

— Nous allons tenter de réparer cette erreur, vous connaissez sa taille ou ses mensurations ?

— Sensiblement identiques aux vôtres.

— Ah oui ? *Je l'imaginais plus petite que moi, et un peu grosse aussi.*

Mia fit un tour d'horizon et se dirigea vers un rayonnage.

— Tenez, cette jupe est très jolie, ce pantalon aussi, ce haut est ravissant, celui-là également, ces trois pulls sont parfaits, et cette robe du soir, du plus bel effet.

— Vous avez été costumière dans une autre vie ? questionna Paul, étonné par la rapidité avec laquelle Mia avait sélectionné ces vêtements.

— Non, répliqua-t-elle, j'ai simplement du goût.

Paul s'empara de toutes les pièces que Mia avait choisies avant de se diriger vers une cabine d'essayage.

— Si ça ne vous dérange pas..., reprit-il en tirant le rideau.

— Que ne ferait pas une bonne assistante ! lâcha Mia en s'emparant des vêtements.

Elle entra dans la cabine referma le rideau pour le rouvrir quelques instants plus tard vêtue d'un premier ensemble. Elle pivota sur elle-même jouant au mannequin, le sourire forcé.

— Parfait, dit Paul, on essaie la suivante.

Mia s'exécuta à contrecœur.

Devant l'air perplexe de Paul, Mia fit demi-tour et réapparut vêtue d'un autre pull. Il alla décrocher une robe noire qui lui plaisait beaucoup et la passa pardessus le rideau.

— Un peu trop moulante, non ? s'enquit Mia.

— Essayez-la, nous verrons bien.

— Elle est magnifique, avoua Mia en ressortant de la cabine.

— Je sais, j'ai du goût.

Nouvel essai, Paul trouva la tenue parfaite. Pendant que Mia se rhabillait, il se rendit à la caisse régler ses achats et retrouva Mlle Bak à l'entrée du magasin. Mia ressortit de la cabine et les observa au loin.

— *Mais il se prend pour qui ? Une petite poignée de fans à l'aéroport et ça lui monte à la tête. Si tu veux jouer à la star, tu ne sais pas à qui tu as affaire, mon grand,* ruminait-elle en les rejoignant.

— On rentre à l'hôtel ?

— Un merci, ça vous arracherait la langue ?

— Merci, dit Paul en empruntant les escalators.

— Vous espérez faire succomber votre traductrice avec deux robes ? lâcha Mia.

— Et une jupe, trois pulls, deux pantalons et deux hauts.

— Une tour Eiffel miniature aurait suffi, en tout cas, ça lui aurait prouvé que vous n'aviez pas pensé à elle au dernier moment.

Ils regagnèrent leur chambre sans s'être adressé la parole. Paul s'allongea à la droite du lit, les mains derrière la nuque.

— Vos chaussures ! s'exclama Mia.

— Elles ne frôlent même pas la couette.

— Ôtez-les quand même.

— À quelle heure viennent-ils nous chercher ?

— Vous n'avez qu'à vous lever et consulter votre feuille de route.

— C'est marrant que vous employiez ce terme, c'est comme ça qu'on nomme un planning de promo.

— Et ça vous étonne qu'une serveuse ait du vocabulaire !

— C'est moi qui suis censé être nerveux, pas vous.

— Moi, moi, moi, il n'y a que vous depuis que nous sommes arrivés. Soyez nerveux tout seul et allez dîner tout seul, aussi. De toute façon, je n'ai rien à me mettre.

— Vous n'avez que l'embarras du choix, tous ces paquets sont pour vous. Vous avez vraiment imaginé que je comptais séduire Kyong en la couvrant de cadeaux ? C'est d'un vulgaire, vous m'avez pris pour qui ?

— *Pour David...* C'est très gentil de votre part, mais il n'en est pas question, il n'y a aucune raison...

— Si, et vous venez de la nommer, vos affaires sont restées à Paris. Vous n'allez pas porter les mêmes vêtements pendant tout le séjour.

— J'irai m'en acheter demain.

— Vous avez déjà fait une folie avec ce billet d'avion. C'était la moindre des choses que je vous aide à mon tour, vous m'avez tenu la main, une main moite, vous m'avez soutenu dans la voiture face à cet éditeur qui ne cessait de parler, et si vous n'étiez pas là, je serais en miettes au milieu de cette suite sinistre, dans cet hôtel sinistre, et dans cette ville au bout du monde. Alors, en tout bien tout honneur, nous allons suspendre ces vêtements dans la penderie, et je vous propose de réserver la robe noire pour la soirée chez l'ambassadeur.

— Je tiens à vous rembourser, vous en avez eu pour une fortune.

— Moi non, Cristoneli en revanche... Je lui ai soutiré une avance astronomique avant d'accepter ce voyage.

Mia emporta un des sacs vers la salle de bains.

— Je vous laisse ranger le reste, je dois me préparer.

Lorsqu'elle en ressortit, une demi-heure plus tard, Paul la trouva encore plus belle que lors des essayages, et elle était pourtant à peine maquillée.

— Alors ? dit-elle.

— *Renversante !...* Pas mal, ça vous va très bien.

— La jupe n'est pas trop courte ?... *Comment ça, pas mal ?*

— *Vous êtes sublime !...* Non, je pense qu'elle est à la bonne taille.

— *Tu sais combien d'hommes se damneraient pour être avec moi dans cette suite, et toi tu me trouves juste « pas mal » ?...* Et le haut, pas trop décolleté ?

— *Un centimètre de plus et vous déclencheriez une émeute dans le restaurant...* Non, juste ce qu'il faut, vraiment je vous assure, cette tenue vous va parfaitement.

— *Attends de voir la tête que fera ta traductrice en me voyant et tu m'en diras des « pas mal »...* Puisque vous le dites, je vous fais confiance.

— *Qu'est-ce qui t'arrive, mon vieux ?*

— Vous disiez quelque chose ?

— Non, rien.

Paul leva le pouce et se retira pour aller se préparer.

*

En entrant dans le restaurant, Paul sentit les battements de son cœur s'accélérer. Avant de quitter l'hôtel, Mia lui avait prodigué quelques conseils sur le comportement à adopter en de telles circonstances. Ne rien faire qui puisse indisposer Kyong devant ses employeurs, la laisser agir et attendre le bon moment pour se manifester. S'ils étaient assis côte à côte, à défaut de pouvoir effleurer sa main, un frôlement de genoux serait suffisant pour la rassurer.

Et au cas où il ne pourrait l'approcher sans éveiller de soupçons, Paul avait confié un petit mot à Mia pour qu'elle le remette à Kyong à la fin du repas.

Quand tous les convives eurent pris place autour de la table, Paul et Mia échangèrent un regard, Kyong n'avait pas été invitée.

Paul était célébré, les toasts en son honneur se succédaient. Le directeur du marketing de sa maison d'édition coréenne envisageait de regrouper ses ouvrages au sein d'une collection destinée aux étudiants. Il voulut savoir si Paul accepterait d'y ajouter une préface où il expliquerait pourquoi il avait voué son œuvre à une cause si difficile. Paul se demanda s'il se foutait de lui, mais l'anglais de son interlocuteur étant loin d'être parfait, il préféra ne rien répondre. Le chef de la publicité lui présenta la couverture de son dernier roman, montrant fièrement le bandeau qui mentionnait en caractères rouges : *500 000 exemplaires*. Chiffre tout à fait exemplaire pour un auteur étranger, ajouta l'éditeur. Le directeur de la librairie confirma qu'il ne s'écoulait pas un jour sans qu'on ne le lui réclame l'ouvrage plusieurs fois. Mlle Bak attendit son tour pour communiquer la liste des interviews auxquelles Paul devrait se soumettre. Le journal télévisé avait négocié une exclusivité jusqu'à son passage, mais aussitôt libéré de cette obligation, il aurait un entretien avec le quotidien *Chosun*, un autre avec le magazine *Elle* coréen, une heure d'antenne sur les ondes de la radio KBS, un tête-à-tête avec un journaliste de *Movie Week* et une rencontre plus délicate avec le quotidien *Hankyoreh*, connu pour ses positions non conservatrices et seul organe de presse à soutenir la politique d'ouverture du gouvernement avec la Corée du Nord. Quand Paul demanda pourquoi le *Hankyoreh* souhaitait l'interviewer, toute la tablée rit de bon cœur. Paul n'avait pas le cœur à rire et son hébétude contrastait avec l'entrain de ses voisins. Mia vint à sa rescousse, et posa toute une série de questions sur Séoul, le temps qu'il y faisait au cours des saisons, les lieux à visiter, elle entama une conversation sur le cinéma coréen avec l'éditeur de Paul qui fut impressionné par son érudition en la matière. Elle profita de ce rapprochement pour lui suggérer à l'oreille qu'il serait bon d'écourter la soirée, M. Barton étant épuisé.

De retour à l'hôtel, Paul alla directement se coucher. Il ajusta le polochon qui le séparait de Mia et éteignit sa lampe de chevet avant qu'elle ne soit sortie de la salle de bains.

Mia s'installa sous les draps et attendit quelques instants.

— Vous dormez ?

— Non, j'attendais que vous me posiez la question pour dormir.

— Elle vous appellera demain, j'en suis certaine.

— Comment pourriez-vous l'être, elle ne m'a même pas déposé un message à l'hôtel.

— Elle vous avait prévenu dans son mail qu'elle serait débordée. Il arrive que votre travail vous accapare au point que vous ne puissiez rien faire d'autre.

Paul se redressa et passa la tête au-dessus du polochon.

— Un petit message, c'est trop demander ? Elle a été nommée ministre de la Culture ? Et puis pourquoi lui cherchez-vous des excuses ?

— Parce que ça me chagrine de vous voir malheureux et je ne sais pas pourquoi, pourtant c'est comme ça, répondit Mia en se redressant elle aussi.

— Ça devient une manie chez vous de me piquer mes répliques.

— Taisez-vous.

Dans le silence, leurs visages se rapprochèrent et ce qui suivit fut d'une tendresse infinie.

*

— Vous ne m'avez pas embrassé par pitié ? interrogea Paul.

— Vous avez déjà pris une gifle juste après un baiser ?

— Non, pas encore.

Mia posa ses lèvres sur les siennes et lui souhaita bonne nuit. Puis elle ajusta le polochon et éteignit sa lampe de chevet.

— Ça comptait ou pas ? demanda Paul dans le noir.

— Dormez ! répondit Mia.

16.

Mia s'amusait beaucoup à jouer la parfaite assistante, exagérant à outrance sa façon d'appeler Paul « monsieur Barton » chaque fois qu'elle s'adressait à lui. Et, chaque fois, Paul lui lançait un regard incendiaire.

Durant l'inauguration du Salon, tandis que les flashs crépitaient, elle se tint en retrait.

La séance de dédicace marqua une étape dans la vie de Paul.

Trois cents personnes formaient une file qui s'étirait bien au-delà des portes de la librairie. En découvrant l'ampleur de cet accueil, Mia songea à sa propre carrière et à Creston qu'elle aurait dû appeler depuis longtemps. Il devait se faire un sang d'encre. Elle chercha quel mensonge inventer pour ne pas lui révéler où elle était.

De son côté, Paul, assis derrière un bureau, continuait d'enchaîner bonjours et sourires, avec la plus grande difficulté à orthographier ou même comprendre le nom des lecteurs qui se présentaient à lui. Le libraire se pencha à son oreille pour lui présenter ses excuses. Il était regrettable que sa traductrice soit souffrante et n'ait pu venir.

— Kyong est malade ? lui chuchota Paul.

— Non, c'est votre traductrice qui est malade.

— C'est ce que je viens de dire.

— Votre traductrice se prénomme Eun-Jeong.

Une bousculade soudaine mit un terme à leur conversation, l'agent de sécurité éconduisit quelques fans et ordonna au public de reformer une file devant l'estrade.

La pause déjeuner fut prolongée sur ordre de Mia. M. Barton avait besoin de souffler. Paul fut escorté vers la cafétéria de l'établissement qui lui avait été entièrement réservée. Il passa son temps à chercher des yeux le libraire, sans résultat.

— Vous avez l'air soucieux ? demanda Mia.

— Je n'ai pas l'habitude qu'il y ait autant de monde, j'ai le trac et je suis épuisé.

— On le serait à moins. Vous n'avez pas touché à votre assiette. Mangez, vous aurez besoin de force pour le second round. C'est merveilleux ce qui vous arrive, vos lecteurs sont si heureux de vous voir, c'est bouleversant, émouvant, n'est-ce pas ? Je sais, c'est fatigant, mais faites un effort et souriez un peu plus. C'est la plus belle des récompenses que d'être aimé de son public. Cela donne un sens à notre travail, à notre existence, à tout ce qu'on offre aux autres. Quel plus grand bonheur que de partager cette joie avec eux ?

— Vous en avez fait beaucoup de signatures dans votre vie ?

— Ce n'est pas ce que je voulais dire.

— En tout cas, moi, je n'en avais jamais connu de pareille à celle-ci.

— Vous devrez vous y habituer.

— Je ne pense pas, ce n'est pas mon truc. Je n'ai pas quitté la Californie pour vivre ça à l'étranger. Je ne dis pas que ce ne soit pas plaisant et je suis touché, mais je n'ai pas l'étoffe d'une star.

— Cette étoffe vous collera vite à la peau, et vous y prendrez goût, croyez-moi.

— Je suis persuadé du contraire, répondit Paul d'un ton renfrogné.

— Toujours sans nouvelles ? demanda Mia sur un ton détaché.

— Toujours.

— Elle vous en donnera bientôt.

Paul releva la tête.

— À propos d'hier soir...

— Il est temps de rejoindre votre public qui s'impatiente, l'interrompit Mia en se levant.

Les agents de sécurité raccompagnèrent Paul à sa table de signature. Mia demeura à la cafétéria. Dès qu'elle rouvrit, une jeune fan se précipita et chaparda le verre dans lequel Paul avait bu.

Tu as l'air si désarmé face à ce succès, tu as l'air si sincère quand tu affirmes ne pas vouloir de la célébrité, et il fallait que tu me rencontres, moi... peut-être que nous ne sommes pas compatibles..., pensa Mia.

*

Peu à peu, la librairie se vidait. Le dernier lecteur fit un énième selfie avec Paul qui lui offrit son ultime sourire de la journée. Il était exténué et eut presque du mal à se lever de sa chaise.

— C'est la rançon de la gloire, dit le libraire en venant le remercier.

Mia l'attendait près de la sortie en compagnie de Mlle Bak.

— Qui est cette Mme Jonque dont vous m'avez parlé tout à l'heure ? demanda Paul.

— Eun-Jeong, corrigea le libraire. Je vous l'ai déjà dit, elle traduit vos livres, vous lui devez un peu de votre succès. Je ne l'ai jamais rencontrée, mais on doit lui reconnaître une plume remarquable.

— Kyong ! ma traductrice se prénomme Kyong, je sais ce que je dis tout de même, protesta Paul.

— On vous aura mal orthographié son prénom en anglais, notre langue est pleine de subtilités, mais je vous assure qu'elle se prénomme Eun-Jeong, c'est d'ailleurs écrit sur la couverture de chacun de vos livres, en coréen bien sûr. Je regrette qu'elle n'ait pu être présente aujourd'hui, elle aurait été fière d'être à vos côtés.

— Qu'est-ce qu'elle a ?

— Une mauvaise grippe, je crois. Il est temps de partir, votre journée est loin d'être finie et votre éditeur m'en voudrait de vous retenir plus longtemps.

*

Une limousine les ramena à l'hôtel. Mlle Bak s'était installée à l'avant. Paul ne pipait mot et Mia s'en inquiéta.

— Vous allez m'expliquer ce qu'il y a, chuchota Mia.

Paul appuya sur un bouton et la vitre qui les séparait du chauffeur et de Mlle Bak remonta.

— Ça, voyez-vous, je pourrais y prendre goût.

— Paul !

— Elle est malade, une sale grippe à ce qu'il paraît.

— En soi, c'est plutôt une bonne nouvelle. Enfin, pas pour elle, mais cela explique sa désertion et son silence. Réfléchissons, une sale grippe dure quoi ? Huit jours au plus ? Quand est-elle tombée malade ?

— Comment voulez-vous que je le sache ?

— Vous auriez pu vous en inquiéter, vous vous êtes bien inquiété d'elle pour savoir qu'elle était souffrante.

— Pas du tout, c'est le libraire qui m'en a informé, elle aurait dû être là aujourd'hui.

— Et que vous a-t-il dit d'autre ?

— Rien, absolument rien.

— Alors soyons optimistes et espérons que d'ici quelques jours elle soit remise sur pieds... *Elle a peut-être des grands pieds, d'ailleurs, des pieds immenses...*

— Vous murmurez !

— Je ne murmure jamais, le murmure m'est étranger.

Mia se tourna vers la vitre et regarda le paysage.

— Oubliez votre Kyong, au moins jusqu'à ce soir... *oubliez-la tout court, même.* Vous avez une émission importante qui vous attend et il faut vous concentrer.

— Je ne veux pas y aller, j'en ai marre, je veux rentrer à l'hôtel, commander un plateau-repas et me coucher !

— *Et moi donc...* Ne faites pas l'enfant, votre carrière est en jeu, soyez professionnel et prenez sur vous.

— On avait dit jouer à l'assistante, pas au tyran.

— Parce que vous croyez que je joue ? s'offusqua Mia en lui faisant face.

— Pardon, c'est ce trac, je raconte n'importe quoi, je ferais mieux de me taire.

— Vous savez ce qu'a déclaré un jour Sarah Bernhardt à une jeune actrice qui se vantait de ne pas connaître le trac ? « Ne t'inquiète pas ma petite, il viendra avec le talent. »

— Je dois prendre ça pour un compliment ?

— Prenez-le comme vous voudrez. Nous arrivons à l'hôtel, un bain vous fera le plus grand bien. Ensuite, vous vous changerez et vous ne penserez plus qu'à vos personnages, à vos amis, à des choses qui vous rassurent. Ce trac, vous ne pourrez pas l'ignorer, mais vous pouvez le surmonter. Dès que vous entrerez en scène, il disparaîtra.

— Et comment savez-vous tout ça ? souffla Paul avec la voix d'un homme perdu.

— Je le sais, c'est tout. Ayez confiance en moi.

*

Paul se prélassa un long moment dans l'eau moussante. Il enfila le costume et la chemise blanche choisis par Mia. Les caméras avaient horreur du bleu, lui avait-elle confié, ajoutant aussitôt qu'en bleu, les hommes avaient moins de prestance à la télévision. Tout le monde savait cela. Elle commanda une collation vers 18 heures. Paul se força à manger. Elle lui fit ensuite apprendre par cœur une courte introduction destinée à remercier ses lecteurs coréens, à leur dire combien il était sensible à leur accueil, que Séoul était une ville magnifique, même s'il n'avait pas encore eu le temps de la visiter et qu'il était heureux d'être là. Paul récita sa leçon, les yeux rivés sur la pendule de la télévision qui égrenait les minutes. Et plus les minutes s'écoulaient, plus l'angoisse qui l'étreignait grandissait, jusqu'à lui tordre le ventre.

*

Respectant le planning, ils étaient à bord de la limousine à 18 h 30 pile.

À mi-chemin, Paul cogna brusquement à la vitre de séparation et supplia le chauffeur de s'arrêter.

Il se précipita au-dehors de la voiture pour régurgiter sa collation. Mia le soutint par les épaules et quand les spasmes se calmèrent, elle lui tendit un mouchoir et un chewing-gum.

— Rapatant, lança Paul en se redressant. Mains moites dans l'avion et vomissures sur le trottoir, le parfait super-héros. Vous avez tiré le gros lot pour vous sortir de votre quotidien.

— La seule chose qui compte est que votre costume ne soit pas taché. Ça va mieux ?

— Je ne me suis jamais senti aussi bien !

— Vous n'avez pas perdu votre humour, c'est l'essentiel. On y va ?

— Oui, il ne faudrait surtout pas arriver en retard à l'abattoir.

— Regardez-moi dans les yeux... j'ai dit dans les yeux ! Est-ce que votre mère suit la télévision coréenne ?

— Elle est morte.

— Désolée. Votre sœur ?

— Je suis fils unique.

— Vous avez des amis coréens ?

— Non, pas que je sache.

— Parfait ! Votre Kyong est clouée au lit avec une grippe, et quand on a la grippe, la lueur d'une veilleuse suffit à amplifier votre migraine. Aucun risque qu'elle regarde la télé ce soir, ni personne d'autre que vous aimez ou connaissez. Alors, on n'en a rien à faire de cette émission, et on se contrefiche que vous soyez brillant ou nul, vous serez traduit en plus !

— Alors pourquoi on y va ?

— Pour le show, pour vos lecteurs, pour que vous racontiez ça un jour dans un de vos livres. Pensez, en entrant sur le plateau, que vous êtes l'un de vos personnages, tâchez de leur ressembler et vous serez parfait.

Paul observa longuement Mia.

— Et vous, vous me regarderez ?

— Non !

— Menteuse.

— Crachez ce chewing-gum, nous sommes arrivés.

*

Mia resta auprès de Paul durant le maquillage, intervenant deux fois pour que la maquilleuse ne masque pas ses petites ridules autour des yeux.

Lorsque le régisseur vint le chercher, elle les suivit dans les coulisses et, juste avant qu'il n'entre sur le plateau, elle lui prodigua son dernier conseil.

— N'oubliez pas, ce n'est pas ce que vous dites qui comptera le plus, mais la façon dont vous le direz. À la télé, la musicalité prime sur les mots, croyez-en une fan de talk-show.

Les rampes de projecteurs s'illuminèrent, le régisseur poussa Paul et il avança sur la scène, ébloui.

Le présentateur l'invita à prendre place dans le fauteuil face à lui, un technicien s'approcha pour lui poser une oreillette. La manipulation chatouillait Paul, et comme il gigotait en rigolant, l'opérateur du son s'y reprit à trois fois.

— C'est gagné, soupira Mia depuis les coulisses, en le voyant retrouver des couleurs.

Paul entendit la voix de son interprète se présenter à lui dans l'oreillette. La traduction serait simultanée, il le pria de faire des phrases courtes, séparées d'un temps de pause. Paul acquiesça de la tête, signe que le présentateur sur le plateau prit pour un bonjour, se sentant obligé de lui retourner son salut.

— On va bientôt commencer, chuchota l'interprète depuis la régie, vous ne me voyez pas, mais moi, je vous vois sur mon écran de contrôle.

— D'accord, acquiesça Paul, le cœur battant.

— Ne me répondez pas à moi, monsieur Barton, mais uniquement à M. Tae-Hoon, suivez ses lèvres et n'écoutez que ma voix. Les téléspectateurs n'entendront pas la vôtre.

— Qui est M. Tae-Hoon ?

— Le présentateur.

— D'accord.

— C'est votre première télé ?

Nouveau hochement de tête immédiatement copié par Tae-Hoon.

— Nous sommes à l'antenne, maintenant.

Paul se concentra sur le visage de Tae-Hoon.

— Bonsoir, nous sommes heureux d'accueillir sur notre plateau l'écrivain américain Paul Barton. À notre grand regret, M. Murakami, souffrant d'une grippe, ne sera pas présent ce soir. Nous lui souhaitons un prompt rétablissement.

— Normal, tous les gens importants pour moi attrapent la grippe en ce moment, ne traduisez pas ça s'il vous plaît, enchaîna Paul.

Mia ôta l'oreillette dont elle s'était équipée et quitta les coulisses. Elle sollicita le régisseur pour qu'on l'accompagne jusqu'à la loge de M. Barton.

— Monsieur Barton, reprit le présentateur après un temps d'hésitation, vos livres rencontrent un grand succès chez nous. Pouvez-vous nous expliquer ce qui vous a poussé à embrasser la cause du peuple de la Corée du Nord ?

— Je vous demande pardon ?

— Vous n'avez pas compris ma traduction ? s'enquit la voix dans l'oreillette.

— Si, j'ai très bien compris la traduction, mais pas la question qu'on vient de me poser.

Le présentateur toussota et poursuivit.

— Votre dernier ouvrage est bouleversant, vous y décrivez la vie d'une famille sous le joug de la dictature, tentant de survivre à la répression orchestrée par le régime de Kim Jong-un, et tout cela avec une justesse surprenante pour un écrivain étranger. Comment vous êtes-vous documenté ?

— Je pense que nous avons un problème, murmura Paul à l'intention de son interprète.

— Quel problème ?

— Je n'ai pas eu le loisir de lire le dernier Murakami, mais je pense que votre M. Tae-Hoon se trompe d'auteur, ne traduisez pas cela non plus.

— Je n'en avais pas l'intention et je ne comprends pas ce que vous me dites.

— Je n'ai jamais rien écrit sur la dictature nord-coréenne, bon sang ! souffla Paul en conservant un sourire de façade.

Le présentateur ne recevant aucun retour de son dans son oreillette s'épongea le front et annonça qu'il y avait un petit incident technique qui serait vite résolu, il s'en excusa.

— Ce n'est ni le lieu ni le moment de faire des plaisanteries, monsieur Barton, reprit l'interprète, nous sommes en direct. Je vous supplie de répondre aux questions avec plus de sérieux, mon poste est en jeu, vous allez me faire virer si vous continuez à vous comporter de la sorte. Je dois enclencher mon micro et dire quelque chose à M. Tae-Hoon.

— Eh bien, commencez par lui dire bonjour de ma part et prévenez-le de son erreur, c'est la seule chose à faire.

— Je suis un de vos fidèles lecteurs et je ne peux m'expliquer votre attitude.

— J'ai compris, c'est pour la caméra cachée !

— La caméra est juste en face de vous... vous avez bu ?

Paul fixa l'objectif au-dessus duquel clignotait une diode rouge. M. Tae-Hoon semblait perdre patience.

— Je remercie mes lecteurs coréens, enchaîna Paul, et je tiens à leur dire combien je suis sensible à leur accueil. Séoul est une ville magnifique, même si je n'ai pas encore eu le temps de la visiter. Je suis heureux d'être là.

Paul entendit le soupir de soulagement de son interprète qui traduisit ses paroles sans attendre.

— Merveilleux, reprit Tae-Hoon, je crois que nous avons résolu ce problème de son. Je vais donc reposer mes deux premières questions à notre auteur qui, cette fois, va nous répondre.

Et pendant que le présentateur parlait, Paul murmura à son interprète :

— Comme je ne comprends rien à ce qu'il me dit, et que vous êtes un lecteur fidèle de mon œuvre, je vais vous réciter la recette du pot-au-feu de mon boucher parisien et vous, vous répondrez aux questions de M. Tae-Hoon à ma place.

— Il m'est impossible de faire une chose pareille, chuchota l'interprète dans l'oreillette.

— Vous tenez à votre job ou pas ? Il paraît qu'à la télé, la musicalité compte plus que les mots, ne vous inquiétez pas, je vais m'efforcer de sourire.

Et l'émission se déroula ainsi. L'interprète traduisait à Paul les questions du présentateur, pendant que ce dernier s'acharnait à l'interroger sur des livres qu'il n'avait pas écrits et dont le sujet tournait obsessionnellement sur la condition des citoyens de la Corée du Nord, Paul, sans jamais se départir d'un sourire, disait ce qui lui passait par la tête, ne formulant que des phrases courtes en marquant une pause à chaque fois. L'interprète, à défaut de pouvoir traduire des propos intelligibles, devint l'auteur d'un soir, répondant brillamment à la place de Paul.

Le cauchemar dura soixante minutes, mais on n'y vit que du feu.

En sortant du plateau, Paul chercha Mia. Le régisseur le guida jusqu'à la loge.

— Vous étiez formidable, assura-t-elle.

— Sans aucun doute, merci d'avoir tenu votre promesse.

— Laquelle ?

— De ne pas regarder l'émission.

— Délicieuse, votre petite remarque sur la grippe, et désolée pour Murakami, je sais que vous vous faisiez une joie de le rencontrer.

— Je ne pensais pas ce que je disais.

— On rentre ? Il n'y a pas que vous que cette journée ait épuisé, dit-elle en quittant la loge, demain je rends mon tablier.

Paul se précipita derrière elle et la retint par le bras.

— Je n'en pensais pas un mot.

— Mais vous l'avez dit quand même.

— Eh bien, j'ai dit une connerie, et croyez-moi, ce soir, c'en était une parmi d'autres.

— Vous avez sûrement été excellent.

— Si j'ai survécu, c'est à vous que je le dois. Du fond du cœur, merci, et ce ne sont pas des paroles en l'air.

— De rien.

Mia se libéra de son emprise et marcha d'un pas décidé jusqu'à la sortie.

*

De retour à l'hôtel, Mia s'endormit sans tarder. De l'autre côté du polochon, Paul, les yeux grands ouverts, cherchait une explication aux deux anomalies qui avaient marqué sa journée. N'en trouvant aucune, il s'inquiéta de ce que le lendemain lui réserverait.

17.

Mia fut réveillée par un grincement de porte. Elle ouvrit les yeux. Paul, poussait une table roulante. Il s'approcha du lit et lui souhaita bonjour.

— Café, orange pressée, corbeille de viennoiseries, œufs à la coque et céréales, Madame est servie, dit-il en remplissant sa tasse.

Mia s'assit et arrangea les oreillers dans son dos.

— Que me vaut tant d'attention de si bon matin ?

— J'ai viré mon assistante hier, alors il faut bien que je m'occupe de tout, répondit Paul.

— Comme c'est étrange, j'avais entendu dire qu'elle avait démissionné.

— Si elle l'a fait, nos intentions se sont croisées, je préfère de loin perdre une collaboratrice et retrouver une amie. Sucre ?

— Un, s'il vous plaît.

— Et puisque je m'assiste tout seul, j'ai pris quelques initiatives pendant que vous dormiez. Les rendez-vous de la journée sont annulés. Notre seule obligation sera cette réception chez l'ambassadeur, pour le reste, nous avons quartier libre. Séoul est à nous jusqu'à ce soir et nous allons en profiter.

— Vous avez annulé tous vos rendez-vous ?

— Reportés à demain, j'ai prétendu que je couvais quelque chose. Je n'allais pas laisser le monopole de la grippe à Murakami, question de standing.

Mia regarda le journal plié sur la table du petit déjeuner et l'attrapa d'un geste vif.

— Votre photo est en première page !

— Oui, pas très avantageuse d'ailleurs, je me trouve moche et j'ai l'air d'avoir trois kilos de plus.

— Non, vous êtes bien. Vous avez appelé votre attachée de presse pour qu'elle vous traduise l'article ? Une photo en première page, c'est très important.

— Je reconnais qu'en coréen, difficile de savoir s'ils disent du bien ou du mal, mais à mon avis, le journaliste qui a pondu ce papier a dû y faire l'éloge du dernier roman de Murakami.

— Vous n'auriez pas une obsession murakamienne plutôt que la grippe ? Vous venez de le citer deux fois en quelques minutes.

— Pas le moins du monde, et en même temps, après ce qui s'est passé hier soir, j'en aurais le droit.

— Que s'est-il passé ?

— J'ai vécu le moment le plus ubuesque de ma vie. Il m'est arrivé souvent d'être interviewé par des journalistes qui n'avaient pas ouvert mon livre, mais par quelqu'un qui a lu celui d'un autre, ça, c'était une grande première.

— De quoi parlez-vous ?

— Du fiasco d'hier ! Cet abruti ne cessait de me poser des questions destinées à... Je ne prononce pas son nom, vous m'accuseriez encore de faire une fixette, mais vous avez compris de qui je parle. Grand moment de solitude sur ce plateau, face au présentateur. Qu'est-ce qui vous a conduit à vous intéresser au sort du peuple nord-coréen ? Par quelles sources avez-vous obtenu tant d'informations sur la vie des gens opprimés par le régime de Kim Jong-un ? Pourquoi un tel engagement politique ? Pensez-vous que les jours de cette dictature soient comptés ? Selon vous, Kim Jong-un est-il un dirigeant de façade mis en place par un système oligarchique ou est-il réellement aux commandes ? Est-ce que vos personnages sont inspirés de la réalité ou les avez-vous inventés ?... et cetera, et cetera.

— Vous n'êtes pas sérieux ? demanda Mia, hésitant entre amusement et compassion.

— J'ai posé la même question à l'interprète qui me parlait dans cette foutue oreillette. Ça gratte terriblement, ces trucs-là. Pour tout vous avouer, j'ai même cru à une caméra cachée. Comme ils ne reculent devant rien, j'ai pensé que c'était ce qu'il y avait de plus logique et que je n'allais pas me laisser prendre au piège aussi facilement. Au bout de vingt minutes, j'ai commencé à trouver le temps long et la plaisanterie un peu lourde. Sauf que ce n'en était pas une. Ces abrutis se sont trompés d'auteur et de bouquin, et l'interprète avait la trouille de les en informer.

— C'est dément, répliqua Mia en mettant la main devant sa bouche pour masquer son envie de rire.

— Ne vous privez surtout pas, moquez vous de ma pomme en toute liberté, je suis le premier à le faire depuis que nous sommes rentrés hier soir. Il n'y a qu'à moi que ce genre de chose arrive.

— Mais comment ont-ils pu commettre une telle erreur ?

— Si la connerie avait des limites, ça se saurait depuis longtemps. Bon, on ne va pas passer la journée là-dessus, enchaîna Paul en ôtant le journal des mains de Mia pour le jeter au bout de la pièce. Prenez votre petit déjeuner et partons nous promener.

— Vous êtes sûr que ça va ?

— Mais oui, ça va très bien, j'ai fait figure d'imbécile devant des centaines de milliers de téléspectateurs, je suppose que certains d'entre eux ont dû avertir la chaîne, c'est ce qui doit être écrit dans cet article. À ce propos, si nous croisons des gens dans la rue qui rigolent à mon passage, restons dignes et agissons comme si de rien n'était.

— Je suis vraiment désolée, Paul.

— Ne le soyez pas, et n'en parlons plus. Vous me l'avez dit vous-même, on se fiche de cette émission, et puis le temps est magnifique !

Paul convainquit Mia de quitter l'hôtel par les parkings, au cas où Mlle Bak ferait le guet dans le hall. Il voulait passer cette journée en sa seule compagnie et ne surtout pas s'embarrasser d'un guide.

Le matin, ils visitèrent le palais de Changgyeonggung. En franchissant la porte de Honghwamun, Paul s'amusa à essayer de prononcer les noms des lieux et ses exagérations gutturales amusèrent beaucoup Mia. Depuis le pont Okcheonggyo, elle admira le bassin et la beauté de ce palais chargé d'histoire.

— Là, c'est Myeongjeongjeon, le bureau du Roi, dit Paul en désignant un bâtiment, il fut inauguré en 1418. Toutes les maisons que vous voyez sont tournées vers le sud, car les sanctuaires des anciens rois sont au sud. Myeongjeongjeon fait face à l'est, afin de ne pas respecter la tradition confucéenne.

— C'est Kyong qui vous a appris tout cela ?

— Laissez-la où elle est, j'ai juste piqué une brochure en achetant nos billets, je l'ai parcouru pendant que vous observiez l'étang, je voulais vous impressionner. Vous aimeriez voir le jardin botanique ?

*

Ils quittèrent le palais pour se rendre dans le quartier d'Insa-dong. Ils en arpentèrent les galeries d'art, s'arrêtèrent pour déguster un pajeon, une crêpe coréenne très prisée, et passèrent le reste de l'après-midi à chiner chez les antiquaires. Mia souhaitait offrir un cadeau à Daisy, elle hésitait entre une vieille boîte à épices et un ravissant collier. Paul conseilla à Mia d'opter pour le collier, signifia discrètement à l'antiquaire d'emballer la boîte à épices et se tourna vers son amie.

— Vous l'offrirez à Daisy de ma part, déclara-t-il en la lui confiant.

Ils rentrèrent juste à temps pour se préparer. Mlle Bak attendait toujours dans le hall de l'hôtel. En la voyant, Mia poussa Paul derrière une colonne. Ils se faufilèrent jusqu'à la suivante, puis la suivante et profitèrent du passage d'un groom et de son chariot à bagages pour atteindre les ascenseurs, incognito.

À 19 heures, Mia enfilait sa robe et Paul se sentit très fier de la lui avoir achetée.

— Si vous me dites encore « pas mal », je ne bouge pas de cette chambre, annonça Mia en se regardant dans le miroir.

— Bon, je me tais.

— Paul !

— Vous êtes...

— Non, ne dites rien ! l'interrompit Mia.

— ... magnifique.

— Ça va, j'accepte le compliment.

La limousine les déposa devant la résidence de l'ambassadeur des États-Unis une demi-heure plus tard.

L'ambassadeur attendait ses invités dans le vestibule. Paul et Mia étaient les premiers arrivés.

— Monsieur Barton, c'est un honneur et un plaisir de vous recevoir à la résidence, commença l'ambassadeur.

— Tout l'honneur est pour moi, répondit Paul, en présentant Mia.

L'ambassadeur se pencha pour lui baiser la main.

— Que faites-vous dans la vie, mademoiselle ? demanda-t-il.

— Mia tient un restaurant à Paris, répliqua Paul à sa place.

L'ambassadeur les accompagna jusqu'au grand salon.

— Je n'ai pas encore eu le loisir de lire votre dernier ouvrage, lui confia-t-il à l'oreille. Je pratique un peu le coréen, mais pas suffisamment, hélas, pour pouvoir apprécier une lecture. En revanche, vous avez fait pleurer mon compagnon à chaudes larmes. Depuis une semaine, il ne me parle que de vous, vous l'avez bouleversé. Une partie de sa famille vit en Corée du Nord et il m'a confié que votre récit était d'une justesse irréprochable. Comme j'envie votre liberté d'écrivain. Vous au moins, vous pouvez exprimer sans réserve ce que nos obligations diplomatiques nous contraignent à taire. Mais, permettez-moi de vous le dire, vous avez porté dans ce roman, que dis-je, ce document, la pensée de l'Amérique !

Paul, dubitatif, observa longuement l'ambassadeur.

— Vous pourriez m'en dire un peu plus ? suggéra-t-il tout en retenue.

— Mon compagnon est coréen, je le répète, et... tiens, le voilà ! Il sera beaucoup plus éloquent que moi. Je vous abandonne en sa compagnie, il rêve de s'entretenir avec vous. Pendant ce temps, je vais accueillir nos autres invités. Pour m'aider dans cette tâche, je kidnappe votre ravissante amie. Vous n'avez rien à craindre avec moi, ajouta l'ambassadeur goguenard.

Mia lança un regard suppliant à Paul, en vain, l'hôte des lieux l'entraînait déjà.

Paul eut à peine le temps de reprendre ses esprits qu'un homme à l'allure fine et d'une rare élégance le serrait dans ses bras et posait sa tête sur son épaule.

— Merci, merci, merci, dit-il. Je suis si ému de vous rencontrer.

— Moi aussi, répondit Paul en essayant de se libérer de son étreinte. Mais merci de quoi ?

— De tout ! D'être qui vous êtes, de vos mots, de vous être intéressé au sort des miens. Qui s'en soucie de nos jours ? Vous n'imaginez pas ce que vous représentez à mes yeux.

— Non, en effet, je n'imagine rien. Vous n'avez pas monté un collectif pour vous foutre tous de ma gueule ? demanda Paul.

— Je ne comprends pas ?

— Moi non plus, je ne comprends pas ! rétorqua-t-il, exaspéré.

Les deux hommes se jaugèrent.

— J'espère que ce n'est pas le couple que nous formons avec Henri qui vous choque, monsieur Barton ? Nous nous aimons d'un amour sincère depuis dix ans, nous avons même adopté un enfant, un petit garçon que nous chérissons tendrement.

— Je vous en prie ! J'ai grandi à San Francisco et je suis démocrate. Aimez qui vous voulez, du moment que vous êtes aimé en retour, j'en suis ravi. Je vous parle de vos propos sur mon livre.

— J'ai dit quelque chose qui vous a blessé ? Si c'est le cas, je m'en excuse, votre roman compte tant pour moi.

— Mon roman ? Mon roman à moi ? Celui que j'ai écrit ?

— Évidemment le vôtre, répondit l'homme en montrant l'ouvrage qu'il tenait en main.

Si Paul ne savait décrypter les caractères hangul, il était capable de reconnaître sa photo au dos de la couverture que lui avait présentée son éditeur l'avant-veille. Face à l'incompréhension manifeste de son interlocuteur, Paul fut envahi d'un doute, et ce doute, en grandissant, devint vertigineux, jusqu'à lui donner l'impression que le sol se dérobait sous ses pieds.

— Vous accepteriez de me le dédicacer ? supplia le compagnon de l'ambassadeur. Je me prénomme Shin.

Paul le prit par le bras.

— Mon cher Shin, y aurait-il, près d'ici, une pièce où nous pourrions nous entretenir quelques instants, seul à seul.

Shin conduisit Paul à travers un couloir et l'invita à entrer dans un bureau.

— Ici nous serons tranquilles, assura-t-il en désignant un fauteuil à Paul.

Paul inspira longuement, cherchant ses mots.

— Vous maîtrisez parfaitement l'anglais et parlez couramment le coréen ?

— Bien sûr, je suis coréen, répondit Shin en s'asseyant dans le fauteuil en face de Paul.

— Très bien, et donc vous avez lu mon livre ?

— Deux fois tant il m'a bouleversé, j'en relis d'ailleurs chaque soir un passage avant de m'endormir.

— Encore mieux. Shin, j'ai un petit service à vous demander.

— Tout ce que vous voudrez.

— Ne vous inquiétez pas, vraiment tout petit.

— Que puis-je faire pour vous, monsieur Barton ?

— Me raconter mon livre.

— Excusez-moi ?

— Vous m'avez parfaitement compris. Si vous ne savez pas comment vous y prendre, résumez-moi les premiers chapitres, pour commencer.

— Vous êtes sûr ? Mais pourquoi ?

— Il est impossible pour un écrivain de juger de la fidélité d'une traduction dans une langue qu'il ne connaît pas ; vous êtes bilingue, l'exercice sera donc aisé pour vous.

Shin se plia à la requête de Paul. Il lui raconta son roman, chapitre après chapitre.

Dans le premier, Paul fit la connaissance d'une enfant ayant grandi en Corée du Nord. Sa famille vivait dans une misère indescriptible, ainsi que tous les habitants de son village. La dictature, imposée par une dynastie cruelle, contraignait une population entière à l'esclavage. Les jours de repos étaient consacrés au culte des dirigeants. L'école à laquelle peu d'enfants avaient droit, la plupart devant travailler dans les champs, n'était qu'un outil de propagande où les cerveaux immaculés apprenaient à apparenter leurs tortionnaires à des divinités suprêmes.

Dans le deuxième chapitre, Paul rencontra le père de la narratrice. Un professeur de lettres. Le soir, il enseignait en cachette la littérature anglaise à ses meilleurs élèves, imposant le difficile et périlleux exercice de leur apprendre à penser par eux-mêmes, tentant de leur inculquer les vertus merveilleuses de la liberté.

Au chapitre trois, le père de la narratrice était dénoncé aux autorités par la mère d'un de ses protégés. Après avoir été torturé, il était exécuté devant les siens. Son corps traîné par un cheval, comme ceux de chacun de ses élèves qui avaient subi le même sort. Seul celui dont les parents l'avaient trahi échappait à la mort, pour être interné dans un camp et condamné aux travaux forcés jusqu'à la fin de ses jours.

Au chapitre suivant, l'héroïne du roman racontait comment son frère, parce qu'il avait volé quelques grains de maïs, avait été battu et enfermé dans une cage où il était impossible de se tenir debout ou couché. Ses tortionnaires lui avaient brûlé la peau. Un an plus tard, sa tante, ayant accidentellement endommagé une machine à coudre, se voyait infliger par son employeur le supplice d'avoir les deux pouces sectionnés.

Au chapitre six, l'héroïne avait dix-sept ans. Le soir de son anniversaire, elle quittait les siens et s'enfuyait. Traversant vallées et rivières à pied, se cachant le jour et marchant la nuit, ne se nourrissant que de racines et d'herbes folles, elle avait réussi à tromper la vigilance des policiers qui patrouillaient le long de la frontière et gagnait la Corée du Sud, terre de résilience.

Shin fit une pause, voyant que l'auteur du roman dont il faisait le récit était aussi bouleversé sinon plus que lui-même. Paul trouva soudain sa propre prose insignifiante.

— La suite, racontez-moi la suite, supplia Paul.

— Mais vous la connaissez ! répondit Shin.

— Continuez, je vous en prie, insista-t-il d'une voix implorante.

— Votre héroïne est recueillie à Séoul par un vieil ami de son père, lui-même transfuge du régime. Il s'occupe d'elle comme de sa propre fille et pourvoit à son éducation. Après la faculté, elle obtient un travail et consacre son temps libre à animer des réseaux d'information sur la situation de ses compatriotes.

— Quel genre de travail ?

— D'abord assistante, elle est promue au rang de correctrice dans une maison d'édition et en deviendra éditrice en chef.

— Poursuivez, dit Paul en serrant les dents.

— L’argent qu’elle gagne sert à payer des passeurs, à financer des mouvements d’opposition qui, depuis l’étranger, ont pour mission de sensibiliser les politiciens occidentaux et de les pousser à agir enfin contre le régime de Kim Jong-un. Deux fois l’an, elle voyage pour aller les rencontrer secrètement. Sa famille reste prisonnière d’une dictature impitoyable, si l’on venait à faire le lien avec elle, sa mère, son frère et surtout l’homme qu’elle aime en paieraient le prix.

— Je crois en avoir assez entendu, interrompit Paul, en baissant les yeux.

— Monsieur Barton, tout va bien ?

— Je n’en sais rien.

— Puis-je vous aider ? demanda Shin en lui tendant un mouchoir.

— Mon héroïne, enchaîna Paul en s’essuyant les yeux, elle se prénomme Kyong, n’est-ce pas ?

— Oui, répondit le compagnon de l’ambassadeur.

*

Paul retrouva Mia dans le grand salon. En découvrant son teint blafard et sa mine défaite, elle reposa sa coupe de champagne, s’excusa auprès de l’invité avec lequel elle conversait et avança vers lui.

— Qu’y a-t-il ? questionna-t-elle, inquiète.

— Vous croyez qu’il existe une sortie de secours dans cette résidence, ou peut-être même dans la vie en général.

— Vous êtes pâle comme un linge.

— J’ai besoin d’un verre d’alcool, quelque chose de très fort.

Mia attrapa un martini au vol sur le plateau d’un maître d’hôtel et le lui tendit. Paul le vida d’un trait.

— Mettons-nous à l’écart et vous allez tout m’expliquer.

— Pas maintenant, répliqua Paul, la mâchoire crispée. Je risquerais de m’écrouler et je crains que l’ambassadeur ne commence son discours.

*

Au cours du repas, Paul ne pouvait s’empêcher de penser à une famille qui crevait de faim à seulement quelques centaines de kilomètres de ce salon où l’on servait à profusion petits-fours et toasts au foie gras. Deux mondes séparés par une frontière... Le sien avait cessé d’exister une heure plus tôt. Mia le cherchait du regard, mais Paul ne la voyait pas. Quand il quitta la table, Mia le suivit. Il remercia l’ambassadeur et s’excusa de la fatigue qui l’obligeait à partir. Shin les raccompagna jusqu’à la porte. Il serra longuement la main de Paul, sur le perron de la résidence et dans le sourire doux et triste qu’il lui adressait, Paul fut certain qu’il avait tout compris.

— Qu’est-il arrivé à Kyong pour que vous soyez dans un état pareil ? demanda Mia dès que la limousine démarra.

— C’est à Kyong et à moi qu’il est arrivé quelque chose. Mon succès en Corée n’a jamais existé, pas plus que mes romans et Kyong n'était pas que traductrice.

Devant la mine stupéfaite de Mia, Paul poursuivit.

— Elle s'est servie de mon nom, elle n'a d'ailleurs gardé que ça, sur la couverture de mes livres. Et sous ces couvertures, elle publiait ses textes, son histoire, ses combats. Le présentateur d'hier n'était pas un incompétent, l'interprète non plus, il faudra que je pense à leur présenter mes excuses. Si le véritable sujet de mes romans coréens n'était pas aussi dramatique, tout cela serait une gigantesque farce. Et dire que depuis des années je vis des royalties de livres que je n'ai pas écrits. Vous avez bien fait de démissionner, vous auriez travaillé pour un imposteur. Ma seule excuse est d'avoir tout ignoré jusque-là.

Mia pria le chauffeur de stopper la voiture.

— Venez, dit-elle à Paul, vous avez besoin d'air frais.

Ils marchèrent côte à côte et en silence, jusqu'à ce Paul se remette à parler.

— Je devrais la haïr, mais sa trahison est admirable. Si elle avait publié sous son nom, elle aurait condamné les siens.

— Que comptez-vous faire ?

— Je n'en sais rien, je dois réfléchir, je n'ai cessé d'y songer durant tout le dîner. Jouer le jeu, je suppose, tant que je suis ici. Sinon, je risque de la compromettre. De retour à Paris, je lui enverrai son argent et je dénoncerai mon contrat. C'est Cristoneli qui va être content, je le vois déjà, effondré aux Deux Magots. Et puis je chercherai de quoi vivre.

— Rien ne vous y oblige. Cet argent, c'est celui de la maison d'édition coréenne, ils ont dû en gagner beaucoup avec vos livres.

— Pas les miens, ceux de Kyong.

— Si vous agissez ainsi, vous serez obligé d'en donner les raisons.

— Nous verrons. En tout cas, je comprends mieux maintenant celle de sa disparition. Il faut que je la retrouve et que nous ayons une explication, je ne peux pas repartir sans l'avoir vue.

— Vous l'aimez, n'est-ce pas ?

Paul s'arrêta et haussa les épaules.

— Rentrons, j'ai froid. Quelle étrange soirée, n'est-ce pas ?

*

Dans l'ascenseur qui les menait vers l'étage de leur suite, Mia se campa face à Paul. Elle passa délicatement la main sur son visage et le gifla. Paul sortit de sa torpeur. Mia le plaqua vers le fond de la cabine et l'embrassa.

Le baiser durait encore quand les portes se rouvrirent et durait encore dans le couloir, tant et si bien qu'ils avançaient, dos collé au mur, de porte en porte jusqu'à ce qu'ils atteignent leur chambre.

Le baiser se poursuivit tandis qu'ils se déshabillaient et se poursuivait toujours lorsqu'ils basculèrent sur le lit.

Mia chuchota :

— Ça ne compte pas, plus rien ne compte, seulement le présent.

Et leurs baisers reprirent. Sur leurs joues, bouches et nuques, sur son torse et ses seins, sur son ventre et ses hanches, sur ses jambes et ses cuisses, sur leurs peaux mêlées. À l'étreinte furieuse se mêlaient aussi leurs souffles exaltés, jusqu'à ce que les forces leur manquent et qu'ils s'endorment dans la moiteur des draps.

18.

Paul et Mia furent tirés du lit par la sonnerie du téléphone.

— Fuck ! cria-t-il en regardant la pendule de la télévision qui affichait 10 heures.

Mlle Bak était confuse, mais le premier entretien de la journée aurait dû commencer depuis une demi-heure...

Paul ramassa son caleçon au pied des rideaux.

... le journaliste du quotidien *Chosun* l'attendait...

Il attrapa son pantalon sur le fauteuil, et l'enfila en progressant à cloche-pied vers la commode.

... dans un salon et il commençait à trouver le temps long.

La chemise était déchirée, Mia se rua vers la penderie et lui en lança une propre.

... sa consœur d'*Elle* coréen venait d'arriver...

— *Elle est bleue !* chuchota Paul.

... et il faudrait partir à temps pour rejoindre les studios de la radio KBS...

— *Pour la presse ça ira très bien !* murmura Mia.

... Mlle Bak avait réussi à décaler le tête-à-tête avec le chroniqueur de *Movie Week* après la rencontre avec le quotidien *Hankyoreh*...

Paul boutonnait sa chemise.

... celui qui était connu pour soutenir la politique d'ouverture du gouvernement avec la Corée du Nord.

Mia la déboutonnait et remettait les boutons dans les bonnes boutonnières.

... et puis, il y aurait une rencontre en public...

— *Où sont mes chaussures ?*

— *Une sous la commode, l'autre dans l'entrée !*

... avec des étudiants sur la grande scène du Salon du livre.

Mlle Bak avait réussi à énoncer le programme de cette longue journée sans avoir jamais repris son souffle.

— Calmez-vous, je suis déjà dans l'ascenseur !

— *Menteur, file, je te rejoins tout à l'heure.*

— *Où ?*

— *Juste avant que tu partes à la radio.*

La porte de la suite se referma. On entendit un fracas terrible dans le couloir et la voix de Paul qui jurait à tout-va.

Mia passa la tête et découvrit une table roulante en travers du couloir, son contenu renversé au sol.

— Sérieusement ? dit-elle en voyant Paul se relever.

— Tout va bien, je ne suis pas taché, et je ne me suis presque pas fait mal.

— File ! ordonna-t-elle.

De retour dans la chambre, elle avança à la fenêtre et contempla la ville sous un ciel gris. Elle saisit son portable dans son sac et l'alluma. Treize messages apparurent sur l'écran. Huit de Creston, quatre de David et un de Daisy. Mia lança le téléphone sur le lit et commanda un petit déjeuner, prévenant le room service qu'il y avait un peu de ménage à faire dans le couloir.

*

Depuis le hall, Mlle Bak mena Paul au pas de charge vers une salle attenante.

— Un café ? supplia-t-il.

— Il vous attend sur votre table, monsieur Barton, vous ne m'en voudrez pas s'il est tiède.

— Quelque chose à manger ?

— Vous ne pourrez pas parler la bouche pleine, ce serait inconvenant !

Elle le fit entrer dans la pièce. Paul s'excusa auprès du journaliste. L'entretien commença.

Il ressentit un étrange sentiment en s'appropriant l'histoire de Kyong. Plus étrange encore, les souliers qu'il venait de chausser le portaient comme des bottes de mille lieues. Il répondait à chaque question avec une aisance qui le surprenait lui-même, émaillait son récit de réflexions profondes et sincères, tant et si bien que son interlocuteur ne put s'empêcher de lui dire combien cette rencontre l'avait touché. Et il en fut de même avec la journaliste du *Elle Corée*. Paul se soumit ensuite à une séance de photos, obéissant au photographe qui l'avait déjà mitraillé pendant l'interview. On lui demanda de s'asseoir sur une table, de croiser les bras, de les décroiser, de mettre la main sous le menton, de sourire, de ne plus sourire, de regarder en l'air, à droite, à gauche. Mlle Bak le tira d'affaire en annonçant que d'autres rendez-vous les attendaient.

L'attachée de presse le pressait vers la limousine, quand Paul lui échappa et se rua vers la réception.

— Appelez ma chambre, s'il vous plaît, demanda-t-il au concierge.

— Monsieur Barton, Mademoiselle a laissé un message pour vous. Elle s'est rendormie après votre départ et...

Paul se pencha sur le comptoir et pointa du doigt le standard téléphonique.

— Maintenant, appelez-la maintenant !

Mlle Bak trépignait et Mia ne décrochait toujours pas.

— Mademoiselle est dans son bain, reprit le concierge, elle vous rejoindra un peu plus tard au Salon du livre. Je dois lui communiquer l'horaire de votre conférence.

L'attachée de presse lui promit de faire le nécessaire. Elle enverrait une voiture chercher sa collaboratrice, et toussota en prononçant ce mot.

Paul reposa le combiné sur le socle et suivit Mlle Bak, la mort dans l'âme. Soudain, il fit demi-tour, plongea la main dans la coupe de friandises posée sur le comptoir et en remplit ses poches.

L'heure qu'il passa dans les studios de la KBS lui parut durer une éternité, mais il gagna en assurance durant l'interview. Ses réponses étaient plus éloquentes, l'émotion qu'il suscitait en racontant la vie des personnages du roman, plus perceptible chez ses interlocuteurs. Même Mlle Bak versa sa petite larme.

— Vous avez été parfait, le rassura-t-elle en sortant de l'immeuble, avant de l'inviter à entrer dans la limousine.

On l'escorta, depuis l'entrée du Palais des Congrès jusqu'à l'estrade devant laquelle deux cents chaises étaient occupées par les étudiants venus l'écouter.

Quand l'animateur présenta Paul à son public, la *standing ovation* qu'on lui réserva le plongea dans un profond désarroi. Il guettait Mia, ses yeux voguant de rangée en rangée quand les premières questions de l'assistance le rappelèrent à son rôle.

Paul joua ce rôle avec une ferveur devenue presque militante. Il dénonçait, incriminait, accablait les monstres du régime totalitaire, condamnait l'inertie des démocraties. Il fut applaudi à plusieurs reprises.

Une fièvre oratoire l'entraînait dans des élans incontrôlables, quand, soudain, il s'interrompit au milieu d'une phrase. Son regard venait de croiser celui d'Eun-Jeong, alias Kyong. Assise au dernier rang, elle lui adressa un sourire qui lui fit perdre le fil de sa pensée.

En retrait derrière une colonne, Mia souriait aussi, tendre et paisible.

Elle ne quitta pas Paul des yeux, s'émut quand le public l'acclama et le perdit de vue lorsque les étudiants se précipitèrent pour obtenir sa signature.

Pour l'avoir vécue à de nombreuses reprises, elle devinait l'euphorie qu'il devait ressentir au milieu de cette foule.

Kyong fut la dernière à s'approcher de l'estrade.

*

— Mia n'est toujours pas arrivée ? s'enquit Paul auprès de Mlle Bak qui l'attendait devant la porte du petit salon où il s'était retranché.

— Votre collaboratrice a assisté à la conférence, répondit-elle en désignant l'endroit où s'était tenue Mia, mais elle a souhaité qu'on la raccompagne à l'hôtel.

— Quand ?

— Il y a un peu plus d'une heure je crois, pendant que vous vous entreteniez avec Mlle Eun-Jeong.

Cette fois, ce fut Paul qui mena son attachée de presse au pas de charge vers la limousine.

Il se rua à travers le hall de l'hôtel, courut vers les ascenseurs, puis dans le couloir, s'arrêta net devant la suite pour arranger ses vêtements, remettre un peu d'ordre dans ses cheveux, et ouvrit la porte.

— Mia ?

Il avança jusqu'à la salle de bains. La brosse à dents de Mia n'était plus dans le verre, ni sa trousse de toilette sur la vasque.

Paul retourna dans la chambre et trouva un mot posé sur le polochon.

Paul,

Merci d'avoir été là, merci de ton humeur joyeuse, de tes moments de folie, de ce voyage imprévu qui commença par une promenade sur les toits de Paris. Merci d'avoir réussi l'improbable pari de me faire rire et de m'avoir offert de nouveaux souvenirs.

Nos routes se séparent ce soir, ces quelques jours en ta compagnie furent un enchantement.

Je comprends le dilemme auquel tu dois te confronter et ce que tu ressens. Vivre une autre vie que la sienne, aimer l'idée du bonheur au lieu de l'embrasser, ne plus savoir qui on est. Mais toi, tu n'es en rien coupable de cette usurpation, et moi, je ne sais quel conseil te donner. Puisque tu l'aimes, puisque sa trahison est magnifique pour ne pas dire héroïque, tu dois lui pardonner. C'est peut-être cela, finalement, aimer vraiment. Apprendre à pardonner, sans réserve et surtout sans regrets. Poser son doigt sur la touche d'un clavier, effacer les pages grises pour tout récrire en couleur. Mieux encore, se battre pour que tout finisse bien.

Prends soin de toi, même si cette phrase ne veut pas dire grand-chose, sinon que nos moments complices me manqueront.

Je suis impatiente de lire ce qu'il adviendra de notre cantatrice. Dépêche-toi de publier son histoire.
Que ta vie soit belle, tu le mérites.
Ton amie,
Mia
PS : *Pour hier et ce qui est à venir, ne t'inquiète pas, ça ne compte pas.*

— Tu n'as rien compris, c'est elle qui ne compte plus, murmura Paul en refermant le mot.

Il se hâta dans le couloir et regagna la réception.

— Quand est-elle partie ? supplia-t-il, haletant, le concierge.

— Je ne saurais vous le dire précisément, répondit celui-ci. Mademoiselle nous a demandé une voiture.

— Pour aller où ?

— À l'aéroport.

— Quel vol ?

— Je l'ignore, monsieur. Nous ne nous sommes pas occupés de la réservation.

Paul se tourna vers les portes vitrées. Sous l'auvent, Mlle Bak s'apprêtait à monter dans la limousine. Il se rua dehors, l'écarta et prit sa place.

— À l'aéroport, les départs internationaux, vous aurez le plus beau pourboire de votre vie si vous foncez.

Le chauffeur démarra en trombe et Mlle Bak qui cognait à la vitre vit la limousine s'éloigner sur l'avenue.

C'est moi qui te ferai la surprise d'arriver dans l'avion, et si ton voisin ne veut pas me céder son siège, je le bâillonnerai et le collerai dans le coffre à bagages. Je n'aurai plus peur, même pendant le décollage, nous nous contenterons des plateaux-repas, je te laisserai le mien si tu as très faim. Nous regarderons le même film et cette fois ça comptera. Cela comptera bien plus que tous les romans que je n'ai pas écrits.

Le chauffeur se faufilait dans la circulation, mais plus la voiture s'enfonçait dans la banlieue et plus la voie rapide était encombrée.

— C'est la pire heure, dit-il. Je peux tenter un autre itinéraire mais c'est quitte ou double.

Paul le pria de faire au mieux.

Ballotté à l'arrière de la limousine, il répétait ce qu'il raconterait à Mia en la retrouvant : les résolutions qu'il avait prises, ce qu'il avait dit à Kyong, qui s'appelait en réalité Eun-Jeong, et qui, bien plus qu'une traductrice, était sa véritable éditrice coréenne.

*

Quatre-vingt-dix minutes plus tard, Paul paya son dû au chauffeur.

Il entra dans le terminal et regarda le tableau des départs. Aucun vol pour Paris n'y était affiché.

Au comptoir d'Air France, l'hôtesse l'informa qu'il avait décollé trente minutes plus tôt. Il restait encore un siège de libre sur celui du lendemain.

19.

Dès que les roues eurent touché la piste, Paul ralluma son portable et tenta de joindre Mia. Il tomba à trois reprises sur sa boîte vocale et raccrocha. Ce qu'il avait à lui dire, il le lui dirait de vive voix.

Un taxi le déposa rue de Bretagne. Il récupéra les clés de son appartement au café du Marché, abandonna sa valise chez lui et ne prit ni le temps de lire son courrier, ni celui de rappeler Cristoneli qui lui avait pourtant laissé plusieurs messages.

Douché, vêtu de propre, il roula vers Montmartre, se gara rue Norvins et marcha jusqu'à La Clamada.

En le voyant, Daisy abandonna ses fourneaux et vint à sa rencontre.

— Où est-elle ? questionna Paul.

— Asseyez-vous, il faut qu'on parle, répondit Daisy en passant derrière le comptoir du bar.

— Elle est chez vous ?

— Vous voulez un café ? Ou un verre de vin ?

— Je préférerais aller voir Mia maintenant.

— Elle n'est pas à la maison et je ne sais pas où elle se trouve. Enfin, si, en Angleterre, je suppose. Elle y est repartie la semaine dernière, mais je n'ai plus aucune nouvelle d'elle depuis.

Paul regarda par-dessus l'épaule de Daisy. Elle suivit le regard qui se posa sur une vieille boîte à épices, près du percolateur.

— D'accord, lâcha-t-elle. Mia est venue hier matin, mais en coup de vent. C'est vraiment vous qui m'avez fait ce cadeau ?

Paul acquiesça d'un signe de tête.

— Elle est belle, ça me touche beaucoup. Je peux vous demander ce qu'il y a eu entre vous deux ?

— Non, répondit Paul.

Daisy n'insista pas et lui servit un café.

— Sa vie est plus compliquée qu'il n'y paraît ; elle aussi est souvent plus compliquée qu'elle ne veut l'admettre. Mais je l'aime telle qu'elle est. Elle est ma meilleure amie, elle a enfin pris la décision d'être raisonnable, et il faut qu'elle s'y tienne. Puisque vous aussi êtes son ami, laissez-la tranquille.

— Elle est repartie vivre à Londres ou vivre avec son ex ?

— Bon, j'ai du monde et ma cuisine ne tourne pas toute seule. Venez me voir ce soir, après 22 heures, ce sera plus calme. Je vous ferai à dîner, et nous parlerons. J'ai lu un de vos romans vous savez, et je me suis régalée.

— Lequel ?

— Le premier, je crois, Mia me l'avait offert.

Paul salua Daisy et quitta le restaurant. Cristoneli avait encore cherché à le joindre. Il fit route vers Saint-Germain-des-Prés.

*

Cristoneli sortit de son bureau pour l'accueillir à bras ouverts.

— Ma Star ! s'exclama-t-il en le serrant contre lui. Alors, qui avait raison de vous pousser à entreprendre ce voyage ?

— Vous m'étouffez, Gaetano !

Cristoneli recula d'un pas et rajusta la veste de Paul.

— Mon confrère coréen m'a envoyé un mail, avec toutes les coupures de presse, et il y en a un sacré paquetage ! Elles ne sont pas traduites, mais il paraît que les critiques sont faramineuses, vous avez fait un véritable bar-tabac.

— Il faut qu'on discute, grommela Paul.

— Évidemment qu'il faut qu'on discute... pas d'une nouvelle avance, j'espère ? Quel sacré cachottier, reprit Cristoneli, jovial, en lui tapant sur l'épaule.

— Ce n'est pas ce que vous croyez, enfin, c'est plus compliqué que cela.

— Mais ce n'est jamais simple avec les femmes, et quand je dis les femmes, je parle de celles que l'on croise chaque jour. Là, je dois reconnaître que vous, vous n'y êtes pas allé avec le dos de la fourchette !

— On dit de la cuillère !

— Je ne vois pas la différence, enfin si vous y tenez, je ne vous contrarierai pas aujourd'hui. Venez, allons prendre un verre et fêter ça... Sacré Paul !

— Vous avez peut-être déjà assez bu, non ? Vous m'avez l'air d'être dans un drôle d'état.

— C'est moi qui suis dans un drôle d'état ? Vous plaisantez ? C'est vous qui devez être dans tous vos états ! Et on le serait à moindre... Sacré Paul !

— Vous commencez à m'agacer avec vos « sacré Paul » ! Eun-Jeong vous a dit quoi, au juste ?

— Eun qui ?

— Mon éditrice coréenne, de qui voulez-vous que je vous parle ?

— Dites-moi mon petit Paul, quand mes lèvres bougent, vous entendez les sons qui sortent de ma bouche ou vous avez perdu l'ouïe dans cet avion ? Il paraît qu'avec la décompression, ce sont des choses qui se produisent. Moi, j'ai horreur de l'avion, je le prends le moins possible, d'ailleurs. Quand je vais à Milan, c'est en train, un peu long, certes, mais au moins on n'a pas à passer un scanner avant de monter à bord. Bon, on se l'offre ce petit verre ? Sacré Paul !

Ils s'installèrent à une table des Deux Magots. Paul remarqua le dossier que Cristoneli avait posé sur la banquette.

— Si c'est le contrat pour mon prochain roman, il faut d'abord que je vous parle.

— Nous ne sommes plus sous contrat ? Tiens donc, j'étais certain du contraire. Je me demande vraiment ce que fiche mon assistante. Et puis vous n'allez pas profiter de cette situation, depuis le temps que je vous soutiens ! Vous me raconterez le sujet de votre prochain chef-d'œuvre un autre jour, pour l'instant, je veux tous les détails et vous comptez sur ma discrétion, je suis une sépulture, motif et bouche cousue ! chuchota Cristoneli en posant son index sur ses lèvres.

— Vous avez fumé ? demanda Paul, décontenancé.

— Mais non, enfin !

— Vous avez parlé à Eun-Jeong, oui ou non ?

— Pourquoi l'aurais-je fait ? Je vous l'ai dit, j'ai lu son mail et me suis réjoui de l'accueil qui vous a été réservé à Séoul. Je vous l'avais prédit, n'est-ce pas ? Les chiffres sont excellents, je vais contacter des maisons d'édition chinoises, informer votre éditeur américain, et nous suivrons mon plan à la lettre.

— Si l'on suit votre plan à la lettre, je peux savoir ce qui vous met dans un tel état d'excitation ?

Cristoneli considéra Paul avec la plus grande attention.

— Je croyais être votre ami et que vous m'auriez accordé votre confiance, je ne vous cache pas ma déception de l'avoir appris ainsi, comme tout le monde.

— Je ne comprends pas un mot de ce que vous me racontez, et vous commencez sérieusement à m'agacer, mais je vais mettre ça sur le compte du décalage horaire, grommela Paul.

Cristoneli se mit à fredonner un air de bel canto avant de poser le dossier sur la table. Il l'entrouvrit, poursuivit sa chansonnette, le referma et le rentrouvrit, jusqu'à ce que Paul, au bord du gaz, le lui arrache des mains.

En voyant les couvertures des magazines people qui se trouvaient à l'intérieur, il écarquilla les yeux et vint à manquer d'air.

— Je savais bien que je l'avais déjà vue quelque part lorsque je suis venu vous chercher au commissariat, murmura Cristoneli. Melissa Barlow, rien que ça ! Je suis époustiflé !

Des photos de Mia et Paul s'étalaient en couverture comme dans les premières pages. Des photos d'eux marchant côte à côte, entrant dans l'hôtel, dans le hall, devant les ascenseurs, d'autres photos de lui penché au-dessus d'un caniveau tandis que Mia le soutenait, d'autres encore où on le voyait tenir la porte d'une limousine où Mia prenait place. Et chaque fois, des légendes qui racontaient la folle idylle de Melissa Barlow. Dans le deuxième magazine que Paul feuilletait les mains tremblantes, on pouvait lire sous une photo de Mia au Salon du livre :

À quelques jours de la sortie du film dont elle partage l'affiche avec son mari, Melissa Barlow joue une tout autre comédie romantique en compagnie de l'écrivain américain Paul Barton.

— Un peu intrusif, je le concède, mais pour les ventes, c'est plus que rapatant ! Sacré Paul ! Eh bien, vous faites une de ces têtes ? s'étonna Cristoneli.

Paul eut un haut-le-cœur et se rua à l'extérieur du café.

Quelques instants plus tard, plié en deux sur le trottoir, il vit apparaître dans son champ de vision un mouchoir qui s'agitait. Cristoneli se tenait derrière lui, le bras tendu.

— C'est immonde, et quand je pense que c'est moi qu'on accuse d'avoir bu !

Paul s'essuya la bouche et Cristoneli l'accompagna jusqu'à un banc.

— Ça ne va pas ?

— Si, vous voyez bien, je n'ai jamais été aussi en forme.

— Ce sont ces photos qui vous mettent dans cet état ? Vous deviez bien vous douter que cela finirait par arriver. Vous fréquentez une étoile montante du septième art, qu'escomptiez-vous ?

— Vous avez déjà eu l'impression que le monde disparaissait sous vos pieds ?

— Oh oui, répondit son éditeur. À la mort de ma mère pour commencer, ensuite quand ma première femme m'a quitté et enfin quand je me suis séparé de ma deuxième épouse. La troisième, c'était différent, nous avons rompu d'un commun accord.

— Eh bien vous voyez, quand on tombe au fond du gouffre, il faut faire très attention, parce qu'en dessous il y en a un autre, encore plus profond, et je me demande où ça s'arrête.

*

Paul rentra chez lui et dormit jusqu'au soir. Vers 20 heures, il se mit à sa table de travail. Il consulta ses mails, ne lut que les intitulés et éteignit son ordinateur. Un peu plus tard, il appela un taxi et se fit déposer à Montmartre.

Il était presque 23 heures quand il entra à La Clamada. Daisy débarrassait les couverts des derniers convives qui venaient de quitter son établissement.

— Je pensais que vous ne viendriez plus. Vous avez faim ?

— Je n'en sais rien.

— Laissez-moi tenter ma chance.

Elle le laissa choisir une table et gagna sa cuisine pour en revenir quelques instants plus tard, une assiette en main. Elle s'installa en face de Paul et lui ordonna de goûter à son plat du jour. Ils parleraient quand il aurait le ventre plein. Elle lui servit un verre de vin et le regarda dîner.

— Vous saviez, je suppose ? demanda-t-il.

— Qu'elle n'était pas serveuse ? Je vous ai dit que sa vie était plus compliquée qu'il n'y paraissait.

— Et vous, vous êtes vraiment chef ou vous travaillez pour les services secrets ? Vous pouvez tout me dire, je ne suis plus à une surprise près.

— Vous n'êtes pas écrivain pour rien, rit Daisy de bon cœur.

Au cours de la soirée, elle lui raconta sa vie et Paul se réjouit de l'entendre lui confier à nouveau ses souvenirs d'adolescence en compagnie de Mia.

À minuit, il raccompagna Daisy jusqu'au bas de son immeuble. Paul releva la tête pour observer les fenêtres.

— Si elle vous donne de ses nouvelles, promettez-moi de lui demander de m'appeler.

— Non, je ne vous le promets pas.

— Je vous jure que je ne suis pas un sale type.

— Justement, c'est pour ça que je ne veux rien vous promettre. Croyez-moi, vous n'êtes pas faits l'un pour l'autre.

— Mais c'est l'amie qui me manque.

— Vous mentez aussi mal qu'elle. Les premiers jours sont les plus durs, après cela s'adoucit. Il y aura toujours une table pour vous dans mon restaurant, à n'importe quelle heure. Bonsoir, Paul.

Daisy poussa la porte cochère et disparut.

*

Trois semaines s'écoulèrent, durant lesquelles Paul ne cessa d'écrire. Il ne quittait pas sa table de travail, sauf pour aller déjeuner chez Moustache, et le dimanche bruncher avec Daisy.

Un soir, sur le coup de 20 heures, il reçut un appel de Cristoneli.

— Vous écriviez ?

— Non.

— Vous regardez la télévision ? poursuivit son éditeur.

— Non plus.

— Parfait, continuez comme cela.

— Vous m'appeliez juste pour connaître mon emploi du temps ?

— Pas du tout, je voulais prendre de vos nouvelles, savoir si votre roman avançait.

— J'ai abandonné le précédent pour en écrire un autre.

— Formidable.

— Il sera très différent.

— Ah bon ? Il faudra m'en raconter le sujet.

— Je ne crois pas que ça vous plaira.

— Taratata, vous dites ça pour égayer ma curiosité.

— Non, je le pense vraiment.

— Un thriller, cette fois ?

— Nous en discuterons d'ici quelques semaines...

— Un polar ?

— Quand j'aurai terminé le premier jet.

— Un roman érotique !

— Gaetano, vous aviez quelque chose de particulier à me dire ?

— Non... Vous allez bien ?

— Oui, je vais bien, très bien même. Puisque ma vie vous passionne, j'ai fait un peu de ménage ce matin, puis j'ai déjeuné au café en bas de chez moi, j'ai lu une bonne partie de l'après-midi, ce soir, je me suis réchauffé un plat de lentilles qui est en train de refroidir, et ensuite, j'écrirai avant d'aller me coucher, vous êtes rassuré ?

— Les lentilles, c'est un peu lourd, le soir, non ?

— Bonne nuit, Gaetano.

Paul raccrocha en secouant la tête et se remit à son ordinateur. En attaquant un nouveau paragraphe, il repensa à la conversation de son éditeur qui n'avait aucun sens.

Pris d'un doute, il attrapa la télécommande de la télévision. Il tomba sur le journal télévisé de TF1, passa sur celui de France 2, continua de zapper, revint en arrière et s'arrêta de nouveau sur la chaîne publique. La bande annonce d'un film y était diffusée.

Paul vit une femme, en robe du soir, embrasser son partenaire. L'homme la prenait dans ses bras et la posait sur un lit avant de la dévêtir. Il embrassait ses seins, elle gémissait.

Gros plan sur les visages des acteurs... arrêt sur image et retour en plateau, avec les deux comédiens, cette fois en chair et en os.

— *L'Étrange Voyage d'Alice* sort en salle demain. Nous lui souhaitons un énorme succès, mais l'événement le plus attendu de ce film est de vous y retrouver ensemble, à l'écran comme à la ville, si je puis dire. Melissa Barlow, David Babkins, merci d'avoir accepté notre invitation ce soir, annonça le présentateur.

La caméra les cadra tous deux, côte à côte.

— Merci de nous accueillir, monsieur Delahousse, répondirent-ils en chœur.

— J'aimerais savoir, comme bon nombre de nos téléspectateurs, si c'est un exercice facile ou au contraire difficile que d'avoir pour partenaire son conjoint ?

Mia laissa la parole à David qui expliqua que cela dépendait des scènes.

— Évidemment, dit-il, chaque fois que Melissa faisait une cascade, je tremblais pour elle, et réciproquement, bien sûr. Ne croyez pas que les scènes intimes soient plus aisées à jouer, certes nous nous connaissons mieux que quiconque, mais la présence des techniciens est troublante. Nous n'avons pas l'habitude qu'ils entrent dans notre chambre à coucher, ajouta-t-il en riant de son mot d'humour.

— Monsieur Babkins, puisque vous parlez d'intimité, permettez-moi de m'adresser à Melissa Barlow et de l'interroger sur les photos parues récemment dans des magazines people. À vous voir tous deux ce soir, devons-nous en conclure que tout cela n'était que mauvaise presse et ragots ? Qui est pour vous cet écrivain, un certain Paul Barton, si je ne m'abuse ?

— Un ami, répondit Mia, laconique. Un ami très cher.

— Dont vous appréciez les livres ?

— Les livres et l'amitié qui nous lie. Le reste ne compte pas.

Paul éteignit la télévision avant que la télécommande ne lui tombe des mains.

Dans l'heure qui suivit, il fut incapable d'écrire une ligne. Vers minuit, il décrocha son téléphone.

*

La berline aux vitres teintées entra dans le parking de l'hôtel. David posa la main sur la poignée de la portière et se retourna vers Mia.

— Tu es certaine que c'est ce que tu souhaites ?

— Au revoir, David.

— Pourquoi ne pas essayer de nous réconcilier. Tu as eu ta revanche, et on ne peut pas dire que toi, tu aies donné dans la discrétion.

— Je ne cherchais pas à me cacher. Mais maintenant que s'achève cette sordide comédie du bonheur, c'est ce que je vais faire, y compris de moi-même. Je me sens sale, et c'est un sentiment pire que d'être seule. Une dernière chose, signe les papiers que Creston t'a envoyés, si tu ne veux pas que je me contredise dans la presse et révèle qui tu es vraiment.

David la contempla avec mépris et sortit en claquant la portière.

Le chauffeur demanda à Mia où elle souhaitait se rendre. Elle le pria d'emprunter l'autoroute du Sud. Puis elle prit son portable pour appeler Creston.

— Je suis désolé, Mia, j'aurais dû être là pour votre dernier soir de promotion, mais avec cette sciatique, je peux à peine marcher. Vous devez vous sentir libérée ?

— De lui, de vous aussi, pour le reste, je ne dirais pas cela, non.

— J'ai agi de mon mieux pour vous protéger, mais vous m'avez rendu la tâche impossible.

— Je sais, Creston, je ne vous en veux pas, ce qui est fait est fait.

— Où allez-vous ?

— En Suède, depuis le temps que Daisy m'en parle.

— Couvrez-vous, le froid est mordant là-bas. Vous me donnerez de vos nouvelles, j'y compte.

— Plus tard, Creston, pas pour l'instant.

— Reposez-vous, reprenez des forces. Dans quelques semaines, tout cela appartiendra au passé. Un merveilleux avenir vous attend.

— Si l'on pouvait appuyer sur une touche et effacer nos erreurs, ce serait formidable, n'est-ce pas ? Mais cela n'existe que dans les livres. Au revoir Creston, guérissez vite.

Mia raccrocha. Elle ouvrit la vitre et jeta son portable.

20.

— Qu'est-ce que tu as fait après avoir vu cette émission ?

— J'ai tourné en rond dans mon appartement et à minuit, n'en pouvant plus, je t'ai appelé. Je ne pensais pas que tu sonnerais à ma porte le lendemain, mais je suis si heureux de te voir.

— Je suis venu au plus vite. Autrefois, tu as fait pareil pour moi.

— Oui, mais je n'avais eu qu'à traverser la ville.

— Tu as une sale mine.

— Tu es seul ou Lauren est cachée dans le placard ?

— Prépare-moi un café au lieu de dire n'importe quoi.

Arthur demeura dix jours auprès de Paul, au cours desquels leur amitié fit renaître un semblant de bonheur.

Le matin, ils s'attablaient chez Moustache et discutaient. L'après-midi, ils se promenaient dans Paris.

Paul achetait toutes sortes de choses inutiles, des ustensiles de cuisine, des bibelots, des vêtements qu'il ne porterait pas, des livres qu'il ne lirait jamais et des cadeaux pour son filleul. Arthur essayait de refréner ses ardeurs, en vain.

Deux soirs de suite, ils dînèrent à La Clamada.

Arthur trouva la cuisine délicieuse, et Daisy pleine de charme.

Au cours d'un de ces repas, Paul lui expliqua le projet, insolite et fou, qui l'accaparait entièrement. Arthur l'avertit des dangers auxquels il s'exposait. Paul en imaginait bien les conséquences, mais c'était pour lui le seul moyen de se réconcilier avec son métier et avec sa conscience.

— Le jour où Eun-Jeong et moi nous sommes revus au Salon du livre, expliqua-t-il, nous sommes restés un long moment sans rien pouvoir nous dire. Et puis elle a tenu à se justifier. Ce qu'elle avait fait ne m'avait porté et ne me porterait aucun préjudice. J'avais, grâce à elle, goûté à la célébrité, perçu des royalties et elle, s'était servie de mon nom pour raconter son histoire. Une histoire qui ne serait jamais lue par-delà les frontières, parce que personne, ici ou là, ne s'intéresse au sort de son peuple. Finalement, chacun avait trouvé son compte. Pourtant, l'idée d'avoir vécu de son travail m'était insupportable. Plus important que l'argent, je dois t'avouer que son courage et sa détermination me fascinaient. Elle m'avoua tout. La façon dont elle avait profité de ses séjours à Paris pour rendre visite à ses réseaux. Elle m'a juré avoir éprouvé des sentiments sincères pour moi, bien qu'elle aime un autre homme, prisonnier du régime qu'elle combat. Tu dois penser que j'aurais dû la remettre à sa place, mais elle était magnifique. Et surtout, pour la première fois depuis des mois, je me sentais libre. Je ne l'aimais plus. Ce ne fut ni de la revoir ni ce que j'avais découvert qui me l'a fait comprendre, uniquement Mia. Tu peux te moquer de moi, mais d'une certaine façon je t'ai rejoint, nous avons tous les deux eu un talent fou pour séduire des fantômes. Pardon, ce n'est pas très gentil, ce que je viens de dire. Lauren, elle, n'y était pour rien. Quand nous nous sommes dit adieu, je me suis juré de récrire l'histoire de Kyong, pour la révéler au monde, peut-être aussi pour me prouver que j'étais capable de la raconter mieux qu'elle. Mon éditeur n'en sait encore rien, et j'imagine la tête qu'il fera en lisant mon manuscrit. Je me battrai s'il le faut pour qu'il le publie.

— Tu comptes lui avouer la vérité ?

— Non, ni à lui ni à personne. Tu es le seul dans la confidence. N'en parle même pas à Lauren.

À la fin du repas, Daisy se joignit à eux. Ils trinquèrent à la vie, à l'amitié et à la promesse des bonheurs à venir.

Arthur rentra à San Francisco. Paul le raccompagna à l'aéroport et lui jura de la façon la plus solennelle, maintenant qu'il n'avait presque plus peur en avion, qu'il viendrait voir son filleul, dès qu'il aurait fini d'écrire.

Arthur le quitta, rassuré. Paul était en verve et plus rien ne comptait que son roman.

*

Paul s'y attela sans relâche. Les seuls moments de répit qu'il s'accordait, il les passait en compagnie de Moustache, et de temps à autre à La Clamada.

Un soir, tandis qu'il discutait avec Daisy sur un banc, un caricaturiste s'approcha avec un dessin.

Paul l'observa longuement, on y voyait un couple de dos, sur ce même banc.

— Il date de l'été dernier. C'est vous, à droite, déclara le caricaturiste. Les fêtes approchent, c'est mon cadeau.

Paul remarqua qu'en s'en allant, le caricaturiste effleura la main de Daisy et qu'elle lui sourit malicieusement.

*

Deux mois plus tard, alors qu'il était en train de rédiger les dernières lignes de son roman, Paul reçut tard le soir un appel de Daisy. Elle le pressa de venir la rejoindre au plus vite.

Paul avait décelé dans sa voix une excitation qui lui laissait entendre qu'elle avait eu des nouvelles de Mia.

Il prit le métro, par peur des embouteillages, et remonta la rue Lepic en courant. Il passa devant

Le Moulin de la Galette, le souffle court et le corps brûlant alors qu'il faisait un froid de loup. Il entra à La Clamada, les poumons en feu, exultant, certain qu'elle serait là.

Il ne découvrit que Daisy, derrière son comptoir.

— Qu'est-ce qu'il y a ? s'enquit-il en s'asseyant sur un tabouret.

Daisy continua d'essuyer ses verres.

— Je ne vais pas te dire que je lui ai parlé récemment, parce que ce ne serait pas vrai.

— Je ne comprends pas.

— Si tu te tais, je pourrai te raconter ce que je sais. Mais avant, je vais te préparer un petit cocktail, un truc qui requinque.

Daisy prenait son temps. Elle attendait qu'il ait bu. Le breuvage était assez fort pour que Paul ressente une sorte d'ivresse instantanée.

— C'est du sérieux, toussota-t-il.

— C'est un alcool que l'on donnait aux montagnards égarés dans les Alpes quand on les retrouvait dans la nuit. Quelque chose qui les arrachait à la mort pour les rejeter dans les bras de la vie.

— Qu'est-ce que tu sais, Daisy ?

— Pas grand-chose, mais tout de même...

Elle se dirigea vers son tiroir-caisse et en sortit une enveloppe en papier kraft qu'elle posa sur le comptoir. Paul s'apprêtait à s'en emparer quand elle lui saisit la main.

— Attends, il faut que je te parle avant. Tu sais qui est Creston ?

Paul se souvenait d'avoir entendu Mia prononcer son nom à Séoul, parlant de lui comme d'un ami proche, sans jamais, bien sûr, révéler son vrai rôle. Il en avait même éprouvé une petite pointe de jalousie.

— C'est son agent, enfin il l'était, reprit-elle. Nous avons quelque chose en commun, lui et moi, ça doit rester un secret, au cas où, un jour, les choses finissent par s'arranger.

— Quelles choses ?

— Tais-toi et laisse-moi finir. Tu vois, depuis qu'elle a disparu, nous partageons le vide qu'a laissé son absence. Au début, je croyais que c'était pour ses finances qu'il était en peine, mais c'était avant.

— Avant quoi ?

— Il est venu hier soir. C'est toujours assez drôle de finir par mettre un visage sur un nom. Je ne l'imaginais absolument pas comme ça. Je croyais qu'il ressemblait à un de ces vieux machins anglais avec un chapeau melon et un parapluie, mais les clichés nous tueront. Bref, Creston est tout le contraire, la cinquantaine, une vraie belle gueule avec une poignée de main à vous briser les phalanges. J'aime les hommes qui ont la main franche, ça en dit beaucoup sur eux. Toi aussi, tu as cette qualité, ça m'avait immédiatement plu. Donc, hier soir, il a dîné seul à une table. Il a attendu d'avoir réglé l'addition, et que la salle soit vide pour s'adresser à moi. C'était élégant de sa part, si j'avais su, je ne l'aurais jamais laissé payer. D'ailleurs, c'est moi qui suis allée vers lui, peut-être que sans cela, il serait parti sans même se présenter. Comme il était mon dernier client, je me suis approchée pour lui demander s'il avait bien mangé. Après un moment de silence, il m'a déclaré : « Vos coquilles Saint-Jacques sont excellentes, on m'en avait dit le plus grand bien, et je comprends maintenant pourquoi elle aimait tant cet endroit. » Il m'a tendu cette enveloppe, et en l'ouvrant j'ai compris qui il était. Lui aussi est sans nouvelles de Mia depuis des mois. Elle ne l'a appelé qu'une fois, elle désirait qu'il vende son appartement et tout ce qu'il contenait, sans lui révéler où elle se trouvait. Creston avait vu les camions de déménagement emporter ses affaires et m'a confié s'être rendu en salle des ventes pour les racheter. Chaque fois que le marteau du commissaire-priseur retombait, c'est lui qui avait enchéri. Elle était sa protégée. Il ne supportait pas l'idée qu'un étranger s'asseye à son bureau, ou dorme dans son lit. Les meubles et bibelots de Mia sont dans un garde-meuble de la banlieue de Londres.

— Qu'est-ce qu'il y a dans cette enveloppe ? insista Paul, fébrile.

— Sois patient. Il était à Paris pour passer une soirée dans un endroit qu'elle aimait. Je ne peux pas le lui reprocher ; si tu savais le nombre de fois où j'ai regardé la table où nous dînions, ou son banc place du Tertre. Je vais même te confier autre chose, notre table, je ne la donne à des clients que lorsque la salle est archipleine. Il m'est même arrivé de refuser du monde en la laissant inoccupée, parce que chaque soir depuis son départ, je rêve qu'elle franchisse cette porte et me demande si j'ai des coquilles Saint-Jacques au menu.

Paul n'attendit pas plus longtemps la permission de Daisy et décacheta l'enveloppe. Elle contenait trois photos.

Elles avaient été prises de loin, probablement depuis la terrasse du restaurant qui longe le Carrousel du Louvre. On y voyait des gens faire la queue devant la pyramide. Daisy pointa du doigt un visage parmi d'autres.

— Elle sait changer de tête au point d'être méconnaissable, ce n'est pas à toi que je vais l'apprendre, mais Creston n'a aucun doute : cette femme au milieu de la foule, c'est elle.

Le cœur tremblant, Paul se pencha sur la photo. Daisy avait raison, personne ne l'aurait reconnue, mais tous deux savaient qu'il s'agissait bien de Mia.

Paul ressentit un grand soulagement. À cause des fossettes qu'il voyait sur ses joues. Quand ils étaient à Séoul, il les avait vues apparaître, chaque fois qu'elle était joyeuse. Il questionna Daisy sur la manière dont Creston avait obtenu ces photos.

— Creston a des accointances chez les paparazzi, il lui était arrivé de leur racheter des négatifs à un prix plus élevé que ce qu'ils auraient obtenu des journaux. Pour Séoul, c'était trop tard, il n'avait rien pu contrôler. Bref, il avait informé tous ceux qu'il connaissait, et il en connaissait quelques-uns, qu'il paierait le prix fort pour une photo de Mia, où qu'elle ait été prise du moment qu'elle soit datée.

Et pourtant, celles-ci lui avaient été envoyées gracieusement.

Paul s'apprêtait à demander à Daisy s'il pouvait en avoir une, quand elle les lui offrit.

— Elle a dû refaire sa vie, dit Paul.

— Tu la vois accompagnée sur cette photo ? Non. Donc pourquoi te faire du mal ?

— Parce que ce qui fait le plus souffrir, c'est l'espoir.

— Andouille, c'est de ne plus en avoir qui rend malheureux. Elle était à Paris et elle n'est pas venue me voir. Crois-moi, elle était seule, en train de se reconstruire. Je le sais, parce qu'elle est comme ma sœur. Creston avait reçu ces photos une semaine plus tôt. C'est ce qui l'a décidé à partir sur ses traces. Avant de débarquer chez moi, il avait passé deux jours à se promener dans Paris, avec la folle idée que le hasard jouerait en sa faveur, qu'il la croiserait au milieu de deux millions d'habitants. Les Anglais sont fous ! Mais nous, nous vivons ici, alors qui sait... avec un peu de chance...

— Qui nous prouve qu'elle y est encore ?

— Fie-toi à ton instinct, si tu l'aimes vraiment, tu sais où elle respire.

*

Daisy avait dit vrai. Paul ignorait si c'était le fruit de son imagination ou simplement cet espoir, auquel il refusait de s'accrocher, mais il lui arriva dans les semaines qui suivirent de sentir le parfum de Mia au détour d'une rue, comme si ses pas avaient précédé les siens, de songer qu'il l'avait manquée de peu. Il lui arriva même de presser le pas sur un trottoir, convaincu de la croiser au prochain carrefour. Il lui arriva également d'interpeller des passantes sans nom, de marcher dans la nuit, de relever la tête vers des fenêtres éclairées en imaginant qu'elle vivait derrière.

*

Son roman fut publié. Enfin, l'histoire de Kyong qu'il avait entièrement récrite. C'était la première fois qu'il s'aventurait hors du registre de la fiction. Chaque soir devant sa feuille, il n'avait cessé de s'interroger. En était-ce devenu une sous sa plume ? Avait-il trop embelli ou dramatisé son récit ? Il était conscient d'avoir donné chair et âme aux personnages d'Eun-Jeong. Là où elle s'était contentée d'énoncer leurs vicissitudes, aussi tragiques qu'elles soient, Paul avait raconté leurs vies, dépeint leurs souffrances et leurs émois. Il avait fait ce que doit faire un écrivain quand il s'empare d'une histoire qu'il n'a pas inventée.

La presse aussi s'empara du livre. Dès sa sortie, ce fut un tourbillon dont Paul ne comprit pas les causes. Peut-être était-il simplement dans l'air du temps.

En cette époque où chacun voulait encore croire aux vertus des libertés individuelles, fermant les yeux sur l'étau qui se resserrait derrière les frontières de l'Est, sur l'emprise grandissante de dictateurs abrités derrière la puissance des économies sur lesquelles ils avaient fait main basse, ce récit dénonçant une dictature incontestable tombait à point nommé, et provoquait un certain éveil des consciences. Paul acceptait cette idée d'autant plus sereinement qu'il ne s'en attribuait pas le crédit. Le mérite revenait entièrement, à ses yeux, au courage d'Eun-Jeong.

Les critiques étaient dithyrambiques, les propositions d'interviews se succédaient sur le bureau de Cristoneli, Paul les refusait toutes.

Très vite, ce fut au tour des libraires de faire l'éloge de son texte. Paul voyait pour la première fois son livre prendre place sur les tables des meilleures ventes, il le découvrit même dans les temples autodéclarés de la pensée à la mode.

Puis le murmure d'un prix littéraire commença à bruisser dans les couloirs de sa maison d'édition.

Cristoneli l'invitait de plus en plus souvent à déjeuner. Il lui parlait de mondanités parisiennes, ouvrait son agenda en moleskine et prenait un air grave en dressant l'inventaire des cocktails et soirées où il était important que Paul se montre. Il les manqua tous, et cessa même d'écouter son répondeur.

Tous ces bruits autour de lui résonnaient comme dans un appartement vide.

Six semaines avaient passé lorsqu'il retrouva Cristoneli, cette fois au café de Flore.

On le regardait, il eut droit à un florilège de sourires, admiratifs ou haineux, mais ce soir-là, Cristoneli avait commandé du champagne avant de lui annoncer qu'une trentaine d'éditeurs étrangers avaient acquis les droits de son roman.

Quelle ironie, l'histoire de sa traductrice allait être traduite en trente langues. Paul ne put s'empêcher, alors que Cristoneli trinquait à ce triomphe, de se demander ce qu'Eun-Jeong en penserait. Il n'avait plus jamais communiqué avec elle.

C'était un soir de fête et Paul avait l'esprit ailleurs. Pourtant, il allait devoir s'y préparer, car la fête ne faisait que commencer.

21.

Un jour d'automne, Paul fut dérangé vers midi par la sonnerie incessante de son téléphone. De guerre lasse, il finit par décrocher. Cristoneli bégayait et Paul l'entendit vaguement prononcer :

— La Médi...

— Quoi ?

— Le Médit...

— La méditation ? demanda Paul.

— Mais non, enfin, pourquoi voudriez-vous que je médite ? Dépêchez-vous, La Méditerranée, tout le monde vous attend !

— Bon, Gaetano, vous êtes très gentil, mais qu'est-ce que vous voulez que j'aille faire sur la Méditerranée ?

— Paul, taisez-vous et écoutez-moi avec attention, je vous prie. Vous avez obtenu le prix Médicis étranger, la presse vous attend au restaurant La Méditerranée, place de l'Odéon. Un taxi est en bas de chez vous, est-ce clair ? hurla Cristoneli.

À partir de ce moment, plus rien ne sembla clair dans l'esprit de Paul où les pensées se bousculaient.

— Merde ! grommela-t-il.

— Comment ça, merde ?

— Merde, merde et merde.

— Mais c'est fini d'être grossier, oui ? Qu'est-ce qui vous prend de me dire merde comme ça ?

— Ce n'est pas à vous que je le disais mais à moi.

— Il n'empêche que vous êtes grossier.

— Ce n'est pas possible, lâcha Paul, empêchez-les.

— De quoi ?

— De me donner cette récompense, je ne peux pas l'accepter.

— Paul, permettez-moi de vous dire que vous commencez sérieusement à me courir sur l'artichaut. On ne refuse pas le Médicis, alors, vous montez dans ce taxi et dépêchez-vous, sinon, c'est moi qui vais vous dire merde. Tiens, d'ailleurs je vous le dis, merde, merde et merde ! Ils vont annoncer les noms des lauréats dans quinze minutes, je suis déjà sur place, c'est un triomphe, mon ami !

Paul raccrocha et sentit venir une crise de tachycardie monumentale. Il s'allongea sur son parquet, bras en croix et commença une série d'exercices respiratoires.

Le téléphone sonna encore, et encore. Et il en fut ainsi jusqu'à ce que le taxi le dépose place de l'Odéon.

Cristoneli l'attendait devant le restaurant, les flashs crépitèrent et Paul eut une impression de déjà-vu qui lui glaça le sang.

Pour tout discours, il bafouilla un merci, releva la tête avec un sourire destiné aux photographes chaque fois que son éditeur lui donnait un coup de coude, et ne répondit quasiment à aucune question, tout du moins pas de façon intelligible.

À 15 heures, tandis que Cristoneli se précipitait à son bureau pour donner les consignes de réimpression et valider le bandeau qui serait posé sur la couverture, Paul rentra chez lui et s'y enferma.

Daisy l'appela en fin d'après-midi pour le féliciter, elle avait entendu la nouvelle à la radio en coupant des radis et le remercia : elle s'était entaillé le doigt à cause de lui. Elle ajouta qu'il avait intérêt à venir fêter son succès à La Clamada dès que possible, s'il ne voulait pas figurer sur sa liste noire.

À 20 heures, il faisait toujours les cent pas dans son appartement, attendant qu'Arthur le rappelle.

C'est Lauren qui le fit. Arthur était au Nouveau-Mexique avec des clients. Ils eurent une longue conversation, et à distance, avant qu'une urgence ne la force à raccrocher, elle l'aida à trouver le moyen de se calmer.

Paul s'assit face à son écran et ouvrit le fichier d'un manuscrit qu'il avait délaissé depuis longtemps. Lauren avait eut raison de le pousser à renouer avec sa cantatrice, elle lui apporta très vite le réconfort dont il avait besoin.

Quelques feuillets plus tard, Paul sentit l'étau autour de sa poitrine se desserrer, et il passa le reste de la nuit à écrire, avec une merveilleuse insouciance.

Au petit matin, Paul prit une décision et se promit de s'y tenir, quel qu'en soit le prix à payer. Son meilleur ami serait heureux. Le temps était venu de rentrer au pays.

*

Le lendemain, Paul se rendit chez son éditeur. Il écoutait Cristoneli d'une oreille distraite, se contentant de refuser toutes les propositions d'interview que ce dernier lui soumettait.

Cristoneli s'efforçait de demeurer calme. À vingt reprises, il avait entendu Paul lui dire non. Tant et si bien que lorsqu'il lui lâcha un « oui », il n'y prêta pas attention et continua de lui citer les noms des journalistes qui souhaitaient lui parler.

— Je viens de vous dire oui, soupira Paul.

— Ah bon, mais à quoi ?

— « La Grande Bibliothèque », ce sera la seule émission à laquelle je participerai.

— D'accord, répondit Cristoneli au bord de la dépression. Je les préviens immédiatement, l'émission a lieu demain soir, en direct.

*

Paul occupa sa dernière journée à mettre de l'ordre dans ses affaires. À midi, il partit déjeuner chez Daisy. Au moment de se séparer, ils tombèrent dans les bras l'un de l'autre et Daisy eut toutes les peines du monde à retenir ses larmes.

En fin d'après-midi, il fit ses adieux à Moustache et lui confia ses clés. Le cafetier lui promit de surveiller son déménagement comme s'il s'agissait du sien.

À 20 heures, Cristoneli passa le prendre. Paul mit sa valise dans le coffre du taxi et ils se dirigèrent vers les studios de France Télévisions.

Paul resta silencieux durant le maquillage, il demanda simplement à ce qu'on ne cache pas ses petites ridules autour des yeux. Lorsque le régisseur vint le chercher, il pria Cristoneli de l'attendre dans sa loge. Il pourrait suivre l'émission sur l'écran de télévision qui s'y trouvait.

François Dutertre, l'animateur, l'accueillit dans les coulisses et lui montra le fauteuil sur lequel il devait prendre place parmi quatre autres romanciers.

Paul salua ses confrères, et inspira profondément. Quelques instants plus tard, le direct débutait.

— Bonsoir à tous, bienvenue sur le plateau de « La Grande Bibliothèque ». Ce soir, il sera question de prix littéraires, mais aussi de littérature étrangère, et nous commencerons cette émission en compagnie d'un auteur inconnu du grand public, en tout cas il l'était en France encore hier, jusqu'à ce que lui soit attribué le prix Médicis du roman étranger. Paul Barton, merci d'être parmi nous.

À l'écran, défila un portrait de Paul. Une voix off évoquait sa carrière, son passé d'architecte, parlait de son choix de venir vivre en France. On présenta ses six romans et, à la fin de ce court reportage, François Dutertre s'adressa à lui.

— Paul Barton, c'est un roman très différent de vos précédents écrits qui vous a valu ce Médicis, un roman poignant, surprenant, bouleversant, édifiant, pourrais-je dire. Un roman indispensable.

Dutertre en poursuivit l'éloge, avant de demander à Paul ce qui l'avait incité à écrire ce récit.

Paul fixa la caméra.

— Je ne l'ai pas écrit. Je me suis contenté de le traduire.

François Dutertre écarquilla les yeux, retenant sa respiration.

— Ai-je bien entendu ? Vous n'avez pas écrit ce roman ?

— Non, cette histoire, vraie de la première à la dernière ligne, ne m'appartient pas. C'est une femme qui en est l'auteur. Il lui était impossible de la publier sous son nom. Ses parents, sa famille, et surtout l'homme qu'elle aime vivent en Corée du Nord, ils en auraient payé le prix de leur vie. Pour cette raison, je ne révélerai jamais son identité, mais je ne peux m'approprier son travail.

— Je ne comprends pas, s'exclama Dutertre, vous l'avez pourtant publié sous votre nom ?

— J'ai servi de prête-nom, d'un commun accord. La vraie Kyong n'avait qu'un seul rêve, que l'histoire des siens soit connue du plus grand nombre, que les gens soient enfin sensibles au sort qui leur est réservé. Il n'y a pas de pétrole en Corée du Nord, alors le monde occidental ne fait que peu de cas d'une des plus épouvantables dictatures qui soient. J'ai passé de longs mois à m'imprégner de son texte, à donner vie à ses personnages, pourtant, je vous le répète, cette histoire lui appartient et c'est à elle, et à elle seule que revient le prix qui m'a été remis hier. Je suis venu ce soir dans votre émission pour dire la vérité, pour vous dire également que si un jour le régime qui opprime cette population tombe, je révélerai son nom dès qu'elle m'autorisera à le faire. Quant aux droits d'auteur, qu'elle m'avait offerts, je les ai cédés à Amnesty International et à différents mouvements d'opposition à ce régime abominable. Je présente mes excuses les plus sincères à mon éditeur, qui ignorait tout jusqu'à ce soir, ainsi qu'aux membres du jury du Médicis. Mais après tout, c'est un roman qu'ils ont couronné bien plus que l'auteur dont le nom apparaît sur la couverture. Et la seule chose qui compte, c'est le témoignage qu'il nous livre. À tous ceux qui suivent cette émission, je vous supplie de le lire, au nom de la liberté et de l'espoir. Merci et pardon.

Paul se leva, serra la main de Dutertre et des autres invités avant de quitter le plateau.

*

Cristoneli l'attendait dans les coulisses. Ils marchèrent côte à côte en silence jusqu'à ce qu'ils arrivent dans le hall.

Quand ils furent seuls, Cristoneli regarda Paul et lui tendit la main.

— Je suis très fier d'être votre éditeur, même si j'ai une envie folle de vous étrangler. C'est un très beau livre, et il n'y a pas de grand livre publié à l'étranger sans l'œuvre d'un grand traducteur. Je comprends mieux votre décision de partir quelque temps pour San Francisco. Sachez que j'attendrai avec impatience la suite des aventures de votre cantatrice. J'ai beaucoup aimé les premiers chapitres que vous m'avez autorisé à lire et j'ai hâte de le publier.

— Merci Gaetano, mais rien ne vous y oblige. Je crains d'avoir perdu ce soir l'ensemble de mes lecteurs.

— Je crois que c'est tout le contraire. Seul l'avenir nous le dira.

22.

Paul et son éditeur descendirent ensemble les marches. Quand ils arrivèrent sur le trottoir désert, un jeune homme sortit de l'ombre et s'approcha d'eux, un papier en main.

— Vous voyez, vous avez encore au moins un fan, dit Cristoneli.

— C'est peut-être un agent de Kim Jong-un qui est venu me descendre, ricana Paul.

Plaisanterie qui n'arracha pas un sourire à son éditeur.

— C'est pour vous, dit le jeune homme en tendant une petite enveloppe à Paul.

Il la décacheta et découvrit une petite note étrange, sur laquelle était écrit à la main :

Trois livres de carottes, une livre de farine, un paquet de sucre, une douzaine d'œufs et une pinte de lait.

— Qui vous l'a remis ? demanda Paul au jeune homme.

Ce dernier désigna une silhouette sur le trottoir d'en face avant de s'en aller.

Une femme traversa la rue et vint à sa rencontre.

— Je n'ai pas tenu ma promesse, dit Mia, j'ai regardé l'émission.

— Tu ne m'avais rien promis, répondit Paul.

— Tu sais pourquoi je suis tombée si vite amoureuse de toi ?

— Non, je n'en ai aucune idée.

— Parce que tu es incapable de faire semblant.

— Et c'est une qualité ?

— C'en est une merveilleuse.

— Tu ne peux pas imaginer ce que tu m'as manqué, Mia. Tu m'as manqué à en crever.

— Pour de vrai ?

— Je suis incapable de faire semblant, non ?

— Tu voudrais bien ne rien ajouter d'autre et m'embrasser ?

— Oui.

Ils s'enlacèrent dans la rue.

Cristoneli attendit quelques instants, jeta un coup d'œil à sa montre et s'approcha en toussotant.

— Puisque vous ne semblez pas pressés, vous ne verriez pas d'inconvénient à ce que je vous emprunte votre taxi ? Le mien est en retard, vous n'aurez qu'à le prendre.

Cristoneli se débarrassa de la valise qu'il avait à la main et la tendit à Paul.

Il salua respectueusement Mia, referma la portière, baissa la vitre et cria « Sacré Paul » tandis que la voiture démarrait.

— Où vas-tu ? reprit Mia.

— Dormir à Roissy, je pars à l'aube à San Francisco.

— Pour longtemps ?

— Oui.

— Je pourrai te téléphoner ?

— Non, mais si tu le veux bien, on peut pousser mon voisin de siège. J'ai des merveilles à déguster dans cette valise.

Paul posa son bagage et embrassa Mia.

Leur baiser dura jusqu'à ce qu'un taxi les fasse sursauter d'un coup de klaxon.

Il fit entrer Mia la première et s'installa à ses côtés.

Avant d'indiquer leur destination au chauffeur, il se tourna vers elle pour lui poser une question :

— Et maintenant, ça compte ou ça ne compte pas ?

— Oui, ça compte.

Merci à

Pauline, Louis et Georges.
Raymond, Danièle et Lorraine.

Susanna Lea.
Emmanuelle Hardouin.
Cécile Boyer-Runge, Antoine Caro.
Élisabeth Villeneuve, Caroline Babulle, Arié Sberro, Sylvie Bardeau, Lydie Leroy, Joël Renaudat, Céline Chiflet, Anne-Marie Lenfant,
toutes les équipes des Éditions Robert Laffont.
Pauline Normand, Marie-Ève Provost.
Léonard Anthony, Sébastien Canot, Danielle Melconian, Naja Baldwin, Mark Kessler, Stéphanie Charrier, Julien Saltet de Sablet d'Estières, Aline Grond.
Katrin Hodapp, Laura Mamelok, Kerry Glencorse, Julia Wagner.
Brigitte et Sarah Forissier.

Retrouvez toute

l'actualité de Marc Levy sur :

www.marclevy.info

www.facebook.com/
marc.levy.fanpage

Achevé d'imprimer en Allemagne
par GGP Media GmbH
à Pößneck
en août 2016

POCKET – 12, avenue d'Italie – 75627 Paris Cedex 13

Dépôt légal : janvier 2015
S25945/02